I0720310

我自己也不知道我要歌唱什麼，可是一首歌已在我心中成熟。

——[俄]阿方纳西・费特

I don't even know what I want to sing,but a song has already matured in my heart.

—— *[Russia] AφaHacui φeT*

你可以庇護的是他們的身體，卻不是他們的靈魂，因為他們的靈魂屬於明天，屬於你做夢也無法到達的明天。

——[美]紀伯倫・哈利勒・紀伯倫

You can shelter their bodies, but not their souls, for their souls belong to tomorrow, a tomorrow you can never reach, not even in your dreams.

—— *[USA] Gibran Kahlil Gibran*

▲長篇小說

Soon to Sing

［中］李鳳群

By Li Fengqun

崑崙出版社・紐約

KunLun Press, New York

—午夜作家文庫—

責任編輯：黑 豐

Responsible Editor: Hei Feng

Published by KunLun Press, New York

ISBN：978-1-949927-06-1 (Paperback)
978-1-949927-08-5 (eBook)

Soon to Sing

By Li Fengqun

将歌唱

[中] 李鳳群 著

出版人： Victoria Zhang

出 版： 崑崙出版社 • 紐約
郵 箱： Kunlunpress@gmail.com
發 行： 谷歌圖書（電子版） 亞馬遜（紙質版）
版 次： 2026 年 1 月 第 1 版 第 1 次印刷
字 數： 180 千字
定 價： $30.00

作者介紹

李鳳群，作家，筆名格格，安徽無為人。中國作家協會會員，安徽省作家協會副主席，江蘇省作家協會簽約作家。2002 年開始小說創作，曾獲第三、第四屆紫金山文學獎，江蘇省“五個一工程”獎，安徽省首屆魯彥周文學獎長篇小說獎，2018 年度《人民文學》長篇小說獎，第七屆“魯院文學獎”入圍，2021 年度“中國好書”等獎項。李鳳群的小說作品包括《大江邊》《顫抖》《月下》等，其中《大江邊》《顫抖》等廣有口碑，《月下》則被評價為新的女性文學代表作。這些作品聚焦于當代女性生存的困境與精神成長。

2014 年由安徽文學院發起的“龍川杯”第二屆“安徽小說新星獎”，評選歷時一年，經評審會反復篩選考核，最終確定李鳳群的《顫抖》折桂。《顫抖》在《人民文學》發表後即出版單行本。評審會認為李鳳群是一位藝術感覺獨特、小說潛力突出、創作勢頭旺盛的年輕作家，她的小說代表了中國青年作家小說創作的全新高度和實力。

About the Author

*Li Fengqun, a writer using the pen name Gege, is from Wuwei, Anhui Province. She is a member of the China Writers Association, vice chairman of the Anhui Provincial Writers Association, and a contracted writer with the Jiangsu Provincial Writers Association. She began writing novels in 2002 and has won numerous awards, including the 3rd and 4th Zijinshan Literature Prizes, the Jiangsu Provincial "Five-One Project" Award, the first Anhui Provincial Lu Yanzhou Literature Prize for Long Novels, the 2018 *People's Literature* Long Novel Award, a nomination for the 7th Lu Xun Academy of Literature Prize, and the 2021 "China's Best Book" Award. Li Fengqun's novels include *By the Great River*, *Trembling*, and *Under the Moon*, among others. *By the Great River* and *Trembling* have received widespread acclaim, while *Under the Moon* has been hailed as a representative work of new women's literature. These works focus on the existential dilemmas and spiritual growth of contemporary women.*

*In 2014, the "Longchuan Cup" Second Anhui Novel Rising Star Award, initiated by the Anhui Academy of Literature, was awarded after a year-long selection process. Following repeated screening and evaluation by the judging panel, Li Fengqun's *Trembling* was chosen as the winner. *Trembling* was published as a standalone book after its publication in *People's Literature*. The review panel believes that Li Fengqun is a young writer with a unique artistic sense, outstanding potential in novel writing, and a vigorous creative momentum. Her novels represent a new height and strength in the novel writing of young writers in Anhui.*

目　　錄

Table of Contents

內容概要

科技發展給世界和人類帶來了新的困境和難題，新出生人口出現新的生理和心理形態。出生在 2028 年的蔣將是一位“走神的孩子”，對世界和他人沒有防備之心，似乎很難在萊城，這個東亞一個國家立足，恰逢紅海一隅有位老錢之家的接班人盧卡，發現科技滲透給人帶來的無盡恐懼，他以理想主義的精神建造“幸福新城”——一座酷似方舟的沿海城市。城市以新技術抑制犯罪率，護佑新市民安全。蔣將的父母聞聽後，傾家蕩產將之送往新城。但城主盧卡從生髮拯救世界之心到參透世界，僅用十年時間，他意識到世界運行的規則非他所願，他對命運和信仰有了新的認識，在城市即將盈利之時，他抽身而退，因為他明白：“下比上更上，遠比近更近，無比有更有。”他的理想主義以及哲學信仰的轉變給新城帶來了新的震盪及可能性。城市發生了大停電，大停電導致磁波失靈，蔣將在歐洲雇傭工賈汀的幫助下，得以恢復自由意志，經歷磨難站在科技新世界和舊世界的夾縫處。兩位不同身份背景的年輕人以全新的姿態重新出發。

而蔣將的母親在傾盡全力之後，決定放開蔣將的手，因為她悟出“你可以庇護的是他們的身體，卻不是他們的靈魂，因為他們的靈魂屬於明天，屬於你做夢也無法到達的明天。”

小說的萊城與 O 城雙城記鏡像結構，前者是欲望失控的混沌魔都，後者是高科技編織的完美囚籠。當蔣正送女兒蔣將從萊城進全息科技的 O 城時，這場現代版的“出埃及記”非但沒有抵達應許之地，反而在霓虹閃爍的代碼牢籠中，暴露出高科技和人類精神的雙重潰敗。作者以犀利的目光、冷峻的思想，在科技狂想曲的廢墟上，重新校準了生命存在的坐標系。

這是一部向未來之書，探索科技發展、愛的力量、信仰與個人意志等等。小說試圖探討城市、科技倫理和人類在未來的形態。

Content Summary

Technological advancements have brought new dilemmas and challenges to the world and humanity, resulting in new physiological and psychological characteristics in the newly born population. Jiang, born in 2028, is a "distracted child," lacking vigilance towards the world and others, seemingly unable to establish himself in Lae, an East Asian country. Coincidentally, Luca, the heir to a wealthy family in a corner of the Red Sea, discovers the endless fear brought about by technological infiltration. With an idealistic spirit, he builds "Happy New City"—a coastal city resembling an ark. The city uses new technologies to suppress crime and protect the safety of its new citizens. Upon hearing this, Jiang's parents spend their entire fortune to send him to the new city. However, Luca, the city's leader, goes from having a desire to save the world to understanding it in just ten years. He realizes that the rules governing the world are not what he desires, and he gains a new understanding of fate and faith. Just as the city is about to become profitable, he withdraws, understanding that "the lower is higher than the higher, the far is closer than the near, and the infinite is more infinite." His idealism and philosophical shift bring new upheavals and possibilities to the new city. A massive power outage struck the city, causing a disruption in the magnetic field. With the help of Jadin, a European laborer, Jiang regained his free will and, after enduring hardship, found himself caught between a technologically advanced new world and an old one. These two young people from different backgrounds embarked on a fresh start.

After exhausting all her efforts, Jiang Jiang's mother decided to let go of his hand, because she realized that "you can only protect their bodies, not their souls, because their souls belong to tomorrow, to a tomorrow that you can never reach, no matter how hard you try."

The novel employs a mirrored structure of two cities, Lae and ○ City. The former is a chaotic metropolis where desires run rampant, while the latter is a perfectly constructed prison woven from high technology. When Jiang Zheng sends his daughter, Jiang Jiang, from Lae to the holographically advanced ○ City, this modern-day "Exodus" not only fails to reach the promised land but also exposes the dual collapse of high technology and the human spirit within the neon-lit, coded cage. With a sharp eye and a detached perspective, the author recalibrates the coordinates of life's existence amidst the ruins of this technological rhapsody.

This is a book looking towards the future, exploring technological development, the power of love, faith, and individual will. The novel attempts to examine the city, technological ethics, and the future form of humanity.

第一卷

走神的孩子

一

二十年後，萊城市幾乎人人都會說漢語，如同說他們的母語。

科技進步之趨和智力下行之勢並行，像兩條鐵軌。為了兼容這兩種狀況，又或者是為了節約能源，二十一世紀初，自某位科學家建議精簡語言的種類以來，各國積極響應，短短二十年，更古老和更少人使用的語言留在了語言博物館、史料館，語言學家和中老年人的腦子裡，而借助科技，除了語言溝通，交通、計算、建造、診治，人類對其發明工具的使用能力大幅度提升。即使萊城市所在的小國，也受到波及，車站、港口、碼頭、政府、醫院、教堂，到處使用國際通用的兩種語言，他們掃除一切阻礙，與世界接軌，為了生存，也為顯現出他們的友善與融入新世界的態度。

誰能想到呢，不久前，世界上兩百多個國家的人還在各說各話，一場多國首腦會議需要數名同聲傳譯以及各種高新設備轉換才能讓人相互理解。人們為能在多種語言之間切換，耳邊裝著金色銀色黑色圓的方的多邊形的大的小的各種轉換設備。現在，漢語和英語像人類的兩隻耳朵，一左一右，不偏不倚，其餘的語言都像是耳垂上的裝飾品。如此一來，不借助任何工具，全世界都能聽懂萊城人在公開場合說的每一句話。萊城市民在街頭的一舉一動，可以同步同聲傳到世界的每一個角落。

這一天，萊城街頭發生了一起鬥毆事件。

起先，有一個人沖著另一個人打起了招呼：

喂，那個誰！

被喊的人覺得受到了冒犯。他激動地沖向喊他的人，怒目圓睜。

奇怪了，哪一個字冒犯了您？

哪一個字不是冒犯？

但是，第一個動手的並不是這兩個人當中的一個，而是同意被喊的人受到冒犯的路見不平者。

路見不平者憤憤向前，對著眼前某個人甩手就是一個耳光。力道相當大，掌摑聲清脆響亮，令見者無不錯愕。被打的那位紳士深感突兀。震驚和疼痛使他不能言語，但沒立即發作。紳士想給路見不平者一個臺階，希望對方承認這是一個誤會，因為他並不是當事人，只是碰巧路過。看熱鬧無端挨了一掌，而且被打得不輕，臉上現在顯現出幾道血印，他必須等著那人跟他道歉，然後走開。可是道歉這個事只會發生在軟弱的人身上，像那麼有正義感的路見不平者是不會被所謂的風度迷惑的。他只等著出第二掌呢。靜靜地等了好一會兒，這位願意講理的紳士跳了起來，伸出腳踢向打他的人，應該沒怎麼踢過人，收回腿的時候，踉蹌著後退了幾步。挨打後沒能在三秒鐘內做出反應，之後做什麼都嫌遲了，想法不堅定，動作不連貫，看上去相當滑稽。身後不嫌事大的看客順勢將他往前一推，他跌倒在地，爬起來的時候，整張臉變得通紅，暈頭轉向，嗷嗷直叫，終於變成了一個笑話。

幸好，這時有另外的勇士及時站了出來。這位滿身酒氣的不知名勇士張開喉嚨，鼓勵紳士繼續進攻。以牙還牙，這個勇士叫嚷著，被自己聲音裡的正義感動了。正義感像一陣猛烈的風帶來了勇氣和能量，他見人就撲。可是剛撲出去就吃了一拳，他踉蹌著後退幾步，剛站穩，突然，一個重擊從側面過來，原本就不怎麼結實的左肩頓時矮了下去，他本能地揮出去一拳，結果人家的後腦勺比他的拳頭更硬，他被彈得雙腿一軟，倒在地上。倒地的一瞬他看到許多的腿湧過來，這些腿粗細長短不一，還有那些腳，腳上的那些鞋，運動的、皮質的、帆布的，又急又亂地奔過來，看著可不像光是為了滿足好奇心，大有加入戰鬥之勢。隨著亂腳亂腿踩踏，這倒地的勇士後知後覺，害怕起來，他簡直氣短，有溺水而亡的幻覺。我不想死。他逮住一個人的褲腳，抱著那條腿站直了身體，隨著一口氣呼出來，他認為死神包庇了他，他沒有跑，反而鬥志昂揚，再次積攢些力氣，朝人堆裡亂搗亂推，直到雙眼一黑，失去意識為止。

遠處的圍觀者——所有參與者無一例外首先是圍觀者——這些人從自己有限的視野裡只能看到片面的場景，猶豫不決之際，空氣裡散發出來的刺激性因素干擾了他們，很快他們陷於一種介於激動和空洞之間的狀態：一種擔心發生什麼，又想要快點發生什麼的感覺湧現。本來各自有要辦的急事，全都腳步猶豫起來，不知不覺擠成一團，向著充滿火藥味的鬥毆中心移去。事情發生得太快，很難說他們有什麼明確的意圖和心思，氣氛不同尋常，人沒辦法深思熟慮，不明確的激動情緒和好鬥精神從空氣到空氣，從眼神到眼神，從聲音到聲音，在陌生人之間傳播開去，就這樣莫名其妙地，場面變得宏大和龐雜，現在，誰說什麼也沒有用了。每個人都覺得自己獨一無二，這個情形之下，他們寧願什麼也不用想，有大的神帶領他們幹就是了。因此，這些本來完全不同的，有些是一貫魯莽的，有些是非常縝密的，有些是文質彬彬和非常有包容心的，就像剛剛那位，是非常有思想的人，可是，這些平常能安然避開災禍的人，這會兒卻聯手向災禍的中心滑去。

誰？那個壞蛋在哪裡？

在哪？

現在，這條街上的人變成了最易激動的人、最敏感的人和最有攻擊性的人，拳頭舉起來，怒目瞪起來，怪聲發出來，所有人都被帶動起來了。事情變得更加不可收拾。

什麼事情也沒有，有微弱的聲音說。

可是人群聚焦成這樣，傢伙操起來了，袖子也擼上去了，事情怎麼可以如此簡單？他們必須添油加醋，才能讓人群保持高度關注。人們越聚越多，到底還有理智的人，一個勁地說：

真的什麼事情也沒有，就是一場誤會。

這個人為了讓聲音擴散出去，不斷地重複這句話，不斷地放大音量，可是他旁邊的人，覺得是那樣的無聊，無聊到都不好意思承認自己掌握了真相。他們裝著聽不見，嗓門只好越來越大，越來越大的嗓門吸引了更多的人看熱鬧，看熱鬧的成了被看熱鬧的人，突然，一句來自人群深處的喊聲傳出來：

揍這個蠢貨。

圍觀的人越來越多，有的人一開始唯恐沾染到殺氣，逃跑的時候一步三回頭，後來，不知道什麼神給了他勇氣，他叫喊著沖了進來，所有的人都四處張望尋找蠢貨，他們接觸到的目光仿佛在說那個蠢貨就是自己。他們惱怒起來了。手臂也暗地裡繃緊了，只等派上用場。

發生這起混亂事故的街屬萊城市的主城區，萊城市的經濟幾度崛起又頹廢，導致這個核心街區像穿過數次婚紗結了婚又離婚的新娘，歲月的殘酷和精彩寫滿了寬窄交錯、現代和古典風格並存的市中心。

“蠢貨”“蠢貨”“蠢貨”這聲音從三三兩兩到整齊劃一地響徹雲霄。漢語比他們的母語簡潔，突破喉嚨時難度更小，漸漸形成了一種節拍。人們被他自己激發出更大的熱情和鬥志來。他們擠在一起。一開始，還擔心碰到別人，胳膊齊刷刷舉起來伸向天空，不久，他們的胳膊擋住了自己的視野，什麼也看不到，他們不太高興了，腳尖踮起，脖子扭動起來。

"蠢貨""蠢貨""蠢貨"每個人的旁邊都有叫囂聲，這聲音直沖腦門，伴著唾沫，伴著汗水，伴著叫不出名字的從各個年齡的身體裡散發出來的氣息。

"蠢貨""蠢貨""蠢貨"。

因為看不見，因為聽不清，因為天氣熱，還因為莫名其妙的情緒，他們攪和在一起了。

因為怕吃虧，因為怕挨揍，因為想站得高，他們咆哮，推搡，腎上腺素飆升，跳躍、躲避亂拳、揮拳出擊、硌著硬物，倒地爬起，繼續戰鬥。他們哆嗦起來了。不理解的人，不理解的事，不理解的時刻。人們任由情勢自己推動，他們在昏頭昏腦的人群裡解放不了手腳，也脫不了干係。乾脆砸就是了。

怒氣達到高潮。手腳椅子樹樁鐵棍垃圾桶自行車把手後視鏡車玻璃碎片，一切都成了武器，人們揮動武器全身發力發出沉悶的呼呼聲；自行車被單手扔出去與地面摩擦發出的嗤嗤聲，巴掌扇到什麼人的臉上劈里啪啦響。參與打鬥的，有的像靈巧的老鼠，有的像笨拙的棕熊，還有的，四肢亂用，像沒有尾巴的壁虎，圍觀的人發出一陣陣不解其意的叫喊。到末了，各種嚎叫、逃竄、嗡嗡嗡、達達達、轟轟轟……

這個不分你我互毆的場景綿延五六公里，這群亂糟糟、昏沉沉的人盲目打鬥了兩三個鐘頭，並沒有人從中嘗到什麼甜頭，攻守雙方的鮮血混合在一起，像一串串細薔薇開在主幹道路中央。

警察和醫護人員到達現場，包紮，止血，心臟按壓，做筆錄。本市的救護車用完了，相鄰幾個市的救護車也用完了，各個單位趕來增援的年老的志願者們笨手笨腳地包紮傷口。現場沖洗了半個月才算徹底收拾乾淨、抹去痕跡。

有人說，謀劃這場群毆事件的是一個老頭。鬥毆現場，他滿身酒氣，肯定是因為狂飲無度失去了理智。後經查實，他確實失去了工作，還不了貸款，不止一次有過暴力行徑，警局裡有他的家暴記錄，腳踝處還嵌有跟蹤器，不准接近的人有三十多位，也不准離開這個城市，他肯定懷恨在心，想禍害社會。

而且，事後他也不說話，“我忘記了”四個字的藉口也懶得找。老頭邋裡邋遢，以及緊閉雙眼和雙唇的形象，顯得居心叵測、格外諷刺。不過，只有少數人認為他應該對整體事件負責，大多數人認為這傢伙只是太倒黴，錯誤的時間出現在錯誤的地點。不僅是他，登記在案的三千多人許多天之後也沒有厘清自己因何參戰，緣何挨揍，錯在哪裡。一切頗費思量，難以解釋。

推理愛好者們試圖還原現場，他們就市民大腦的發動機究竟為何脫軌，又是如何脫軌、何時脫軌進行深入挖掘。無果。

因為萊城剛剛從一場經濟衰落的浩劫中恢復，因此，人們相信匱乏性的感覺並沒有從社會中剔除，饑餓和貧困造成的歷史創傷還潛伏在心底；你死我活、有我無你的競爭意識已深入人心，否則，用什麼來解釋這瘋狂的一幕呢？

通過社交網站傳播出去的鏡頭只能證明人們在參戰，不能證明是主動攻擊還是正當防衛。普通人變得如此暴躁和脆弱，有的人特別清醒，有的人特別糊塗。糊塗的人一旦出手，社會就會亂套，亂套了又無法擔責，只能逃之夭夭。那些管理者，誰不清楚這些呢，只好睜一隻眼閉一隻眼，把罪責推給已經不會呼吸的或不會眨眼的，還有幾個被鏡頭捕捉到的倒黴蛋，試圖讓事件儘早平息。

鬥毆發生的街區有一所幼兒園、一所小學和一座老人院，無可避免，這些老人小孩多多少少、或早或晚目睹了這起荒謬兇殘的場景。

落下的雨點不能撤回，眼睛所見亦不可撤回。此後數日，緊閉的房門裡傳來混雜的叫嚷聲，學生們不敢上學，他們抵住門沿，奮力躲避向門外探出腦袋，縱然父母一起護送，孩子仍然瑟瑟發抖。

應家長的要求，幼兒園的小朋友把看到的恐懼事件用畫作和語言在心理輔導課上分享出來。

街上的東西全是爛的。

自來水在嘩嘩地流。

路邊的草叢裡全是撕爛的衣服。

許多人喊打。

許多人喊疼。

我看到一個人倒在地上，有人踢他的屁股，還有人把他當成馬騎。

教室裡發出一陣陣表情豐富的尖叫。老師及時擁抱親吻，用糕點和言語安撫。有個小女孩回憶起，那個躲進豪華車裡的人，一直在打電話，一直在對著電話亂叫。他不打架，他只知道亂叫。

他在打電話叫人來幫忙。另一個孩子聰明地說。

誰來了沒有用，警察來了也要挨打。

到處都是血。

到處都是血。

這場狂歡式的鬥毆成了萊城市的經典場景，與此同時，這個世界的每個國家的媒體都在直播各個視角的鬥毆場景。

誰能想到呢，萊城奮鬥了幾十年，竟以這樣的方式聞名世界，受到了前所未有的關注，成了世界居民討論最多的城市。

意想不到的事情比比皆是。

二十年來無限度使用電子產品，導致人類的視力嚴重損害，每使用一小時電子產品，視網膜年齡衰老三十二天，出於預防，所有人都自覺每天定時佩戴防護眼鏡，如同一萬年前人類穿上了鞋。“視覺沉迷”仍然成為最嚴重的社會病、社會現象和社會問題，這個病症很快成了身份過濾器，身患此疾者像癮君子一樣被貼上帶顏色的標簽，難以在上層社會立足，而杜絕沉迷的那一部分人則成了科技、文藝、建築等創造性行業中的行家裡手；“思考”如同發明了計算機之後的珠心算，也有被人類淘汰的風險，任何問題用腦子想費時費心，而網上一秒就能找到答案，放棄思考，成為必然。又有誰能想到呢，科技的破壞力度超過了人們所能承受的限度，伴隨著無盡機遇的是無盡的麻煩。曾經一度，人類花了大量的心力研究自己的內心。他們把自己的秘密拱手相讓給大數據，性格血型、經濟實力、個人喜好、消費習慣、專長短板，人們拋頭露面，以為自己被記住是最大的成就，等到他們精准地魚貫跳入自己炮製的坑，才恍然大悟。各個人種的皮膚和五臟都越過膚色，漸漸呈透明狀。仿佛回到衣不遮體的原始社會，有了裸體羞恥感後，人們及時覺醒，新的追求形成了：做這世上一絲痕跡不留的神秘人，才是強者的榮耀。強者的榮耀就是在黑暗裡竊笑。漸漸地，有能有勢的人隱匿在世界之外，窮人們穿梭在各個需要人露臉的節目中露臉謀生。混淆信息和厘清真相之間有許多的人力、物力、彎路、希望、失望和報復。世界仿佛變小了，窮人和富人都以為世界只有那麼幾張臉，以及他們自己，這個認知讓雙方都感到安心。

原以為科技可以一天超越一天，直到帶領人類奔向宇宙和各個星球。然而，二十年來，全世界七座雪山相繼崩塌，十二座著名的大橋被夷為平地，十二座科技城的數據被破壞殆盡，另外兩次巨大的火山噴發、三次遍及全球的新病毒攻擊、一場由隱形科技主導的十七個國家參與延續了四年的混戰……

沒有誰發表宣言對此負責。各級政府、商業巨頭以及科技狂人都不能。

好在人類具有自救本能。深知自己好戰，武器精良，毀滅性強，需要增加社會凝聚力和地球認同感；深知自己狹窄、常常拒斥優異的先行者，容易沖進夾縫、溝渠和黑洞，各國政府大張旗鼓接受和鼓勵多元文化主義，認為多樣性是一種力量和資源，而不是威脅。這種觀點強調尊重和包容不同文化和民族的共存與互補；深知自己野蠻，欲壑難填，需要強調法治、民主、人權等普世價值，促進不同群體的共存和合作；深知自己及同類前後矛盾，變化多端，出於為後人著想，這二十年裡各國共同出臺和修訂了《科技生產法》《戰爭與和平法》《科技與倫理法》《人與自然法》《生育法》《基因法》《音與光使用法》《垃圾信息法》等。這些新建或修正法帶來了相當程度的糾偏與扭轉，比如，發動戰爭許可的裁決範圍的裁定，比如，倫理委員會授權在沒有證明人有軀體殘缺時不允許植入任何輔助芯片。人的軀體和基因受到絕對的保護，要更改配置或者基因，有嚴格的審批和高昂的費用，不為什麼，讓人們為多出來的選擇付出相應的代價；再比如，生育年齡與生育權的重新界定，再比如，監護人不得以任何理由在未成年人身上安裝定位芯片，手持式另當別論。因為有證據表明，腦機接口產品能夠透過芯片控制外部設備，外部設備同時也能輸入指令，修改人腦的想法。一旦某一天，外部設備一個小小的惡作劇，向人腦反向發出指令，人們會因此而錯亂、而混淆思想，會引發一系列的錯誤指令，這將是人類災難的苗頭。但是，一千個讀者有一個哈姆雷特，一千個城市自然也有一千個對《科技禁區法》的解讀和執行力度。

人無法抗衡智能人，因此，保護人類工作權利的法案有望在全球通過。

還由於智能技術的參與，假能亂真，真亦似假，真假消息鋪天蓋地之時，最終人類逼真的造假技術使人類自己完全深陷其中，不辨真偽。還由於兩場機器智能人的瘟疫，加上出於政治和價值觀的衝撞，機器智能人的發展被人為暫緩，如今，有法案規定任何國家的智能人必須將生產廠商和其他信息標在顯要位置，比如眼睛、臉部和手腳處，以防止他們偽裝成人，行人類才可行之事。誰都明白，科技發展的慢速鍵一旦恢復，科技便加速度向前，沖得更快……

倖存的人們在消除分歧、相互制衡和災後重建等方面花費了難以計量的時間和資源，他們狼狽地收拾殘局時發現，這二十年的人類並不比之前更幸福，經由一位超智者出面，才統一了說辭，阻止了恐懼蔓延。超智者的意思是：

神打了個盹！

在無聲的警示面前，人類在科技與生物的快速發展中摁下了慢速鍵，一切以肉眼可見的速度放緩；可是不久，世界上最先進的幾座城市經濟塌陷、洪水、地震和火山噴發……

神還沒醒來！

人類艱難地實現了語言、藥物手冊、交通等使用工具的統一，法則規定越來越細緻，越來越周全，相處卻越來越困難，各國各區各民族的矛盾也越來越多。同一種語言溝通的結果是越來越難以溝通。但人是總不長記性的動物，二十年前，他們花了大量的精力和金錢在戰爭、環境污染、誤解和穿越黑洞方面，如今，他們仍然在花費大量的精力致力於新的戰爭、新的污染和新的誤解。他們坐著最快捷的交通工具趕到萬里之外開一場又一場關於合作共贏的會議，事實上，這個會議的模板建立起來已經有五十年了，數據越來越多，但結果基本相同。

經過二十年的嘗試，所有的雪花終究落下，資源和信息共享是人們最先擯棄的理念。信息保密是各個專業領域的重中之重。各個國家建立起一堵又一堵信息封鎖牆，防備自己擁有的信息外泄。封鎖導致的結果是各個城市的差異性擴大。人們終因種族、信仰、生活習性和興趣愛好等重新歸類。歸類更加劇了人與人之間的分裂與聚合。比如實珀城人多以素食為主，爬行和飛翔的都是寵物；而巢城則信仰同一個神，信仰的力量使這座城市的精神特別乾淨；鳳凰城的領頭人熱衷健身，在他的感召下，整個城市就是一個全年無休的運動競技中心，從滑雪、攀岩到野外探險，以及球類、田徑、體操等上千種項目，吸引著全世界的人來度假、健身和交友。

但是，在人類近幾十年的蓬勃發展中，仍然有許多意料不到的特徵露出來：有的人分不清現實與虛擬世界，許多人以為自己會飛；有的人膽大妄為，以犯罪為榮，有的卻膽子極小，超過七十分貝的噪聲就會令其瑟瑟發抖；有的人記憶力超好，腦子裡裝滿了五千年的知識和信息，有的卻變得健忘，忘記姓名，甚至忘記回家的路；有的人非常樂觀，堅信自己將永恆，而有的卻相當悲觀，穿著最好的衣服，管理好面部表情，隨時準備末日來臨。

這些矛盾勾連在一起，人們的生活難以按原定秩序傳承，這使得人的雙手變得格外昂貴。隨著時間的推移，許多手工業消亡：手工絲織、制瓷、手工食品、手工鞋包，手工雕刻、手工修腳……那些老去的人親眼見證，養活成千上萬人的手工產業被機器和智能人取代，那些未被取代和消亡的昂貴的手工活，留給那些怎麼也花不完錢的人消耗，幫助他們的生活增加點兒趣味。手工活最大的難處不在於活，而在於記憶，人們做著做著會忘記自己在做什麼。人們把地球上的災難推給突發性病毒、很久之前建立的制度、某位總統，或者乾脆認定是外星人攻擊留下的毒素在空氣中傳播的結果，遺傳學家表示，“推卸”是人類的自我保護本能，並且正在更好地被傳承。和鳳凰城一江之隔的 Z 市，反向操作，宣佈拒絕機器進入城市、參與生活，他們致力發展手工業，把遠古的技術從博物館請出來，要求市民以製作昂貴的手工物品為業：手工獵槍、手工皮鞋、手工地毯，手工瓷器，手工水餃，手工家具。手工製品的 logo 是一雙交叉的手，它被斥鉅資買下，就為成為尊貴和階層的標誌。

手工業利潤雖高，也是充滿風險，因為太容易過時。越昂貴越容易過時——人們用見異思遷來作為對暴利行當的懲罰。可是，如果有人膽敢在品質上糊弄他們，他們很快會讓你明白：你倒的一切黴都因為對手工藝術的不敬，但也不會給你第二次機會。生存多艱。

出於對祖先的遺忘，還出於理念的衝撞，很多傳統習俗悄然被篡改，還由於頻頻發生的地震、個別國家的核洩漏、地球東南部地區的洪水以及瘟疫，一座座繁華城市變成叢林，叢林裡又長出新的花朵、枯萎，澆築更多的水泥鋼筋，為了活下去，也為了美，老城被掩埋，叢林往深裡挖掘，如此循環，地球表面滿目瘡痍。也因而，環北極國家和地區一個接一個明令禁止遊客入內，禁止的理由五花八門，什麼道路大清洗，專業簽證人手不足，設備故障，有時一個入境章需要七天才能蓋好，那些滯留在入境處的人打道回府的現場比比皆是，冰川融化風險增加。可法律不能阻止陰影下的行走，除了高牆，政府用塑料骷髏頭、逼真的兇殺現場以及3D巨獸在公路上出沒來震懾外來者。如是種種，聲稱為了保護環境的運動，經年累月地上演，也因此，城市格局走向了預言的反面。還有一些特立獨行的城市，比如以“挽救藝術”為名的T市，招徠各種另類的文身愛好者，整個城市，遇到一塊完好皮膚的概率好比在南極遇到一棵長在土裡的芭蕉葉。

摔了無數個跟頭，有些人真正能夠理解，是人，是自己的變化多端才使人類自己舉步維艱。

萊城有自己的發展優長和治理特色。跟世界上大多數城市發展的脈絡一樣，它經歷了保守，貧困，發奮，擴張，接納新人新事，靜悄悄攢力、騰飛，經濟躍居國家榜首……萊城市的強項歷來有兩個方面：生物科技革新和器官移植成功率。萊城市的稅收和就業一半來自生物科技，一半來自器官移植醫院。萊城市共有十三家所具有器官移植資質的醫院和二十三家年入數十億的國際生物科技公司。語言雖然統一，文字仍然色彩繽紛，招牌花裡胡哨，商標奇形怪狀，因為經營者來自世界各地，他們遊走在世界的統一性和獨特性之間，他們是破冰者，也是捍衛者。以至於走在萊城市的街頭，你會以為自己在倫敦、巴黎和夏威夷之間挪移。作為醫學和智能科技兩方面都相當發達的城市，萊城市專家預言借助生物科技和移植技術，萊城居民平均壽命在不久的將來可以達到百歲。許多人嗅到了商機，感到幸運；另外的人嗅到了危機，感覺憂心。人的追求不同，行事風格有異，伴隨著移植醫院聲名鵲起，也招致前所未有的貶損和訴訟。全世界的病患將會被吸引到萊城，為基因預防、為摘除不健康的器官、為長壽試驗。因為富裕，也因為恐懼死亡，對此情景，有人歡迎，有人抵抗。萊城市也是意識轉移的發明先驅功勳城市之一。有傳言說，這種科技能讓人選擇更年輕更完美的身體，讓自己的意識和智慧進入他體，實現身體和智慧的完美結合，但是，這項科技因倫理和安全性在國際上被叫停，與此有關的科學家被禁止從事與此相關的工作，何時解禁，不得而知。又有傳言說，萊城醫學院的數十位學生集體患癌，原來招納他們的醫院實驗工具，他們早在入學時就註定了自己作為實驗體的命運。萊城市還有在出生證明上造假的黑歷史，人口失蹤比例年年居全國之首，都為萊城市如今的城市情緒埋下伏筆。不久前，一位母親在生產時失去了孩子，她聲稱聽到了孩子的哭聲，看到了孩子的黑色的頭髮和紅色的腳心，她不顧醫生開給她的死亡證明，一次又一次通過媒體向社會求助，說她的孩子被拿去做試驗了。她最終被送進醫院，去醫治她失去孩子而患上的沉重的抑鬱症。這個人雖然被治療了，可是越來越多的孩童失蹤新聞沖上熱搜。

一方面，科技在發展，安全感卻在消失，不知不覺之間，人們變得膽怯和狂躁。大街上到處是縮著脖子走來走去的人，這麼說吧，沒用幾年時間，恐懼像一張網，慢慢地張開，向上，收攏，緊縮，至眼前，越來越有形。

另一方面，高精製造的不知疲倦的智能人越來越多，它們搶佔世界包括萊城人的工作機會，那些剛剛成為生產力即被淘汰的年輕人，接受不了成年即等死的命運，不得不背井離鄉，去往只聘用自然人的城市和工廠，與他們的祖輩當年背井離鄉來此處尋找工作機會的行為如出一轍。就是這樣一個怪圈：城市渴望人口增長，但人口在奔跑；人口越減少，生育率超低的現狀越無解。貧富差距加大，饑餓和營養不良的人數逐年遞增；有錢人為了治他們的失憶綜合征，一針花費數百萬美元在所不惜。人們對宇宙和自然的看法也在背道而馳。人類能量和潛能的巨大分裂體現在方方面面。有的人脆弱如肥皂泡，因為一次失戀、一次羞辱或一次細菌感染而丟掉性命，而有的人可以承受徒手攀岩兩千米高峰，自由潛水下探十五分鐘，從五千米高度定點跳傘，屢次挑戰生存難度，創造生命奇跡。

生育率之所以如此低，是因為人們知道，他們必須花大價錢對基因裡劣質因素進行修改和剔除，盡可能讓孩子規避基因缺陷，甚至容貌缺陷也能得到修正，此舉漸漸成為備孕必要操作。因為數據不詳、價格昂貴，那些認為自己的基因不完美卻無力承擔者，寧願放棄婚姻和傳承子嗣，也有一部分母親選擇自然受孕，生下未經科技干預的孩子。這部分不接受科技介入的母親們推崇自然主義，敢於直面自己生來如此，對科技介入基因不能接受，有所抵觸和反感。但是漸漸地，她們的行為被認為原始、冒失又充滿風險。有報告指出，未來社會最不穩定的因素便是那些未經過生物科技干預的自然人，他們搗碎按部就班的作息，遵從靈感創作和生活，說走就走，說變就變，講究情緒價值，還搞什麼顛三倒四的哲學，這些人身上充滿不可捉摸性，像喜歡拿小小身軀去撞擊玻璃的翠鳥，讓整齊劃一的大樓上血跡斑斑，造成社會的不和諧。

萊城市政府無法左右人們生育的意願，也無力承擔基因改造的大額費用，只好在思想層面做文章，"孕育子女"是城市最榮耀的事情之一，位列"科技發明"和"慈善奉獻"之間。

七年前，窘境出現轉機：萊城市有科學家發表新的研究成果：經過孕前及孕期基因保健，懷孕七個月出生的嬰孩跟九個月的出生一樣健康。孕期的縮短降低了女性因懷孕帶來的健康和外表受損，以及在社會競爭力上的降低的程度，且沒有代孕的法律和道德難題。萊城市掀起一個生育小高潮。

但是，沒幾年，有傳言說七個月出生並逐漸長大的孩子雖然外表和九個月出生的人基本無異，但有著致命的缺陷。至於何種缺陷，官方要麼諱莫如深、遮遮掩掩，要麼就口徑不一、相互衝突。真相幾番推搡後進了深不見底的黑洞，普通人，連洞口在地球的哪個方位都不得而知。形勢遠比實際情況複雜。音樂變得平淡，許多字眼因為冒犯而被禁止。"肥胖""貧窮""理想""自由"，在世界上許多地方，許多新造的詞被認為歧義，就算繼承模仿抄襲來的詞都被認為不純粹、成了禁忌。所有這些都不是瞬間發生的，大家都懵懵懂懂的，似乎覺得不對，又似乎覺得沒什麼不對。就像一張慢慢張開的漁網，直到落到頭頂的時候才懂得伸手去擋。

明明是如此繁華盛世，最不可思議的人犯下了最不可思議的罪行。弱不禁風的老年人摔死一隻剛出生的貓，規規矩矩的銀行職員偷襲玩滑板的鄰居小孩，外向活潑的職業清掃員卻是個慣偷，她偷了七八年始終不被逮著，不滿足的她只好在社交平臺展示自己的戰利品，如此這般，兩分鐘前發生的事通過網絡都能傳播到全世界。我們甚至都不知道最好的朋友是不是變態。

“可供選擇其實就是別無選擇！”人們漸漸看到捆綁自己手腳的隱形繩，年深日久，不安的情緒更加廣泛了。一道雷閃擊中街心；一座橋樑轟然倒塌；一隻孤熊站在大廈樓頂；一對同卵雙胞胎背著父母持械對峙；一輛血跡斑斑的自行車倒在淩晨的咖啡店……單個看都很正常，放在同一時間就特別令人不安。

近幾年，人們又開始返回九月產子的習慣，或者說，回到不肯綿延子嗣的怪圈裡……

撫玲是這場群毆事件的目擊者。她懷孕不久，正遭受孕期劇烈的妊娠反應，彼時生物科學技術盛行，科技公司得知撫玲懷孕後，頻頻上門推薦自己改造胚胎基因組的服務。撫玲毫不猶豫地拒絕：

誰也無權替我做主。我要生一個我自己的孩子。

那天，撫玲正從單位的盥洗間出來，經過那條貫穿南北的長廊，隔著窗戶玻璃，她看到街面上群魔亂舞，人們相互搗踢，雙層隔音玻璃和兩百米的距離吸走了聲音，撕扯的人們看上去寂靜無聲，疲憊的太陽的光芒無力地在每個人揮動的臂膀上掃來掃去。她從來沒有見過這麼瘋狂的場景，即便是最瘋狂的古代戰爭電影裡都沒有這樣的場景：群魔亂舞、手腳並用，桌椅橫飛，敵友不分，圖的就是一個兇殘和狠毒。懷疑自己在做夢，她驚駭地想：除非什麼可怕的事件降臨到萊城了，否則，光天化日之下怎麼會發生如此不合乎情理的打鬥。撫玲連續左右搖晃腦袋，以便驅趕這白日夢幻，但連續搖晃使她眩暈，站立不穩的她緊緊地貼著窗戶，生怕摔倒。靜止不動的她像這個世界的一幅小小的油畫，油畫裡她的腹部堅忍地凸出。那裡面的小生命好似向這個世界展現自己的參與和凝視。在她母親回過神來之後，外部的動亂傳進內裡，她在母親腹部猛地踹了一腳，算是給予這狂暴世界的直接回應。

不知道過了多久，撫玲彎下腰，十指交叉擋住腹部，似乎手臂可以阻止住那些滑稽又暴力的場面進入孩子還未長出的眼睛。

撫玲回想昨天在孕檢室閱讀的一本展望未來的書：

這個城市晨昏有別，每個時辰的光芒有每個時辰特有的熱度和美。人們在太陽底下做遊戲、賞花、聽音樂。科技和哲學同等重要，水電工和政治家一樣自信，窮人和富人一起享受陽光和沙灘，不同膚色和不同種族的人同桌用餐，這種美、這種愛、這種祥和和友善，就是未來世界。

這些優美的文字為歡迎願意來到人間的孩子而特別定制。

腹內開始疼痛。先是隱隱作痛，後來有如木棍在攪動。

她艱難地趕向醫院。夾雜在數不清的外傷患者中間，前凸後佝、神情扭曲的撫玲像個行為藝術家，直到深夜，才有護士匆匆過來給她打了一針。在臨時推來的觀察床上，她握住丈夫的手，默念美麗的詩篇，天亮時疼痛減緩。她明白，一切正在生長的東西皆會被許多因素影響，即使是一棵樹，它的根系、它的紋理、它的葉片方向和每一縷風、每一滴雨、每一瞬間的光照都有干係。人也不例外。從他們被培育，一切被他們吸收的，寂靜、碰撞、節奏、和諧或不和諧的音符、有機或經過改良的營養，總的說來，人就是一片沙漠裡的一粒塵埃，經由風雨、智慧、愛與月亮的白，以及一切通過臍帶被有意無意灌輸給他們的觀念和情緒所留下的痕跡，造就了“人”的現在及未來。

此後的每一晚，她的腦海裡都翻騰著那些群魔亂舞的畫面，每次都大汗淋漓地醒來。她明白那個千人鬥毆的場景已經侵入她的體內，正在干擾她腹中的胎兒。

直到她的獨生女蔣將出生了。還好，醫生說一切指標正常。

作為不過度信任生物科技的那一類人，撫玲孕期未曾接受過基因優化，她亦以此為榮。蔣將出生後，政府獎勵了一張證書，表彰她對城市人口增長做出的貢獻。擁有三張證書可以享受一次免費全球旅遊，證書要求懸掛在門廳，漸漸地，撫玲發現一個奧秘：這個證書像是催繳通知書，暗示她尚有餘款未歸還。

表面上城市仍舊車水馬龍。孩子們輕快地穿過剛剛被血滴覆蓋的巷子去買烤紅薯，膚白貌美的婦人手上牽著吉娃娃，身穿金色的防塵服，背上一對飛翔的翅膀，為了美，也為了搞笑。直到發生街道群毆的那個下午，人們仍然可以通過眼睛，通過耳朵，通過手，通過嘴唇感受生活和世界。

鄰居客廳裡鋼琴發出清脆動人的聲音，廚房裡飄散著燉雞的香味，樓下孩子的輪滑在夕陽下一閃一閃。

無論如何，萊城“三千人鬥毆”的詞條和影像在互聯網上再也抹不去了。

那是一個節點，或者說是一個開端。萊城人一個個變得心不在焉，很容易發怒。隔三岔五，萊城便會有人來一次莫名其妙的情緒失控。比如，有人一夜醒來報警聲稱自己少了器官，雖然表面沒有傷痕，可是他對此深信不疑，大呼小叫；有人在相親時弄錯了自己的姓名、年齡和性別；還有人在飯店跟熟透的鴨子聊天。所幸有過前車之鑒，人們汲取了教訓，在某位異動者出現時，會自動退避。三千人鬥毆事件雖再未發生，但人與人之間失去了原有的親密感。人們既怕錯失好事，又怕惹禍上身，遠遠地看到有人在交頭接耳，但凡一走近，他們便立刻噤聲。因為法規越來越健全，條條框框多不勝數，稍不小心就會觸碰到什麼，“造謠”“誹謗”“侵犯名譽和隱私權”跟偷竊和偷窺同等懲處，甚至更嚴厲。人們沾染上什麼東西，擺脫起來也比較麻煩，加上網絡過於通達，解決問題多依賴機器，人被訓練成不開口亦方便存活，人與人之間的溝通少之又少，人都只瞭解與自己相關的那小部分，其餘大部分的東西都模糊不清，或者說，現代人的承受力大大下降，因此人們日常行事都有點小心翼翼，不那麼自然，街面上漸漸生出一種奇怪彆扭的氣氛，空氣裡像有什麼在飛。飛的東西體積很小，但數量眾多，它們像野蜂嗡嗡，節律模糊，信息不詳，它們正在改變天空的顏色。精力尚旺盛的中年婦女，早就退休的老年人、清理街道的工作人員，他們把這些不知名的消息帶給他們不出門的親戚朋友同學鄰居等熟人。

“你聽說了？”一個人在散步的時候遇到另一個人，他努力找話題。

“就是那個事？”

“對對。”對方答道。

“我也聽說了，唉，真是的！”

另一人說：“就是，怎麼這樣！”

“且等等吧！”

“嗯，等一等再說！”

一場又一場諸如此類的社交活動後，大家仿佛心照不宣，卻又似乎完全不知所以。變形的信息就這樣四處傳播，不多久，每個人的頭頂都盤旋著某種真實又缺少意象的東西。就算那些掌握著城市經濟大權和政策走向的官員們也會竊竊私語，懷疑自己錯過了什麼。可以說，整個城市都籠罩在一股說不清的恐慌之中，街上出現了一張張驚慌失措的、愚蠢的、容易受驚的臉。

屢次三番之後，流言四處響起，在各街道、大廈、河流、花壇和寺廟間流轉。傳言說，科技正在操控萊城人。富人為了延年益壽，每每趁著夜色把年輕人迷暈，把將業已衰老的心、肺、腎、肝、血液、皮膚、角膜等器官跟年輕人對調，這些還都是一般富人的行徑，頂級富豪會從成年時起就開始尋找落實匹配的呼吸系統、循環系統、消化系統、泌尿系統、血液系統、內分泌系統、神經系統、運動系統，這些手術可能延綿百年，直至這些富豪感覺到厭倦或是資金出現問題……更有甚者，他們會奪舍求存。他們不介意兩次踏進同一條河流，不介意把自己變成忒修斯之船，用膝蓋想一想，就知道合法的器官根本不夠用啊！

謠言四起。

創造者曾經以為，科技進步一定能帶來自由和幸福，但是事到如今，與科技進步一同到來的，除了理性、科學和開明，同時也有偏執、自我中心和技術狂熱。看不見的手推動著物質奢靡，奢靡的欲求反過來刺激人類對世界的全方位的開發和掠奪，以科技進步之名的利潤攫取或為謀利潤推動科技進步，連當事者自己都很難辨別。人與自然不再是五十年前的人與自然，人與人也不再是一百年前的人與人，又或者，在滿紙變形的"歷史"書裡，一切都很難識別。人們乾脆對一切保持懷疑。

差不多同一時期，聳人聽聞的幹細胞提取事件、吸食禁藥的人口數量曝光、數次被坐實的器官移植程序不合規，令萊城形象降到穀底。像下墜的飛機，操縱杆已失靈……

二

不知道從什麼時候起，那些具備相同屬性的城市正悄悄背道而馳，萊城是比較冒進的城市，因為西邊靠海，還與大國接壤，因而一直緊跟世界科技發展的腳步，並且有攜手兄弟城市打造全面科技城的意願。然而，恩城對於合作表現得不冷不熱，它傲嬌得很，既不謀求參與"東部五城一條龍"發展商會，也不積極加入"九城共繁榮"聯盟。最初，僅僅像是有點兒木訥，漸漸地則像是油鹽不進，無論是城市規劃還是科技方面，它都向周邊城市展示出強烈的異樣性，說它的建設和發展因為與周邊關係的惡化而停頓也不為過。毗鄰的萊城在科技發展方面是積極且開放的，如果把萊城市的科技水平拿到世界上說，它像處於一百層樓的第十七層樓上，它在十七層的上方試探，準備衝破第十八層。可恩城呢，窩在東南亞內陸，地理劣勢如此明顯，還安靜地坐著，不逾越、不拔尖、不冒險、不參與、不合作。大有雷打不動、穩坐底層的爛泥架式。它的消極讓萊城市很困擾和不滿。萊城人覺得恩城的保守會固化他們的思維，而恩城則在公開會議上說，有理由相信，萊城市的過度冒進會帶來毀滅性的打擊。幾乎是悄無聲息地，它們成了勢不兩立的對頭，它們的市民，像被父母逼迫站隊的孩子，自然而然地不再相互走動，甚至連它們自己也不知道，這形式上的兄弟關係何以變得如此漠然，暗暗較勁。

撫玲和丈夫蔣正都出生於恩城，他們也都是獨生子女。沒有特殊原因，情勢所致；他們來到萊城工作，也沒有特殊原因，情勢所致。

蔣正眼裡的妻子，婚前婚後有著一致的性格，對世界上新鮮的東西充滿熱情，抱怨物價、交通和貪腐，嚮往高質量的生活，有喜歡的藝術家，還會做美味的飯菜。每天晚上她都會在臥室裡練瑜伽。她窄窄的臀部緩緩搖擺，充滿活力。其餘的時候，她會購物。她盯著屏幕上的 3D 展廳，像一隻獵鷹盯著獵物，家裡擺滿了她淘來的便宜好貨：晾衣架、觀賞魚、手工編織掛毯——五年過去了，這件掛毯增值了十多倍。夕陽穿過陽臺薄紗打在這些物件上，曾經讓她一度喜不自禁，不過後來證實，許多值錢的好物件在世道發生變故後便大大貶值。因為，說到底，所有能夠愉悅心靈的物件都是錦上添花，不是雪中送炭，左右心靈歡愉或沮喪的仍然是感情。她丈夫個頭很高，因為酷愛板球，身材結實。在他身上有恩城人的特點：凡事都不算太激進，懂得享受閒暇時光，下班回到家，第一件事是躺在沙發上，享受酒或茶，也享受不燒腦的遊戲。他喜歡園藝，家裡的小院裡種滿了綠植，雖談不上多麼名貴，但一年四季輪番開花。如果時間允許，他會親自做一點兒小擺件小掛件。他做出來的首飾盒和買來的一樣尺寸精確，甚至更加精美。平時埋頭工作，但遇到需要外出的日子，他搖身一變，穿上光鮮潔淨的衣服，有光澤的臉龐上彌漫著單純的笑意，看起來很有派頭。女兒的出生打亂了他的節奏，新增的工作量讓他略顯疲憊，經濟上開始吃力，但也沒改變他的樂觀精神，他們坐在客廳的地毯上玩遊戲，吵吵鬧鬧，房子裡升騰著暖意。

他們的小區十分安靜。車流稀少，房子是中產階級的標配，大客廳，落地玻璃窗，推窗即見遠山近湖，汽車的喇叭聲、清掃機的摩擦聲，或是垂危老人咳嗽的聲音，經過空間和玻璃窗的保護，傳過來輕微而隱約的動靜。他們的陽臺一塵不染；他們的鄰居禮貌客氣；某大型商超的會員服務會將新鮮的蔬菜水果免費送上樓，同時保證買貴退差。因此，他們的生活，就像經過雨水沖刷過的河岸，清潔、鋥亮，充滿清新和寧靜。

蔣將出生半年後，撫玲被發現不能再自然懷孕。

你們可以試試其他的辦法，醫生說，那就容易得多。

不，撫玲說，只要法律不強制，我們就不用其他的辦法。

今生只能擁有一個獨生女，並非情勢所趨，也非法規限制，更無科技介入，是純粹的自由精神的體現。

撫玲再次受到驚嚇，是在蔣將開始蹣跚走路的時候。那天傍晚，母女倆去社區公共廣場上玩耍。她們坐在一張防水防蟲的實木板凳上，實木凳腳上有一個個自然形成的疤痕，在孩子的晃動下，板凳發出輕微的哼哼聲，那幸福感熱氣騰騰、香味撲鼻。蔣將安靜地——過分安靜地看著同齡人學步玩耍。突然，在撫玲低頭看手機的時候，一個女人走上前來，把蔣將從推車上抱出來，她做著鬼臉逗著蔣將。小女孩兒一言不發，不驚恐不意外也看不出不開心。那女人遞過來幾粒小糖果，她毫不猶豫地接到手上，悶聲不響地吮吸起來。那女人無聲地笑著，把她抱到噴泉邊玩耍，把水滴到她的小臉蛋上。將則一言不吭，周身洋溢著一種單純的無所畏懼和順從的表情，再後來，這個女人抱著她向更遠處的地方走去——後來她辯稱說不過是到前面那叢月季跟前看看這孩子怕不怕刺——這樣一個怪異的孩子，任誰也不免想要逗弄一番。撫玲發現後沖過來搶回孩子，但憑著這個說法，在無其他佐證的情況下，這個老女人洗脫了人販的嫌疑，道歉後被放走了。受到驚嚇的撫玲，卻一直在轉圈，仿佛向還未到場的丈夫證明她的無辜：你瞧，你瞧，我盯得很緊呢。

再長大一些，還是誰都可以帶走她，只要給她一個招手的動作；任何食物都可以塞進她的嘴裡，即使發現味道不對她也會咽下肚。如果離開母親幾天，她也不會鬧。對於所謂的危險，她毫不在意。有一次，一輛兒童滑板車朝她沖過來，她伸出手，試圖抓住滑板上孩子手臂上的紅色配飾。結果她被撞倒在花壇上。等撫玲撲過來的時候，看到女兒正靜靜地端詳著自己小臂傷口上沾著的蠕動的黑色螞蟻發呆。事情愈發變得不對勁。他們隱約覺得，將可能是一個"走神的孩子"！

除了容易走神，將沒有恐懼心、對人沒有戒備的徵兆更為明顯，她變得無聲無息，一杯熱水灑到她腿上，她咧一下嘴；在客廳裡玩耍時不小心摔倒磕破嘴角，她舔舔沾在舌尖上的血，她似乎不怕疼，也不會哭出聲。沉默的孩子向母親的世界投入一個看不見的陰影。這個世界不再明亮。

容易"走神"的孩子在十年、二十年前還是個別現象，一如當年的花粉過敏症和堅果過敏症，自從發生群體無緣由鬥毆事件之後，它不能再稱之為個別事件，相反，這成了一種群體症狀。大街上常常有一對父母，手上牽著一個神情漠然的孩子，他們不悲不喜不跳躍，看不出對這個世界是喜歡還是埋怨，像剛出生就直接加入老年戰隊，這便是"走神"的孩子。萊城有許多最近修建的封閉圓形廣場，烏泱泱的孩子，排成隊，牽著繩，茫然地跟著老師繞著廣場做走世界的遊戲，他們是"閉環症"患者。世界在他們眼裡，只是一個圈，他們的行走路線必須是肉眼可見的圓形。還比如"失調症"，孩子走著走著，突然失去平衡，倒在路中央；又比如"日游症"，孩子吃著飯，突然站起來就走，仿佛誰在呼喚他來一場說走就走的旅行，一直走到河邊也不打彎，直到跌進去為止。

基因缺陷看似不斷得到修補，但新的病症同時不斷湧現，層出不窮，難究其因。這些孩子都有共同的特點，會忘記剛剛發生的事，他們像極了魚。自從一條被捕獲的深海魚進入實驗室，跟人互動頻繁，被證實能聽懂人類的語言後，人們扭扭捏捏地接受了魚類和他們有部分特質相似的事實。

傳言說，大門毆事件那年出生的孩子多多少少都有些反常的表現，尤其是那些未被基因改造過的純天然兒童，因有非規劃性而帶來的某種不確定性，他們受到重點關注，被科研機構悄悄打上標簽，有待進一步研究。

基因歧視！倍感不安的撫玲預感到有一個陰謀已經悄然出現在生活中，不知所措的夫妻倆帶著蔣將去看醫生，做各種身體檢測和智力測試，蔣將並無太多異常，不過有點兒反應遲鈍，情緒淡漠、容易走神。坐在萊城市最有名的兒科專家的診室裡，夫妻倆帶著期盼而精疲力竭的聲音恭敬地向醫生發問：有什麼藥可以治嗎？眼下沒有，大夫搖搖頭，寬慰地說，但是問題不大，留點心就好了。

撫玲無精打采的眼眸使老醫生受到觸動。他指出，這裡發生了很大的變化：消失的足療店，合法的電擊坊，新設的受難體驗館，為一歲嬰兒設立的智力競賽……他也都看不懂啦。老醫生的頭髮和鬍子全白了，他的眼睛裡充滿懷舊和親切。他以異常溫情的聲音說話，表達著自己的看法。

診室裡全是需要見醫生的孩子。撫玲小時候見到過的先天病殘，諸如白化病、齶裂、脊柱裂、唐氏等幾乎都沒有了。這些來看診的孩子，有些格外吵鬧，有些則異常安靜，從外表看不出什麼異常。她看到一個孩子，不會像正常人那樣行走，每邁開一步，他會頓一頓，有時停留一秒，有時是兩秒，如果有人嫌他慢，幫他提個速度，他會惱火地嗷嗷直叫，直到幫他退回原來的位置。這孩子身上缺少一種剛剛才被命名的微量元素，目前尚無解決的辦法。

而那些官能症：缺鈣、手足口病、眼神經異常，全是未經科技干預的孩子身上才有的特徵，也像送給過時老醫生的禮物，那是他們留在醫院，乃至留在世上的最大意義。

每個孩子多多少少有點兒問題，這個問題沒了，新的問題出現。

到目前為止，沒有證據顯示，問題兒童的出現和基因纂改有關，但因孩子不健全而產生的訴訟和抗議從未間斷，尤其那些“走神的孩子”增多，提出訴訟的家庭全是在孕期對胎兒進行過基因干預。無論哪一種程度的干預，只要孩子出現問題，父母都會變得憤怒、後悔、悲觀、失望。畢竟，他們信賴科技勝過信賴自己的祖輩。他們的官司有時候贏、有時候輸、有時候庭外和解，更多的秘而不宣。那些被干預的患兒在外形上和正常孩子幾無區別，各方收集對自己有利的材料在法庭和輿論中亮相，誰也不敢說自己掌握的材料最全面。全面是個神話。每個證據需要無數證人證詞。一個詞背後延伸出無數的詞，證據矛盾的情況下，每個人都像偵探和巫師那樣推測和做法，就像一件毛衣的邊角露出線頭，經過幾番拉扯，最後讓之變成了一團亂麻。

這就是這個城市的特色，這個時代的特色，以及未來巨大變革的起源。

朋友提醒蔣正，由於蔣將未經任何基因干預，卻被診斷出是一位容易”走神”的孩子，也許現在生物科技公司的人已經在盯著她，說不定等著用她的案例向法庭證明這一類的病症跟基因介入無關。

她是個個案，說明不了什麼。

說不定他們會來收買你們，讓孩子參與一些反向試驗，證明這個病症的原發性。

那絕對不可能。我肯定不跟他們合作幹這種缺德事。

話雖如此，朋友善意的提醒還是把蔣正夫妻倆嚇著了，他們逃也似的回到家。連著幾天，進進出出都會左顧右盼，看看是否有可疑的人跟在身後。

更多的徵兆露出端倪。蔣將會在一個非常小的坑裡摔跤，無數次都像第一次經過時一樣不會避開。她不像其他小朋友那樣熱衷於遊戲和運動，她對待眼前的每一樣物品都如初見般好奇，每次出門，都興致勃勃地看著周圍，左右張望，在經過指引和教導後，她仍然對所見之物表示陌生和不解。

她不光是容易走神，智力也有缺陷。撫玲生出這個可怕的念頭，教女兒超越她年齡的知識，識別壞人的教程，辨別是非的能力。她學得很快，但忘得更快。

你必須記住我教給你的一切東西，否則，你會受到傷害，明白嗎？

她表示明白，她被要求點頭，下巴抬高又放下。在向上抬起的時候，撫玲看到她細細的頸脖上的血管隱約可見。她的喉嚨里發出輕輕的、咕咕的聲響。她努力表現得很認真。

但她忘記了。

蔣將上幼兒園後，兩位自稱“專家”卻不肯拿出任何證件的女士，在幼兒園的會客室和蔣將待了一個下午。撫玲通過監控，發現女兒不在教室，慌忙趕過去時，女兒已經回到座位上，她看上去完好如初、神情自若，園長也若無其事地表示：

情商測試罷了，每個小朋友都要測的，這是政府福利。

突然，一種蒙昧、渾濁、帶著山呼海嘯般力量的恐懼湧上心頭，連起碼的禮貌都不顧，她拽起女兒的手沖出幼兒園。

撫玲和蔣正意識到科技之手伸得太長。這些純粹的自然之子被動地成為生物科技的對立面，即將被它所利用。

我們不會聽任他們擺佈，蔣正附和妻子說，我們的孩子，我們自己照料。

他們以為自己什麼都能做，可是他們不能把生出來的人捏碎了重整。撫玲憤憤地說。

“孩子不一定要成為非凡的人物，做個普通人也挺好。”這話常有人說，但是從來沒有人說“人們不一定要健康，做個病人也挺好”。從來沒有人這麼說過吧。一切現代教育、現代幸福理念，現代藝術都沒有讓人不健康吧？

有一次，從首都來了位名醫。不出意外，蔣正夫妻倆帶著女兒去看了這位名醫。這是場昂貴的面診，全程無智能。一個小時後，名醫告訴蔣正，病的不是你們的女兒，是你們夫妻倆，你們得了一種流行病叫“過度未來症”。

什麼意思呢？

對當下的不信任，對人的不信任，一種極度的悲觀主義。

他們據理力爭，為科技、醫療、戰爭和各種無法查明的惡性事件，自然也講到了那場三千人鬥毆事件。

你們夫妻倆都是獨生子女吧？

您知道看出來的？

太明顯了。我也只有一個孩子。

這位名醫沒有開任何藥物，沒有給出任何機械檢測，他讓他們回去好好生活。

生活不光是恐懼。生活會因為你們的恐懼而變形。

每個孩子要麼好得病、易受驚嚇，要麼太調皮、能量太足，再不然就是表面孤獨，其實內心有作惡的傾向，你們算是走運了。

看著對方權威而堅定的眼神，蔣正和撫玲感覺醍醐灌頂，肩膀上輕鬆了許多，胸口一股濁氣也呼了出來，縈繞許久的哀怨似乎得以消散。

從醫院出來，天都快黑了，經過貧民窟那低矮的由簡易鋼材、塑料布或紙箱子搭建的住所，撫玲小時候就以為那一切很快會消失，所有人都以為那個地方很快會消失，可是並沒有，地盤還擴大了。广場上停放的垃圾車用各種味道訴說著生活的另一面，腐爛、渺小、不知所終。

蔣將五歲的時候，她被遺失在車站。當時一家三口愉快地準備搭乘動車去外省旅遊，過完安檢，父母各自整理外套和電子設備，蔣將卻不知何故反身回走。她從安檢人員的眼皮底下返回入口處，又從自動扶梯通道返回廣場，進入地下通道，一路無人阻止。她的父母失魂落魄的時候，她已經坐上了回家的地鐵。母親的盛裝很快皺成一團，被幾個警察圍住問完話，她前額幾綹頭髮貼到了耳朵，雙手神經質般扭在一起，眼裡噙著淚水。令人不解的是，那個本已回到家的蔣將又神奇地原路返回，要不是警察查看監控，沒人知道她已經逛了個來回。

蔣將剛一露頭就被負責此案的警察揪住。撫玲帶著一聲尖厲的號叫沖過人群，她臉上燃燒著劇烈的痛苦和狂喜，幾乎照亮車站的每個角落。整個世界被這個母親的聲音所震懾，陷入了非比尋常的寂靜。撫玲縱身一躍，摟緊女兒。

這家人終究沒有趕上那趟列車。他們搭乘出租車返回的時候，出租車發生側翻，雖沒有人受傷，但這件事的吊詭使撫玲臉色發紫、面頰煞白、眼睛圓瞪，她大口地喘息，不停地顫抖。她蹲在公路護欄邊上，拒絕別人靠近自己。

蔣正護著蔣將站在她身後，他看到妻子蒼白的鼻尖和手指，他原本想慢慢靠近，瞅准一個時機把妻子扶起來，穩定住，帶離這個不安全的地方，就在這時，撫玲帶著滿心的如釋重負站了起來。

“我沒有怪你，我沒有怪你”，她走向蔣將，眼神裡全是疑惑不解，嘴唇在顫抖，但臉上始終保持著微笑。好像這種刻意輕描淡寫的態度可以抹去剛剛發生的荒唐而詭異的事情。而她的丈夫，手腕上流著血，卻拒絕去醫院，一心想回家。如此迫不及待，有理由相信這短短幾個鐘頭也給他留下足夠濃重的陰影。

撫玲坐在女兒對面，用輕到幾乎呢喃的聲音問蔣將：為什麼要走開呢，為什麼呢？

蔣將不解釋，她不說自己忘記了，只咧了一下嘴，她雙頰飽滿、圓潤乖順，顯得如此無辜、天真無邪，一雙柔和的雙眼溫順地注視著媽媽，完全不知人間兇險。

你知不知道每天有多少天真無邪，不知人間兇險的孩子被人從父母身邊奪走，從此一切命運被改變！撫玲在心底高呼。

知道你不能離開媽媽的視線嗎？她不能就這麼放過此事。

她又咧一下嘴，似乎在說不知道。

夫妻倆決心對蔣將嚴加看管，減少外出活動，不准陌生人靠近，給她買帶有定位器的鞋子、外套和髮夾，但這並沒有阻止蔣將的再次丟失。

就是這麼奇葩。她站在撫玲的眼皮底下，撫玲拎著女兒的平衡車，而被護在身邊的蔣將就那麼原地消失了。

撫玲焦急地轉圈，心臟劇烈跳動，眼看就要休克，老天有眼，孩子過來碰碰她的手，原來她只是彎了一下腰，就被銀灰色的水泥臺階遮蓋住了小身板，撫玲用足夠的耐心重複自己的話：

不要離開媽媽的視線。不要離開媽媽的視線，永遠不要。

這以後她給女兒穿亮色的衣裳，不與樹木同色，不同地面同色，不與其他孩子的衣服同色，她在女兒亮麗的衣服上繡漂亮的圖案，圖案裡是自己的電話號碼。

母親的心意不變，但世界一直在變。

那之後，更多的奇怪、危險且極其令人費解的現象出現了。有一天，蔣將捏著一把刀叉在各個房間穿梭，像是迎戰隱形的惡魔，突然，刀叉紮向空氣，隨後脫手落地。她彎腰去撿拾，在離地半米的地方突然定住，像是被點了穴，她拼命朝父母使眼色，轉動眼珠，好像全身只有眼珠在動。媽媽跑過去把她拽進懷裡，落在媽媽肩上之後，她閉上眼，彷彿落入了敵手。

在母親的精心呵護下，蔣將的身體在發育成長，但她的內裡不受父母的影響，身體裡像住著自己的君王，一切在聽這個君王的指令。這個君王有自己的喜好、自己的觀念和幻想。在外人看來，這樣的孩子做事沒有邏輯，不懂得危險，也許，他們對危險另有感想，甚至對疼痛也另有感想。小學開始，蔣將就一直遭受學校同學的霸凌，智能賬號裡的錢被轉走，午餐盒裡被放蟲子，監視器裡拍到有人抽她耳光……校長決定懲處霸淩者，需要她對當時的情景進行確認，諸如“她的確對你有不太禮貌的舉動，對嗎？”“扇耳光”被婉轉地替換，她反應不過來，換成“打臉”後，她仍然搖頭。健忘，並且不知輕重。這可真是要命。

如果仔細聽媽媽的話，她可以避免再度遭受欺壓，可是她似乎對此興趣不大。她的目的似乎就是忘記昨天，忘記挨過打，忘記一切所謂的經驗。她頑固地拒絕汲取經驗和教訓，堅持不與他人戰鬥，她沒有對抗和贏得比賽的欲望，也沒有融入集體的意識。她的語言功能不發達，或者說，她還不懂為自己的行為辯解。她知道冷暖和溫飽，但審美能力就談不上了。學習與人相處，學習自衛，她都很吃力。

如果不是撫玲寸步不離地盯著她，那麼她會野蠻生長，掙脫宇宙的限制，去往陌生的地方。用撫玲的話說，會被整個世界、每一個人、每一樣物體、每一朵花，甚至每一粒塵埃霸淩。

這是撫玲的痛楚。

一天傍晚，撫玲到學校去接女兒，她牽起女兒的手，走進車裡。女兒安靜地坐在後座，接過她遞過去的零食，但是沒有喊她“媽媽”。她陪蔣將做完作業，想貼上去吻一下女兒的時候，女兒的眼裡掠過一絲茫然、難為情的神情，她意識到女兒沒想起她是誰。

她提醒說：

媽媽愛你。

孩子想了一下，點了一下頭，克服了那種羞赧，眼睛不再逃避，把臉頰湊上去讓媽媽親吻。

叫媽媽。

媽媽。經過了短暫的沉默之後終於說出來這個詞，說完蔣將安靜下來，好像從夢中醒來。

撫玲確定女兒真的忘記她了。

此時已近傍晚，透過車窗，暮色侵入後座，她從後視鏡看著一心一意發呆的女兒。高聳而封閉的方塊型寫字樓遮住了天空和星星，白天敞開的門都紛紛關閉了，居民樓裡亮起家庭的光，漸漸地，女兒白皙的臉蛋也隱匿在這暮色之中，漸漸模糊。舊的擔憂結束，新的擔憂生起。她是我的骨血！我最好教給她一些生存秘籍，最好讓她知道一些真知灼見……這世間處處有狡猾和猙獰。我要她平安無事。她輕聲呼喊女兒的名字，得到回應後，方才敢加大油門。

這個發現擊中了撫玲。她不過度相信科技，更願意像母親孕育自己那樣孕育下一代，但蔣將的現狀像一記耳光重重打在她的臉上，對她進行著無情的嘲弄。整個夏天撫玲懨懨的、悶悶的，幾乎不關心窗外的事。

屬撫玲的定制恐懼正式光臨。就像是一個怪物懸浮在撫玲的眼皮底下。而每天神經高度緊張使她晚上比白天更清醒，她在黑暗裡歎息的時候，丈夫的鼾聲會停一會兒。蔣正在妻子的歎息和下一次歎息之間睡個潦草覺。天氣好的時候，一家人外出，撫玲會把女兒的手一直捏在自己的手掌中，她不信任自己的眼睛，也不信任自己之外的萬物。

蔣將不疾不徐地長啊長，她被太陽滋潤，也被雨打，她臉蛋紅潤、手臂壯實，學會了世界上通用的兩種語言，但是，她記憶力短促，能記住當天學的東西，卻不妨礙她在接下來的幾天裡迅速忘記那一切。情感和表情都不夠豐富，感知危險的能力尤其欠缺。好在她並非什麼都會忘。她不會忘記自己喜歡的食物，不忘記吃飯和喝水、睡覺和笑，不忘記太陽，不忘記字母、數字、圖畫和花草的名字。

撫玲辭掉了工作，她早送晚接，經常獨自守在學校的柵欄邊發呆。實事求是講，人緊張的時候更容易誤事，湯開始熬幹，衣服上的污漬洗了兩次還在，家裡的小狗忘記餵食，許多賬單忘記付，因此全家信用受到影響。

她因為自己正常的遺忘而更加恐懼。

感染肺炎啊，補兩顆蛀牙啊，起皰疹啊，不必說，他們都會緊張到徹夜難眠。

家裡擺滿了女兒的照片：出生的那一天，剛剛會站立的瞬間，五歲生日時頭戴公主花環的照片，幼兒園畢業在舞臺上表演節目證明自己才藝的時候，扭扭捏捏給父母寫生日卡片的情景。她的身體長大了，可是她的表情：憨厚地盯著每一個鏡頭，雙眼的距離竟然沒有隨著年齡的增長而加寬，再看，卻又像加寬了一點。

他們每個月都要帶蔣將去看青少年成長專家，做檢查：尿液、內分泌、腫瘤塗片、血液測試。撫玲對醫院有非常複雜的情感，半信半疑，戒備中進入，戒備中出來，她半推半就地加入了“監督兒童成長小組”和“智商測試中心”，成為他們的管理對象，但她從未讓女兒單獨進入別人的儀器。只有個別醫生提醒他們不要做過度的檢查。這些數據給不出孩子為什麼異常的答案。大多數時候醫生都循規蹈矩地幫他們開單據、收款，抽取一點血液，讓孩子走進掃描器械機房。而孩子呢，從來沒有表示過拒絕，到後來，她甚至蹦蹦跳跳地上電梯，為的是早一點拿到化驗處小盒子裡放著的五顏六色的糖果。

她不多拿，每次一顆，也不捨得吃，捏在手心裡，帶回家。之後呢，會忘記這顆糖，任由它擺在進門處的玄關的檯面上。的確，她的身體指標沒有問題，她相當健康。但是，一切都不對勁。這孩子的臉上有一種微妙的熱切，這種表情有時會顯得神經質，看上去有種莫名的喜感，而有時，看上去就像一個魚餌。

到了這個時候，過去的那些發生在別人家的故事開始由一根看不見的絲線穿過馬路、走道、玻璃門和空氣，到達蔣家，佔據了他們所有的空間和心思。面對勸慰她和鄰居走動走動的蔣正，撫玲無動於衷。不得不說，人跟人之間越來越生疏了，她說，許多事都不透明，像是這樣，又像是那樣。人的看法也是，你不知道他站哪一方，他可能是任何一方，要是說錯了，下次見面就很尷尬。表面上人自己在走路，但是你想想，他到什麼地方去，說什麼話，吃什麼飯，不都是另外的人規定好的嘛。城市是一個大迷宮，每個人都有自己的盲區，人們走著走著變成了另外的樣子，仔細看，是他們的殼在走動，他們的心和肉和血都乾巴巴的。這些乾巴巴的東西有什麼好稀罕的呢。

蔣正一言不發摟住還想繼續往下說的撫玲，用他的心跳幫她安靜下來。

三

萊城經濟和政治地位漸漸提高，生物科技公司和移植醫院的正面新聞和負面新聞輪番曝光。滿屏都是科學新技術問世的報道，金色的獎盃高高舉起，鑼鼓喧天；同一天的新聞裡，夜跑的女孩失蹤，沒有消極情緒，沒有賭氣，沒有與誰發生矛盾衝突，僅僅在樓下跑個步，然後就失去了蹤影。家長低頭垂淚，哀求警察早點立案。據說，那些孩子，只要離家出走，或者僅僅是放學落了單，就有可能被擄掠到醫院，所有經手人對此守口如瓶，但消息自會走漏，傳來傳去，層層推進。恐懼滋滋生長，像一隻只蠕蟲，在父母們的心裡蜿蜒。

隔一天，又一項新實驗成功……趕緊滑動網頁，又發現一個輟學的孩子失蹤……極致的輝煌和極致的恐懼，同時呈現在視覺的正中央，像升空綻放的煙花，短暫閃耀後給夜空留下長久的昏暗。傳言說多數孩童的失蹤牽扯到器官移植，這個聯想讓許多人不寒而慄。

雖然有許多有才智的人發明出各種計算神器，用數據指出社會的毛病，找出事情不對頭的癥結，可是，一碼歸一碼，那些找毛病的人不是城市管理者，不是經濟師，也不是科技帶頭人，他們的話像一粒塵土在河岸飄蕩，持續地飄蕩。社會上每天發生的那些事，人人都震驚、傷心，感到毛骨悚然，從上到下，每個人都覺得城市需要變革，可似乎誰也沒有這個能力；城市千瘡百孔，卻也巋然不動。抱怨歸抱怨，末了也只能由著它像鐘擺一樣隨隨便便地擺動，或者像樹葉被一股股不穩定的風再三掀起，吹到哪裡算哪裡。一切都發生得那麼快，改變又那麼慢，在快和慢之間，人們的耐心和真情逐漸被磨損。每年都有人預言明年就會出現大範圍的糧食短缺，因而許多家的地下室裡備著罐頭、電能、水源，房子大的，家裡預備了三五十個冰櫃，裡面儲存著大量的糧食，雖然大饑荒沒有到來，但人們相信，它像賽馬場裡的賽馬一樣，會隨時脫韁，隨時呼嘯而來。

一城之隔，一街之隔，或者一牆之隔，都是新聞，聳人聽聞，想想都不能承受，不過還好，似乎跟自己的生活不太相干。我們會養育好女兒。夫妻倆每天下定一次決心。

這一年，萊城市的經濟體又有一個巨大的跨越，蓋因明星製造工廠異軍突起，勢頭強勁，風頭一度蓋過生物科技和各大醫院。一批普通人家的孩子，父母用半生積蓄攢下基因改造的錢，通過基因改變，讓孩子從出生起就相貌俊美、能歌善舞，可是 AI 已經快取代一切優質行業，優質兒童同樣在小小年紀就預見了失業的未來。不過，事情有了轉機，這幾年，通過造星工廠，萊城出現了好幾位國際明星。冠以明星的頭銜榮耀還鄉，可謂絕處逢生。這個屬普通人逆天改命、成名成家的機會在萊城掀起了一股做娛樂明星夢的風潮。

但是，好景不長，沒過幾年，一個隸屬萊城市的造星集團被曝出該集團一批批挑選出的形象才藝俱佳的兒童，會被出賣給全世界的有錢人。表面上，他們是人見人愛的明星，走到哪裡都光鮮亮麗，可是，實際上，他們不過是有錢人的玩物，他們在賭場、夜店、私人會所做門童、敬酒童和夾菜童，這些才貌雙全的孩子們先後陷入被欺淩的命運，而且花期很短，剛剛開始嶄露頭角，笑容還沒來得及傳回家鄉，就會被解約放棄。

萊城市有一座拱形橋，這座橋是一處奇特的地方，天氣晴好、夕陽西下的時候，從橋上可以看到河流裡倒映的彩虹。有許多人聲稱在此看到過宮廷和神仙。許多年來，人們在橋上駐足，看各種各樣的大船經過。可不久前，一位被解約的明星從橋上跳下去。他留下的萬言遺書道出了他短短人生的不盡苦楚。他的遭遇引起了家鄉父老的強烈同情。悲劇一經渲染，悲傷到處傳播，第三天，便有另一位有同樣遭遇的藝人從同一處縱身而下。

“模仿死”是一種傳統疾病，死者的行為喚醒了相同處境的人們內心深處相同的痛苦，在想成名而不得的情況下，第一位跳橋者為若干不得志的青年做了表率。緊接著，兩位少女牽手而下。第五位少年、第六位少年跳橋成功後，政府和媒體聞風而至、悉數到位，到處是直播設備，警察、消防和醫護車也悉數到位、二十四小時待命，建築工人在橋邊安裝了防護欄、鐵鎖和遊艇。但是，少年們仍然魚貫而下，第十位少年跳下後，橋外兩側各裝了一排尖銳鋒利的金屬倒刺防護網。

如此一來，縱身一躍之後，要確保從金屬倒刺的縫隙裡穿過去，直達水面，方能溺水而亡，否則，就會皮開肉綻，慘狀不言自明。但是，如此嚴防死守，也沒能阻止死亡一躍。他們打開正在快速行駛的汽車後門，或者假裝來橋上拍照，還有就是在淩晨四點鐘，護橋人員昏昏欲睡的時刻，縱身躍出，穿刺而亡。

第十六名跳橋者，他偽裝成警察，來來回回地溜達了半個小時。這位跳橋少年在世上的最後一秒，舉起一張紙板：

我恨這個世界！

他帶著這塊紙板沉著地翻越橋柵，下落的瞬間他本能側身避過防護網，跌進滾滾濁流中。

還有一個被當場捉住勸回的孩子，他的身上寫著：毀滅吧，地球。

這十六個孩子的平均年齡不足十八歲，共同點都是平民出身，擁有明星的夢想，都和萊城最大的造星工廠有瓜葛。他們細心地錄好遺書，寫清為什麼要跳下去。有些是對自己的才華和運氣不滿意，有些寫明是情感挫傷、失敗的恥辱、活著的無意義。大多數是被霸淩，從出生那天起，就被利用。良好的相貌和天生的才藝成了他們的原罪。

整座城市彌漫著一種神經質的陰鬱氣質。第二十四天，第十七位少年在社交媒體上宣佈跳橋，手上拿著厚厚的一摞紙，裝訂成冊，等到警察和救護人員將他團團圍住，他竟然面露笑意、舉手投降。那摞紙上的字跡在翻開的瞬間全部消失。他在全世界的矚目下玩了一個無字遊戲。

全世界的媒體和萊城人一樣歎息著、呻吟著，他們吶喊、呼籲，他們尋找真相，久久不肯散去。未解之謎比死亡更讓人魂不守舍。

政府拘留了幾位遺書中提到的嫌疑人，採取在各個橋口設置路障，調動軍隊加強巡邏、投放無人機等軍管措施。

萊城幾乎遭到全世界的聲討和質疑。口水如果可以直達，萊城早就汪洋一片了。萊城所有的造星公司關門大吉。

平民明星這條路怕是走不通了。

“十六星跳橋”事件跟三千人互毆相比，更為令人痛心和絕望，它是人們對自己的命運落入窠臼的最徹底的抗議和申訴。這個事是一個導火索，每個人的感觸和痛苦都良多。痛苦帶來衝突，衝突加深對政策的敵意。基於個性力量、正直和不想被愚弄的決心，大多數萊城人和遭遇霸淩、不公以及侮辱的人們感同身受，一時間，城市街道上又開始遊蕩起情緒脫韁的人，他們的口號是：保護弱勢群體，保護兒童，生存平等！簡而言之，民眾遊行示威。

雖然一開始他們叫嚷著平等自由，要保護兒童，總結了這個城市幾百項罪行，除了造星公司的惡行，還有那些無解的失蹤案，要求政府給個說法。但是，隨著第一批遊行者被帶走，第二批頂不住壓力出局，第三批跟進時，他們不知不覺有了新的認識：相比造星公司，高新科技的罪行更多，這些科技公司無孔不入，控制大局，收集數據，左右輿論，搶走飯碗，是威脅大多數民眾生存和自由的最大敵人。經過幾輪的申訴、爭辯，雖然有許多附帶條款，最終，萊城人為自己爭取了一項很特別的權利：十年內，任何科技公司不得在萊城開展腦機接口手術，包括人類已經使用了多年的盲視芯片都不允許植入，以保證作為人類的最大可能的純粹性。

這個與“十六星跳橋”不沾邊的結果令所有人瞠目結舌。同時也惹惱了一大批持相反意見的人。這些人恨不得把一切先進的科技掛在身上，嵌入進眼球，連接進大腦，對接腦神經，更有過激者恨不得腳後跟都裝上助力器，在他們看來，享受科技成果是如此的順理成章，設置科技障礙，妨礙科技進步，這些不可救藥的頑固和愚蠢才是人類倒黴的根本。

兩批人相互看不慣。都說別人看重的東西沒有價值。這沒有價值的東西變成了劍和槍，在空中亂飛。他們多麼希望對方都滾蛋，越遠越好。可是，舉目望去，這世上哪還有什麼可供大群人自由遷徙的未開墾的土地啊。走又沒有地方走，留下來又爭吵不休。如此循環，人與法、法與法、法與情之間不停摩擦衝撞，萊城充滿喧囂與紛爭。

相比較而言，一河之隔的恩城最近在降低失業率和失蹤人口的數據上都表現不俗。這吸引了數量不詳的萊城人前去碰運氣。行事風格迥異的兩個城市，漸漸不再互動，兩城一體的公共交通廢除，一年一度的首腦會晤黯然取消，兩城關係進入冰河期。

要不，我們也回恩城吧？撫玲試探著問了一句。

蔣正是踏實的人，結實的身板，快樂的雙眼，被社會長期薰陶，仿佛沒有太多自我，性格卻溫和熱情，也不自吹自擂，更沒有不切實際的幻想。隨著年齡增長，數條皺紋附著在他的眼周。他在萊城有一份薪資福利不錯的穩定工作。跟他一百三十年前移民于此的先輩一樣，他對生活和工作中一個接一個有難度的挑戰都保持著從容不迫，不衝動，是個沉得住氣的人。就像此刻，他沒有第一時間答覆妻子。

可撫玲自己先泄了氣，算了，恩城不一定有適合你的工作，再說換了地方，孩子就更難交到朋友了。

蔣將其實一個朋友也沒有。字面上的也沒有。對萊城失去信心並不意味著對恩城多出信心。撫玲的聲音裡透著一種悲觀的冷靜。

從孩童失智到孩童失蹤再到孩童自殺，這些信息每天在各種媒體輪番播報、討論，沒有太多的父母能夠在這樣的新聞面前保持鎮靜。蔣正和撫玲已培養出一種面對此類事件的直覺和信息攫取途徑，這樣一來，他們得到的真相較之於旁人就更多，知道的越多，心情越糟糕。有一次，蔣正在和同樣來自恩城的同事聊天時，他情不自禁地提出了自己的隱憂，他發現，辦公室的一位同事，大大咧咧，甚至對於蔣正因為擔憂孩子的安全而想著要搬離萊城感到惋惜，看上去對孩子的安全不那麼在意。

你孩子也才七歲，你就不擔心他的安全問題嗎？

我父母兩個人都退休在家，屋裡屋外都裝了監控和警報，到了週末，我們自己接管，親自照料，再說了，大街上到處都是監控，應該很安全吧？

如果真的安全，那些孩子是怎樣丟的呢？

說到底，家長是有責任的，真正愛孩子的家庭，是不會讓孩子離開大人視線。說到底是家長的問題。

但是蔣正另有理解：生活已經扯開了裂口，不會有任何人對這些裂口負責，就像馬路突然從中間裂開了，政府會追究，對某些人甚至會判刑，但這不是負責，這是對後果負責。人人都想過高枕無憂的生活，但不是每個人都那麼幸運，一塊落到地球的碎片，對地球的傷害可能只是萬萬分之一，而被擊倒的那個人，失去的就是生命。

不幸的是，這位樂觀同事年僅七歲的孩子在這場談話後的一個月後失蹤了。那天，爺爺在家做晚飯，奶奶領著小孫子去逛超市，就在她刷臉付款的一會兒工夫，小孫子不見了。

這個父親，把全部的精力拿去尋找孩子，他不停地在媒體上發佈孩子的照片、分享生活中的細節，痛陳人販子的可惡。他獲得了許多同情，但孩子仍然下落不明。因為散盡家財，整日在全國各處奔波無果，為引起關注，他誇大了一些數據，被戳破後死不認錯，到最後，事實和假像混淆在一起，讓搖擺的人們得出了一個看似中立的結論：一個男孩失蹤，而他的父親失去了理智。

有一天，蔣正在路上碰到了這位許久不去上班的同事。他看上去老了很多，滿頭白髮，像他自己剛剛過世的父親。

蔣正請他在“碼頭”咖啡喝了一杯。

十多年前，我們的城市每個孩子出生時都可以安裝定位芯片，知道為什麼後來取消了嗎？

知道，芯片的原意是追蹤孩子的行蹤，保證他們的安全，但是後來發現，芯片雖然可以幫助記憶、傳感，刺激大腦運轉，治療一定的疾病，但同時，芯片與人體的交互，改變了人的能力、行為甚至思想，逐漸侵犯了人的隱私、大腦和生命安全，對其產生了顛覆性影響，帶來了社會倫理問題，所以才逐步被叫停。

是的，表面上是這樣，說是擔心單純追求所謂的生物計算進步會損害倫理道德和人的自由，但是，芯片最初代就只有追蹤功能，完全可以不升級。萊城市取締了人體追蹤設備是另有陰謀，同事憤怒地說，真正的原因是，如果全部裝上芯片，那麼每個孩子的行動軌跡都處於透明公開之中，那些不法分子就無機可乘了。

這不光是萊城的事，是《世界科技法》的法規。

可是，哪個城市器官移植醫院最多？萊城。周邊幾十個國家都到這裡來做移植手術，你想一想，為什麼別的國家和城市發生人口失蹤，第一個就會懷疑萊城？因為這裡有市場，有產業鏈！為什麼萊城的大街上有許多陌生面孔？告訴你，私家偵探來找孩子，國際警察也來找犯罪記錄！

可是，沒有證據對不對？

我現在認識許多失蹤孩子的家長，他們都懷疑孩子跟移植醫院有關，跟拐賣集團有關。

目前有什麼證據嗎？

我們每個月享受的免費醫療有什麼前提？

填寫捐贈卡。

對。為了仨瓜倆棗，把自己的器官都給捐了！

那是自願捐贈書。

那是在他們的誘騙下一步步進行的。

這更意味著，一旦有一個需要器官移植的富豪躺在醫院裡，你的數據跟他吻合，而你出門上班的過程中，說不定就會出現意外。他們拉開了與萊城市的距離。國際媒體頻頻報道一些新聞：比如，某年，美國醫學協會在印度進行了一項調查，結果顯示印度那些出賣腎臟的“捐贈者”，每“捐贈”一隻腎，只能得到 1000 多美元。這些窮人得到那 1000 多美元後，身體情況下降，幹不了重活，越加貧困，形成一種惡性循環。而最大的得利者，則是西方的富豪們，他們用錢給自己續命。

相信，在搶劫、謀殺和欺詐的社會裡，以一部分人的犧牲來成全更多人的富貴、榮光和法的健全。

這些掌管權力的幕後大手從一開始就在佈局，他們讓我們生存，鼓勵我們結婚，等我們的孩子長大——你以為我們的孩子就像我們看到的那樣，長大成人嗎？

你在說些什麼呀？蔣正吃驚地看著眼前這個滿嘴胡話的人。

最可怕的是，與其說我們的孩子天生就有什麼興趣愛好，不如說，孩子的興趣愛好也是被預先設計好的。同事自顧自說，我認識一個人，他的孩子是罕見血型，這樣血型的孩子是不會出意外的，但會定期失蹤一兩個小時，不等家長報警，小孩就會被安然無恙地送回來。但他的孩子是容易“走神”的孩子，回家後，父母什麼線索也問不出來。而有些孩子，肺功能為什麼那麼好，三四歲就喜歡慢跑、游泳，以為那都是天生的，你就大錯特錯了。同事喃喃地說，我的孩子就是太健康太完美才被他們盯上的。

如此匪夷所思的對話，蔣正從椅子上站起來，彆彆扭扭地鞠了一躬。整場談話就像一個笑話，當一個人對你講了一個笑話，但是並沒有戳中你的笑點，你大概率就會這樣慌慌張張地鞠躬吧。

他說他小時候，看到一個在街頭被揪住的老年婦女，那真是一副受苦又老好的相貌，被人打得渾身是血。他心裡充滿了同情。後來才聽說，她把別人的孩子從推車裡推走，從超市裡帶走，從公園裡牽走。她賣過許多孩子到偏遠地區，但是，逮到後竟然沒有被判處極刑。看一看法院每年在經手些什麼案件：房產糾紛，繼承糾紛，離婚官司，法官和律師都把心思放在了賺錢的官司裡，本應該受到保護的兒童卻沒有好好保護。

你知道吧，我們這些人為什麼個個這麼沒腦子沒膽量沒勇氣，連五百公里外的地方都沒去過，這一切都是因為他們的安排，他們叫我們光活著就喘不過氣來，根本沒力氣去發現真相，沒膽量去突破他們的邊界，沒腦子去思考，所以如今就任憑他們宰割。

這不是真相。蔣正心想，我們出去過，去年還去過西雙版納，前年去過九寨溝，我們在許多國外有好山好水的地方留下過照片和錄像。

看蔣正那副心不在焉的樣子，同事怒了，醒醒吧，不要再做一隻任人宰割的羔羊。

他說，科技也是一場騙局。也是搜刮的神器。他們讓你覺得你非擁有不可。他們不允許你停下來想一想。但凡想一想就明白，科技這麼發達，全世界人口為什麼越來越少？因為窮人數量不夠，所以就消失。95%的窮人養活了 5%的富人。你們不夠窮，他們就不夠富。沒有人同情你的窮，也沒有人同情你的苦，醒醒吧。

他說，移植醫院也是，他們偷走我的孩子，不光是為了偷我的孩子，也是為了讓你，讓你們所有人都害怕自己的孩子被偷，這樣，他們下一個昂貴的東西你就會去買了。瞧你這副慌慌張張的樣子，怕了吧？歸根到底，他就是讓我們這些人過得惶惶不安。看我如今這個樣子，他們在暗處偷著樂呢，這些冷血的東西。你以為都是偶然嗎？不是的，就連焦慮，那好像明明白白從你自己心底生長出來的東西，都是他們灌進去的，他們灌進去，就是想讓你接受他們的理念，好牽著你的鼻子走。他們說，這才符合人性和歷史的邏輯，光靠拿歷史說事，就能搞到你摸不到方向……

還有意志，你以為那也百分百屬你自己的東西，早就悄悄被瓦解了。

就連體面也是騙局，你用一生去維持體面，從早忙到晚，然後到死也死得不體面，哪裡有時間體面？如果你連體面也不要，他們會製造新的東西出來讓你買，你等著看。瞧瞧你，還是不肯接受真相。這不是沉淪和毀滅是什麼？也許我以前更天真，所以才對我打擊更致命。我身上的力氣都被抽走了，因為對這個世界感到太失望了，我們根本不是在生活，我們只是在苦熬。

我們要戰鬥，去找一條出路，也許我的孩子還在等著我去救他。我們一定能找到一個拯救孩子的途徑。

蔣正慌忙站起身走出了小酒館。走了很遠，他發現自己雙手雙腿都在顫抖。什麼也沒有發生啊，我這是怎麼啦？天還是天，地還是地，哪裡就需要焦慮煎熬成這樣？

過了幾天，蔣正在公司的走廊再次與那位同事相遇。那是他請假近一年後第一次來上班。遇到蔣正之前，他已經跟其他人聊了很久。

你相信我的小孩被他們害了吧？說這些時，他至少還帶著詢問的口氣、有商有量的態度，並沒有向他人展示過度的屈辱，也沒有刻意地討好。

蔣正希望自己像其他同事一樣，有教養和耐心地聽他說幾句。可是前幾天的談話，使他這會兒鎮定不下來。且不說走廊上有像素清晰的監控，他知道一旦搭腔他就會脫不開身，所以他無言地看著對方。蔣正的沉默讓他憤慨：

你倒是說說啊？

我不知道說什麼好。

他鼻子哼了一聲，樣子輕蔑又無助。他眼睛裡的蔑視一直在，但他的嘴唇哆嗦著，似乎在說，幫幫我吧幫幫我吧，我快撐不住啦，這個世界每天都有不同的不幸發生，但是，在這個辦公室，這個街區，如果註定丟失一個孩子的話，那麼顯然，是我的孩子，就像有人對著人群扔出去一塊石頭，這塊石頭打中了其中的一個人，那麼我是在替整個人群承受。那些僥倖沒有被砸中的，理應給予同情和賠償。是這麼個邏輯和道理。可是，蔣正什麼多餘的動作都沒有。他沒有動。

就在這個時候，好像被蔣正的冷漠擊中了要害，他身上某個機關被觸動了，這個老實人突然揮起右手，握成拳，比畫著要砸向蔣正。

呸，他沖著蔣先生說，你也只有一個獨生女兒，而且還不那麼正常，你非但不支持我一下，還跟他們穿一條褲子。

相信法律有什麼用，法律就是一個漏氣的氣球，吹得越大，氣漏得越快。你以為法律是來幫助我們這些小人物的，醒醒吧，法律只會被比他更凶的人利用。我看你是聽不懂人話了。

你還不明白嗎？我們的一切都掌握在大數據那裡。哪些小孩可以做童工，哪些孩子天賦異稟，可以重點培訓用來供人消遣，哪些孩子專門被用來做器官供應，等著吧，他們也在覬覦你們的孩子呢！

他使勁拍打著牆壁，許多事後來蔣正都忘記了，但這些話一字不差地被吸進了腦子，排成一排。完了，蔣正想，就算你什麼都沒幹，僅僅是把牆拍得這麼響，情緒管理部就會有人來給你做評估，做出你不適合繼續工作的結論，他們會說解雇你不是因為你要去找孩子。而你現在，不僅需要錢，還需要精神寄託，哪裡能失業。他摁住對方的手，希望他能冷靜，然而對方刹不住車，說個沒完，半瘋半癲、言之鑿鑿，越說越激動，語速快得驚人，很快，就連旁邊看熱鬧的同事也聽不清他的話。

他被兩個保安架出了門，從那之後，他的桌子他的物品都從那幢大樓消失。

蔣正觀察著身邊的同事，大家都像沒有發現一個人已經消失了一樣。蔣正再清楚不過，這些疲憊、恐懼的人無法負擔崇高的後果。他們已經被“付款”深度捆綁，稍有不慎，就會前功盡棄，重新回到貧困者行列。出於明哲保身的理由，明知事情很可怕，但他們假裝沒有觸動到他們，似乎只要他們裝著沒有感受到別人的痛苦，就能逃避同樣的命運似的。似乎他們不知曉那些不幸，那些不幸就永不會沾到自己身上似的，充其量，他們沒有能力應對這些意外。

同事走了，奇怪的是，每當蔣正經過他拍打過的牆壁，一陣眩暈、狂躁就會襲上心頭，緊接著他的心跳加速，汗珠從他的太陽穴處淋漓而下。有那麼幾分鐘，他強自鎮定、調勻呼吸，說服自己這只是一種心理暗示，可是他四肢僵硬，直到拐過那片區域，四肢才得以舒展。等他回到自己的工位，像跑了十公里，渾身散了架似的癱軟無力。

這個感覺一日又一日重現，就好像那個同事一直在盯著他，每當他踏進走廊就會感覺到一種危險。那種危險一開始是一種氣息，後來變成漁網，變成魚刺，密切、錯亂、尖銳，令他困頓不安。

後來從某一天起，蔣正身上的某樣東西就消失了——可能叫盲目的樂觀主義，或者叫堅強的意志力，隨著同事的離去也一併消失了。

四

一個熟悉的世界正在遠去。

丈夫同事的悲劇，加上"十六星跳橋"事件，撫玲慢慢得出一個看法：有錢人編織出一張大網，擁有銀行的和擁有房地產的都是朋友，他們經常在同一畫面裡出現。擁有奢侈品工廠的和擁有醫院的也都是朋友，甚至是親戚，再不然，他們也同屬一個學校，一個聯盟，一個黨派，當然，他們明爭暗鬥，今天你佔據富豪榜首，明天我獨霸熱點；今天你發表個明損我的講話，明天我講個暗諷你的段子，但是，他們的競爭是良性的、友好的，他們明白自己真正的敵人和對手是窮人，是他們圈層之外的大多數，他們早就形成了一個八角站位，每個人握著一個方位的角，他們在城市的上空編織著一張鐘形罩，確保裡面的人與錢都不會飛出去。

而他們，這些忙忙碌碌的打工人，全部是罩子下的裸體人，無論怎麼奔跑，都不會越過，甚至不會接近這八個角。

"你相信世界是什麼樣，接下來，世界就會變成你想要的樣子。"

這本來是一個意念療愈館投放出來的廣告，在撫玲對世界幾番打量後，再看這句話，它成了一種不祥的暗示。

像是悟到了什麼真理，撫玲吃驚地瞪大雙眼，自那以後，她時不時跑到幾個醫院門口轉悠。她已經認定，每天晚上這些移植醫院燈火通明，救護車進進出出，大多數打著拯救病人的旗號，其實都是在偷健康的孩子，摘取他們的器官。他們專門盯那些貧苦人家的孩子，因為他們就算失蹤，家長也無力把事情鬧大。他們將新鮮的臟器輸送給腰纏萬貫的有錢人，從眼角膜到肝臟、心臟、腎臟和肺葉，甚至是年輕的皮膚，只要能讓人永葆青春，又不能人工取代的都會成為他們的目標。

蔣將上二年級了，成績不理想，但能開口說五個字以上的句子，可以獨自去兩百米外的學校上學。這沒有減輕撫玲的憂愁。只要女兒出門，消失在自己的視線，撫玲便會情不自禁想象女兒正在遭遇危險。她勒令自己甩掉不好的念頭，讓內心平靜。她燒好整桌飯菜，或者聽音樂、看智力比賽、參與懸疑推理劇，而女兒在應該到家的時間沒有現身的時候，恐懼又會降臨，猶如一場突如其來的大地震，令她搖搖晃晃站立不穩。等到女兒進門的聲音傳來，她就像中了頭彩似的欣喜若狂。她對自己的過激反應感到羞愧，但是，到了第二天，恐懼又會牢牢糾纏著她——似乎都是危險，馬路邊的溝渠，遠處轟隆隆的炮火聲，以及到處戴著科技墨鏡穿黑夾克的男人。她自己家也有這些正常的裝備，但別人穿就顯得別有用心。對了，還有那些質量低劣的大樓、那無處不在的交通設計漏洞，這麼想的時候，她的心會止不住地哆嗦。緊閉的門突然一響，女兒回來了，她劇烈顫抖的心才如釋重負。何等寬慰的時刻呀。女兒的表情——她就掛著那麼茫然無辜的表情，看著突然激動的媽媽，若無其事地走向桌邊喝水。

到了夜裡，撫玲悄悄潛入女兒的房間，借著門縫的微光，看女兒皮膚如雪花一般晶瑩剔透，四肢那樣結實勻稱，露在被子外頭的腳趾都十分可愛，被子裡的腰身輪廓秀美，她正在長大成人。母親總是想著女兒，沒有一天不記著她的模樣，在她眼皮底下，女兒漸漸變了，變得令人陌生，那時，她小胳膊小腿，她憨厚的神情令人感到幸福，如今，她讓人捉摸不透。母親覺得，女兒不是生來就讓人捉摸不透，而是越長大越發讓人看不懂。她散發出不合常理的任性和對規則的蔑視，她像一個透明的柔力球，好像無棱無角，實則光滑不可控。話雖如此，做母親的仍然兢兢業業地愛著女兒。她愛她的程度如此之深，深到她心裡有時候會有一個絕望的想法，希望自己早點兒死掉，這樣就看不見她在人間遭遇挫折，看不到她跌下跳臺，看不到她被人嘲笑，看不到她失業，失戀，沒有錢，沒人愛。不，她也見不得她結婚生子，變得與她此刻一樣卑微，一樣對兒女的未來擔驚受怕。

退出來，掩上門，思念之情立刻湧出來，她又推開一條縫，再看一眼。

旁人怎麼理解她的愁苦呢？越來越大的女兒在她眼裡反倒比嬰兒更弱小、無辜而無用。到處是隱匿在街道的蒙面人，撫玲的擔憂之情像一陣風暴——不依不饒，急且狂暴，將她賴以生存的外在與內在秩序徹底搗亂。如今，她已然忘了風景、美食和所有新鮮事物。人會因為恐懼喪失一切生活樂趣嗎？答案是肯定的。

蔣將的驚人變化就發生在二年級下學期的一段時間——就是扶玲去學習插花的那周。插花和冥想，不知道哪個家長好心地建議。在體驗了一節課之後，扶玲迷上了這兩樣東西。她先在第一個教室觀看插花視頻，然後得到一堆材料，將之插入瓶子，然後捧著被老師首肯的藝術瓶走向第二間教室，她非常迷戀在走廊和陌生女人們擦肩而過時的感覺。就像是進入到時空隧道，就在她仿佛看到“自我”的短暫時光。在媽媽關注自我的那些日子，蔣將突然長大了。有天，她跟著蔣正到藝術中心去找撫玲。那孩子穿著低腰褲，露出白皙的腰部肌肉，頭髮剪得很短，蓬鬆地支愣在腦袋上。那天她穿了一條牛仔褲，臀部包得很緊，平坦小腹和衣服渾然一體，兩條小腿筆直而有力，這樣的形象讓扶玲感到一振。她混雜在那群有錢的太太裡，那些人竭力掩飾著自己的衰老，但是，在真正的青春和健康面前，所謂的藝術和修養和精緻簡直就像個笑話。女兒那麼美，那麼不懂遮掩，那麼木秀于林，對齊刷刷的各種人的目光察覺，毫無防備意識！撫玲被這種喜憂交雜的感覺嚇到了。

蔣正和撫玲常常議論著女兒的同學們：有一些沒有主見，過於單純，你說什麼她們都會信，容易上當受騙；有一些特別爭強好勝，張口“獨立”閉口“價值”；有一些屬精緻的利己主義，主打一切對自己有利的就是好的；有一些酷愛吃喝玩樂，白天萎靡不振，到了晚上精神抖擻，偷摸著玩遊戲，網上聊天；再有個別孩子，小小年紀把精緻和減肥當成人生目標，容不得自己犯一點錯，有一點不完美，不出意外的話，她們將會是那些時尚醫美、名媛會所的常客了。

多麼令人羡慕啊，這些別人家的女兒，充滿陽光、頭腦清楚，讓人看了放心。撫玲經常在地鐵上看到一些對流行音樂著迷的女孩，耳機遮住大半張臉，旁若無人、唯我獨尊，即使無精打采、有氣無力、冷漠無情、過早叛逆，也是她十分嚮往的模樣。

蔣將卻不屬以上的任何一類，她和他人漸漸區別開來，可以說她對這個世界完全無興趣，她甚至都不屬眼下的這個世界。她無端地犯迷糊、神態懶散、提不起精神，又無端地容光煥發、熱情洋溢，在她那個沒有改造的身體裡，仿佛少了什麼部件，或是什麼部件失靈。現在人們知道，人身上有無數的開關和按鈕，眼皮是眼睛的開關，嘴唇是口腔的開關，內部的開關更多，神經、細胞、情感、安全意識、運動能力，而蔣將身上，就有什麼失靈的刹車和按鍵，而且不止一處兩處，總結來說就是缺少對普遍邏輯、社會性和對必要的成長法則的領悟。

究竟何以至此，所有人，包括她自己對此不甚了然。對所有的知識灌輸，她是一點兒不會反駁，但是一點兒也沒聽進去。她會習慣性地點頭，甚至在大人提高音量時，她會站得更直一些，可是無法按他們說的去做，就像一陣雨打在玻璃窗上，雨是雨，玻璃是玻璃。

撫玲唯一能做的就是胡思亂想。後來她不能忍受坐在家裡等，她又開始早送晚接。在女兒放學前半個小時，她已經在校門口的草坪上踱來踱去，一圈又一圈地打轉。她心裡想等一會兒會有老師走過來告訴她女兒出什麼事了，生病了，嘔吐了，或者被打了，她想著想著，開始手腳顫抖，似乎可怕的想象已經成為毛骨悚然的現實。她像個舞臺劇演員，無端地滿臉通紅，又滿臉蒼白，有時還站立不穩。她把門衛和值班老師都嚇住了。接到了女兒，牽她手過馬路的時候，撫玲卻仿佛置身於暴風雨當中，她目光炯炯地抵抗重重危機：突然從天而降的蒙面人、駕駛沒有牌照車的彪形大漢，只為擄走女兒。恐懼的風暴，在夜晚也不停止咆哮，她盯著漆黑的窗戶，每一聲異響，都像是敵人派來的前哨。藏無可藏。有一天夜裡她站在後院逡巡，走到了她最懼怕的那片黑裡，準備與之作鬥爭。蔣正跟了出來，撫玲的情緒每時每刻都影響著他。他把妻子牽進屋，將門窗緊閉，回頭朝屋外看了一眼，毫無疑問，妻子的恐懼已經傳染給了他，逃無可逃。

傷心的父母的腦海裡充斥著對這個城市的憎惡和仇恨，那種仇恨如同秋天的楓葉錯綜繁複，層層迭迭地懸掛在窗口一般長期盤旋在人們的心頭，唯有一場大風才令其騰空、旋轉，飄落和消失，在這場大風到來之前，你永遠無法斷言這種恐懼和憤怒如何消散。精神失常了，信息大爆炸的時代，每一則新聞背後都飽含對政府及社會的失望。那一刻，他們意識到，所謂的幸福時光，不會輕易到來，換個說法，這個城市鐵了心不打算讓老百姓稱心如意。其實那個時候太陽每天照常升起，蔣正和妻子住的明明是安保設施完備的昂貴小區，卻執迷於關注生活中存在的種種危險，一度達到故步自封的程度，他能與丟失孩子的家長迅速產生共情，關於孩子的去向，他和他們的父母一樣苦苦探究，不眠不休。

能過上平凡普通的生活，也許才是真正的幸福。在沒有這個孩子之前，他們的生活是鬆弛的，也許有許多欲望，擁有更多的幸福是其中之一，現在，這種鬆弛被奪走了。仿佛一把劍豎在你的額頭，無論你睜眼還是閉眼，它都在那裡。

當初的理想和幸福變成了奢望，只願簡簡單單平平安安就可以了。至於是誰造就了今天的局面，誰在暗中把控人類基因、命運走向，是哪些人，哪些機構和團體在操縱，他們完全不得而知。

夫妻倆開始喝酒，喝酒是容易誤事的，精神狀態都不好，他們都知道自己的心裡有恐懼，但不知道怎麼正視它，怎麼處理它，怎麼解決它。好像過去那春風得意過的生活並沒有存在過，事實上，外部狀況並沒有改變。改變的是他們的心。

蔣將愛上了跳水。撫玲拿著毛巾跟在她身後，蔣將站在跳臺上，燈光將水的波紋映照在她身上，她身著一襲藍色泳衣，黑色的頭髮滴著水珠，光滑閃亮。她真美，美得毫無防範，卻令母親心碎。

她沒有看母親，滿懷熱情地走上跳臺，縱然一躍，砸出巨大的水花。她以水花的大小來取悅自己。水花越大，她笑得越大聲。她以重複為樂，一頭紮進去，再一頭紮進去。

她笑得越大聲，她媽媽的臉色越古怪。

有一年他們一家去中國錢塘江觀潮，不知道是誰的餿主意，竟然提議去錢塘江——他們總要相互糾錯，否則沒有辦法發洩心裡的情緒。那一天，他們漫步在堤壩，潮水已退，江邊平靜，遊人們都漸漸離去。他們正商量著到晚上嘗一嘗江鮮。突然之間，蔣將緊走快跑，躍過兩道柵欄，準備一頭紮進江裡，被蔣正著急忙慌地拽上來，她又掙脫出去。

不能跳。撫玲在她身後追趕著喊。這時候她倒格外機靈了，掙脫，迅速紮進去，憋住氣，好半天才探出頭，看到父母扭曲的臉，發出咯咯的笑聲。

等父親把她帶上岸，蔣將被泥水裹挾得面目全非，瑟瑟發抖。

可是，不等父母反應過來，蔣將再次躍過護壩柵欄，躍進滾滾浪花，不知道過了多久，她探出頭，朝岸上的父母揮手。撫玲看著她上岸，知道她上岸是為了再次跳躍。

撫玲止不住地顫抖。一會兒，她的眼前佈滿了星星，像是大地跌進了天空。她想哭出來，把壓抑了多年的恐懼從胸腔裡趕出來，可是她的喉嚨不聽使喚，她縮成一團，用雙手捂住腹部，一如當年目睹千人鬥毆時的反應。

你女兒不知道什麼叫害怕。有個站在岸邊的陌生人突然對她說，沒有提高嗓音，不是出於大驚小怪，只是一句正常的陳述句。他是對的，撫玲心想。陌生人看出她不知道害怕，陌生人有沒有看出我在害怕？她在心裡呻吟。他說出了她自己想說的話。危險的事情就要發生。女兒在跳躍，輕盈而自得，水花高高揚起，笑聲在場館裡遊蕩，有人在拍巴掌，像是慫恿她不斷折磨她的母親。

我的孩子也不知道害怕。

你說什麼？

二〇二八年出生的孩子身上少了些什麼東西。

你是怎麼確定的？

瞧，那個從滑板上摔下來的是我的孩子，他學不會。他什麼都要嘗試。他全身都是傷。

那個人說這些的時候，面部開始扭曲。痛苦如此劇烈地撕扯著他的面部神經，五官都不在原來的位置上，撫玲一下子看到了這個陌生人的心——和她一樣被恐懼醃制、反復搓揉、千瘡百孔的心。

我們的孩子身上少了東西？“監督兒童成長小組”“智商測試中心”和醫院裡的兒科專家都沒有提過呀。

他們只會讓你看到無關緊要的東西。那人說完不等回應便徑直走向自己的孩子，在接近孩子的一刻，他的臉上堆起了笑容。他沒有來得及告訴撫玲的是，他孩子身上的那種不受管制的唐突性，來歷不明的勇敢無懼，毫無預兆地突然轉身和躍起的動作，數次讓他心跳停止，幾欲崩潰。而且，那個孩子，一旦父母當著他的面表達對他的失望，即便他已經跳夠了，也會報復性地再來三五次，直到受傷不能動彈為止。一開始，他的家長懵然無知，不停地抱怨和糾正。抱怨和責罵給他帶來了新的能量，他會義無反顧地繼續搗蛋，直到父母閉嘴為止。現在，他們學會了沉默。

大問題！劇烈的痛楚攫住了撫玲，蔣將那麼不專注，成績那麼差，那麼沒有防備心，卻又那麼快樂，快樂得像在演電影。危險的警報彷彿穿過一道空氣牆壁。她有她自己的邏輯。這個邏輯不是以生命安全為準則，是以外部天氣、物件，她的感覺和喜好，以及她腦部某根神經突然驅動等極不明確的偶發念頭為導向。沒有明確性，沒有必然性，想要跟上她的節奏，護她的周全，只能隨著她心靈的波濤起伏做伸展運動。撫玲夫婦像兩個失去四肢的盲人，豎起耳朵，弓步站立，時刻保持警惕，卻仍被排除在蔣將的心靈世界之外。

時至今日，她總算確認了，這個城裡，在他們簡單的內心裡，除了對生活的恐懼、對無形危險的恐懼已經別無他物。人們一直對自己冒冒失失的子女嚴防死守，他們驚慌失措，失去理智，老是覺得有不同尋常的危險正在向孩子逼近，但是，他們都沒有想過一個問題：這些孩子何以如此？撫玲懷疑過在她懷孕期間發生了什麼不尋常的事情，那雙表面上不被允許伸向她的手事實上已經伸了過來，她不知道而已。

跳水事件過後，蔣正疑心女兒有個鐵肺。一天半夜，他趁女兒睡著，悄悄拿毛巾捂住她的口鼻，想試探她憋氣的時間。女兒扭動幾下撥開他的手，他試了幾次，終究不忍下重手。等到他半夜醒來，發現妻子不在床上，他循著亮光往女兒房間去，看到妻子也拿著一條毛巾站在女兒床邊。

妻子聽到腳步聲，回頭朝他苦笑一聲，我好像魔怔了。

不，你沒病，你擔心的也是我擔心的，我們都沒病。他特別理解，他跟她是一樣的感覺。他什麼也做不了。昨天，就在昨天，一家醫院被媒體曝出，他們新生兒的死亡率高達百分之九十，直到一位不甘心的父親請了私家偵探才得到真相：他們發出假的死亡證明，然後把那些剛剛出生的、健健康康的孩子以不同的價格送往世界各地。

如果有一天，我們的孩子真的有個什麼意外，像是跌斷腿什麼的，進了醫院，也許最危險的時候就來了。那時候就得任他們擺佈了。

那些傳言全沒有依據，專門用來嚇唬我們這些人的。

我們又沒有什麼特別的東西，他們嚇唬我們有什麼企圖呢？撫玲眼淚汪汪地問道。

出了問題的是這個世界，不是她，不是她。聽到這樣的安慰，她不知是如釋重負還是加劇了擔憂，她抽泣起來。她抽泣的時候，他也無比傷心，一種莫名其妙的情緒同時攫住了這對父母。這不難理解，因為他們同住同吃，每天幾乎有一半的時間在一起，作息和飲食習慣也趨於一致。在看到不斷有兒童遺失之後，他們發現了自己心裡的那個黑洞，裝滿恐懼的黑洞。沒有打架鬥毆，到處霓虹燈閃耀，過年的時候空中綻放真實的煙花，即使如此，恐懼仍在這個小家庭和萊城這個城市無聲蔓延。

我不會後悔，也不會放棄。撫玲對女兒熾熱的愛根本無法化解，愛在她的心頭、眼裡、血液裡，愛產生無與倫比的力量；愛像永恆的岩石，和星辰，無時無刻不在。他們緊緊抱在一起，他們的愛神聖又深沉。他們親人，是戰友。他們長時間地躺著，疲倦、無助、沉默，憂愁在他們的心頭盤旋，他們說出的話，猶如落下的雨點。過了好長時間，雨點穿過密匝匝的、不透風的命運的籠子。籠子把世界變成了另外一副樣子，好像有一堵牆，一天天地向他們逼近，讓他們失去了時間感和方向感。

短暫的迷糊之後，他們更加堅定起來，他們彼此相愛。愛給了他們更多的能量。他們決定更加謹小慎微。

小女孩兒困惑不解地看著悲情的父母，心底感受到了她尚不明了的絕望，她手足無措了一會兒，便忘記了，歡歡喜喜地要出門玩兒。

捐贈是一種新的社會風氣。人們要相親相愛，強勢的為弱勢的做貢獻，先來的要為後到的做貢獻，年輕的要為年老的做貢獻。因為人們共同擁有汪洋大海，也共同擁有天空和雲朵。捐贈物品、時間以及將來死後的器官，都是高尚和成熟行為。也是一種身份的象徵。

撫玲和蔣正每年都會在捐贈列表填上他們捐贈的物品、錢款和時間。他們也會嚴格遵守自己的承諾，在人行道邊值勤，修剪花卉，陪伴失能和失業的人，甚至在老人院幫著推輪椅，他們儘量不帶感情去做這一切。他們面色平淡地幫助失敗、失業、失能、老去、情感障礙，好像對此保持旁觀疏遠的態度，那一切就永遠不會光臨到自己頭上。

他們悟出了一個真相：真正的有錢人是不捐贈的。在任何團體，已經很難見到真正的有錢人了。你不會看到富人買衣服，掛號，急診，吃快餐，代替他們出面發聲的永遠是秘書、保鏢、經紀人、經理人和發言人，他們隱藏得很深，披著隱形的鎧甲，被重重保護。即使是在人潮洶湧的大街上，這些人也不在其列，關於他們的印象和形象，呈現在人們面前的，已經經過層層加工，像精雕細琢的藝術品。人和東西一樣根據價值已經被分離、歸類、有具體質量標準了。

雖然不容易，在偶然的情況下，撫玲還是見過幾位有錢人——通過蛛絲馬跡得出的判斷，因為，真正的有錢人臉上有一種對錢的漫不經心，就算他們討價還價，也就是做做樣子，而窮人的臉上有一種對金錢的極度憤恨。在詢問任何東西的價格時，他們的臉上先露出那種憤懣和對抗，仿佛這麼一來，能嚇得店主不敢亂開價似的。有錢人一般不會談論錢。隻字不提。所有把"錢"字掛在嘴上的，基本不會是有錢人，哪怕他們裝扮得金光閃閃，那也是用來糊弄人的。也因此，加深了錯誤的印象，窮人對有錢人的評價越來越不客觀，充滿了偏見和誤解。

有錢人的臉上寫滿了罪惡。

金錢從來不是歡歡喜喜、甜甜蜜蜜從天而降，需要進行度量、欺騙、爾虞我詐，斤斤計較，甚至強制和暴力來獲得。一個時期不可能所有的人都能跑在前面。分開差距之後，跑在前面的人為了他們的利益和安全制定規則，後面的人可就有得受了：他們需要遵守的是他們並不明白根本的東西，可是他們沒話語權啊。話語權也不是通過抽籤來的，同樣是通過衡量、猜度、盤算、規劃來的。

那些度量、盤算、權衡都在臉上留下了痕跡，任何東西也難以遮蓋貪婪和強勢留下的痕跡，得到得越多，痕跡越重。

天空、大地、海洋都是屬他們的，他們從來不會分享，他們只是灌輸"分享"的概念給別人就是了。

萊城最近的一次新聞事件，是一位十七歲少年離奇失蹤。報道顯示，那是一個活力四射的孩子，體格健壯，熱愛跑酷，平衡感超好，是個百年難得一遇的體育健將，難道他的什麼被人盯上了？

不得不說，市政府做了許多的事情，政績突出，但在守護孩子安全這一塊，卻始終得不到多少肯定。以蔣正和撫玲內斂的性格，他們不喜歡與鄰居說長道短，但是那幾天，破天荒地，他們每天去附近的朋友和鄰居家喝茶。他們探討政治與生活，探討那個熱愛跑酷的孩子失蹤的新聞，他們一次次把話題往他的愛好方面引導，好像他的愛好是他命運的威脅，乃至命中註定的。彷彿他們不停地說，或者堅信不停地分析，就可以將那不可知的神秘的失蹤排除在自己的生活之外。他們相信專注于受害者，找到他自己的根源，別人就可以避免這樣的不幸。當對方無意而善意地推翻他們的推測時，他們每次都會長久地沉默，好像這用茶和精美糕點招待他們的鄰居別有用心、不懷好意。在長時間的沉默之後，他們起身說再見，回到自己的家，回到更無邏輯的憂慮中。

四下無人時，他們又改變了看法：受害者是無錯的，受害者的家長也是無過的。表面上孩子在自己父母的監管下成長，可是，他們的孩子可能在出生前或者出生時就被做了手腳，所以非常容易走神，非常容易上當，非常容易逆反，也就意味著她也非常容易被騙走。

進入深淵就能幹掉深淵！

他們寫投訴信、在網絡上發表激烈演講，到政府門口靜坐。靜坐時他們認識了一大批有相同憂患的父母，在他們的指引下加入了一個“萊城救助失蹤少年”的民間組織。與其叫“救助”，不如叫“回溯”。這個組織專門為那些莫名其妙失蹤的孩子回溯他們失蹤前的軌跡，從這些蛛絲馬跡中找到背後的犯罪集團。年輕的父母們達成共識：這個世界，萊城市，這幢屋子，處處暗藏殺機。如果他們不做點兒什麼，他們獨生女的人生，只有一種確定性，就是暗無天日，一旦他們找到出路，將才會擁有一種不同的可能性，徹底區別于她同學所經歷過的人生的可能性。這種迴異的可能性需要他們一改往日的做派，他們必須伸出雙手，聯合起來，做出犧牲的決心，拿出生命裡所有的力氣，瞅準時機，逃脫這無形的恐懼之門。

在這個組織，有長於偵破的專家指出：大多失蹤案件跟器官移植有關，都跟大數據有關，跟健全而防備心弱的孩子有關。

一座城能做出如此詳盡、如此邪惡的屠殺嗎？答案是肯定的。

一個有著千年歷史文明的古城裡會出現人吃人的景象嗎？答案是肯定的。

看不見的手一直在伸向人們。人們白天黑夜地工作，服從傳統、以秩序為重，制定目標，尋找愛情，存錢去旅行，但是，科學家把一粒圓形玻璃球放進一隻裝滿水的玻璃杯中，圓形球消失了，又放進去一粒，直到一百粒；如果在圓形球上綁上一個夾子，人們會看到夾子在水裡骨碌碌轉動。隨隨便便一個光的反射試驗就向你證明，真相未必肉眼所見，黑暗世界熱氣騰騰。這個城市就是充滿著琉璃球的玻璃罩，看不見的現實屹立於其間。綁架在進行，而人們在熟睡。夢裡有香甜的西瓜汁和流油的烤鴨，嘴角的笑意停留在單純的人的臉上，而掠奪和搶劫正在身邊發生，無人覺察。

被蒙蔽了眼睛的普通人對這個世界一無所知，沒有任何立腳點，不知道要抓住什麼。他們就像擠在一張織得很嚴實的大網裡的魚，只能看到自己的同類在四周轉圈圈，打滑，受傷，掉落，被切碎，受火烤，最後粉身碎骨，並不知道自己經歷了見證的所有一切。

對於那些慣於犯罪並且長期進行的人，犯下一個罪行就像打了一個噴嚏，不說自然而然，也是情理之中。沒有我，總有其他人會幹，每個時代都一樣嘛！他們偶爾會這樣自言自語地安撫自己的良心。

第二卷

盧卡的方舟

一

此地何為？失眠的盧卡喃喃自問。

這位未來 O 城的掌門人正當壯年，看上去頭髮濃密、皮膚黝黑、身材高大。盧卡家族曾經在八十年前的某個著名作家的某本書裡體察到冒犯，因此動用了一些手段令這位作家後半生不得從事創作。之後，盧卡家族的姓氏成了禁忌，家族故事和傳奇只屬他們指定的人選，這也導致了別人跟他們共事的時候，儘量少提到姓氏，以免帶來不必要的麻煩。

盧卡成年後的第一個難題是阿拉伯沙漠一隅的這塊地怎麼處理。從空中俯瞰，這塊地像一隻大號橄欖球，僅有二十六平方公里，夾在山、海、沼澤與他國之間：西面山崖相接，灌木和樹木連綿，是天然堡壘和分界線，北面臨海，是遊輪、漁船、貨物集裝箱進出的港口，東邊是一片深沉、陰鬱的沼澤地，南邊是富裕的鄰國。這塊地有顯而易見的劣勢，面積小，東、西、北三個方向地理空間受限，海陸空三方面交通受阻，像個四肢發育不全的孩童。但五十年前有考古學家發現，這塊不毛之地下面保存了相當數量完整的基督教堂、佛教廟宇和清真寺，神仙們毗鄰而居，佛祖觀音、耶穌和阿拉伯的命運三女神：拉特、烏劄、瑪拉特，神仙榛或看天，或垂首，互不打擾，安詳靜默。建造時間相隔一千多年，據說在迦太基、羅馬共和國時代，因地中海貿易而繁榮過，信仰繁茂，也因而，一位別具眼光神通廣大的歐洲人花重金買下這塊飛地，對地下建築區進行挪移、修補、仿造，將這些不同尋常的、偏離主流審美又自成一體的風格的區域構建成一個奇幻的休閒勝地，作為港口中轉、朝拜、度假和娛樂業經營場所。許多影像資料顯示，鼎盛時期，這個區域聚居過超過二十萬人。穿著藏族服飾三步一叩首的婦女和裹著各種頭巾的阿拉伯女性身處同巷和平相處的照片在全世界傳播，令許多專業電影公司慕名過來取景拍影。

令人稱奇的是，自從這位歐洲人買下並投入使用之後，無論世界局勢何等動盪，飛行器械故障常發，遊船失蹤也是頻發，多少稱霸一方的金融大鱷、總統和科學家死于旅行度假或冒險。唯獨這塊療養勝地，成為人們的心靈休憩所。商人、律師、窮光蛋、藝術家和不到法定年齡的難民，紛紛湧進來，找到了自己的位置，而且從未發生過什麼非正常事故。不久後又傳說，那些等待肺葉移植手術的人竟然自動病癒。痊癒者把功勞歸於每天傍晚在海邊呼吸的那幾口新鮮空氣，他命人開闢了一條從自己居住的旅館通向大海的步行道。簡易道兩旁過個幾十米設置一個休息驛站。道路建成的同時，商販冒了出來。最先來的佔據驛站最有利的位置，他們的異域口音帶著不同凡響的熱情，眼神熱切、聲音嘹亮地和路人打著招呼。他們賣的物品從輕盈的珊瑚裝飾品到沉重的石頭雕塑，披肩、拖鞋、防曬服一應俱全，可能也賣違禁品以及上不了檯面的東西。聽說還買賣過土地——保加利亞兩個商業大亨在這裡相遇，談好了之後飛回他們的國家簽確認書。海邊游輪成群，徹夜喧囂，風光無限，遠道而來的外國人，各種顏色的頭髮，各種膚色的臂膀，各種款式的拖鞋，過來養肺、密會友人、打坐、為了消遣，據說在這裡容易長壽，也更加能堅定信仰。它像一個靈魂的洗潔處，這些傳說增加了沙灘上的排面，雖然沙灘上的塑料桌上擺著普普通通的飲料、簡餐、咖啡壺和新鮮的玫瑰，但一點兒不影響人們神話它的決心。再往前，海浪聲不絕，或輕快細微，或宛若雷霆；整個海面或碧如帝王綠，如輕淺若雲朵。這裡被戲稱為“世外桃源”，在另外一些人看來，則有無拘無束、法外之地的暗示。這塊海灘、沼澤邊的小城，像有強力磁鐵，把各色各樣的有錢人吸在這裡。

說來也怪，突然有一天，伴隨著一場全世界的金融危機陡然來臨，世界和城市經濟便閃電崩塌，這度假地也驟然卡頓，所有的咖啡廳、酒館、賭場都發生了電力故障，這個匠心獨具的桃外桃源竟然和世界的巨大變故同時崩塌，所有的人，短短幾天悉數離開。

金融危機之後，所有的設施修復，美酒備好，街道重新擴大，可是，詭異的是，不知何故，那些大人物們，連同那些口袋空空、腦袋空空的難民，卻再也沒有回來過。這塊土地變得笨拙、沉重，一無是處。

在全世界購買土地和森林，永遠是新老富豪的終身愛好。盧卡家族的地產上除了發現石油，還發現過天然黃金、銅、鐵、錫、鋅和一些保密稀有物質。學會買到好地和必須婚前財產公證是盧卡家族成員的必修課。

這塊土地是個例外，它是個燙手山芋，幾經轉手，以極為奇特的方式到了盧卡手裡，現在，它是盧卡成年後第一個棘手的難題：棄之不用，還是恢復它往日的榮光？

盧卡家族一向人丁興旺，到盧卡這一代，堂兄弟堂姐妹人數眾多，旁支姻親數量也眾多，如果非要確切數據，還得在前面加上“到目前為止”。傳言說該家族人丁興旺跟沿襲傳承下來的秘而不宣的財權劃分規則有關。這規則已經延續了近兩百年，時至今日，仍然被證明是最為公正和有保護力以及最為減損內耗的規劃。不過，坊間說，盧卡家族的財權分配與雙色球有關。作為當事人的後代們，並不知道自己命運的等級，因為甫一出生，分配工作已經結束，而且操作模式絕密。族規以微妙又隱秘的方式護佑以及決定家族子嗣的尊卑。繼承法裡有許多邏輯、許多預判，有許多止損點、平衡點以及情感與理智。祖先們生怕沾染“時間”這個機器，它會使天然的不再天然，純良的不再純良，絕對的不再絕對。家族成員一旦宣佈受孕，不等降生，分配工作已經鎖定，他們深信變數太多會導致危險和自相殘殺。盧卡第一聲啼哭響起，保密、財權乃至地盤分配也已完成，命運的齒輪隨著他的哭聲緩緩轉動。不予回應，他們從來都是如此駁斥這些沒有邏輯的莫須有的傳言。如果不是雙色球，那麼就與膚色相干。傳言幾經妥協說。

在外人看來，他們擁有連綿的山脈、礦產、石油、海域和研究所，多和少能有什麼差別呢，不過是茂盛的森林裡多幾片或少幾片樹葉而已。

和所有的大家族一樣，他們有不可撼動的規則、權力更替、祖先的預言，能在重要節點占住先機，甚至發過戰爭財。總而言之，像這樣能與國家抗衡的大家族，有自己的地盤、法規、鐵律和不清白的歷史。

衡量一個家族夠不夠大，要看他們是否有自己的集體情緒。盧卡家族有，他們把每樣屬他們的東西用純金絲打上標簽，以至於標簽比物品本身更貴，而且貴許多倍，比如旅行用的礦泉水包裝，僕人們僅靠撿拾這些包裝，剝下包裝上的金絲線就會收入豐厚。

盧卡家族還有許多連自己人也挖掘不了的秘密：比如，為什麼每個人都有一塊象徵家族榮耀的手錶。每一塊手錶款式背面的圖騰都不一樣，這個表沒有明確標價，倘若家族裡某個調皮鬼用原材質原工藝原出品方去仿製一隻連自己都分不清的表，一經出手，就會受到責罰，不過，未婚生子、酒後駕車、登山探險、投資虧損等等，都會得到原諒。

簡言之，盧卡家族已經從早期祖先個人英雄主義築造順利過渡到集體精神成就偉業的巨型商業帝國。

盧卡家族財富不斷向上向下向左向右覆蓋擴張，多少年來所向披靡。但他們對入駐火星還沒有成形計劃，他們相信一千年內人類沒有辦法離開地球。無論到哪個星球，地球都是據點和中轉站，佔有地球上的核心區域和森林、礦場才是重中之重。

人類喜歡仰望星空，對未知世界的探索到了登峰造極的程度。在人類向外拓展生存空間的時候，發現了有比地球適合人居住的星球，壞消息是，所需時間比想象的要長數百倍。盧卡的爺爺在留給子孫的遺言中發問：太陽與地球之間的距離僅一點五億公里，太陽光僅需八分鐘就能抵達地球，然而太空的溫度低至零下二百七十度，為什麼太陽能照亮並溫暖地球，卻不能照亮並溫暖中間的太空？諸如此類的認識支撐他們繼續在地球上馳騁與決策。

人類還證實：離地球 40 萬千米的一顆星球上有海洋和湖泊，但這個星球上當家做主的是鞘翅目昆蟲。此類昆蟲繁殖能力驚人，在高溫、水底和地下亦能繁殖，它的殼既是鎧甲也是戰斧，擴張抵擋硬物，收縮釋放毒氣。最重要的是，它們擁有高度定量守恆，一隻甲殼蟲死亡，另一隻出生。這使人類百感交集，喜憂參半！

自從逐步認識到自己生活在功能失調和污染深重的環境當中，人類加大對科技的投入。科技進步的成就有目共睹：冰島一家工廠每年能夠“吃掉”40000 噸二氧化碳，並將其變成石頭安全地儲藏在地下。核聚變有望產生廉價的、無碳的、永遠在線的能源，沒有核反應堆堆芯熔毀的危險，也幾乎沒有放射性廢物。蛋白折迭技術進步，人工智能可以預測蛋白質的形狀，精確到原子，這項研究可以攻克癌症以及其他層出不窮的病毒。人類有望從經常性的封鎖和毀滅中喘過氣來。比特幣這樣的加密貨幣需要的電力是 2024 年的 1%，鐵基電池被發明出來，它實現了電的存儲問題，推廣開來早晚的事——在沒有人類自身干預的情況下。合成數據集廣泛使用，成了人類的工具，同時，人類也成了它的工具。

政府、財團以及科技狂人都把探索宇宙、尋找能源作為終身追求，盧卡家族也不例外，擁有自己的研究院和實驗室。

在外人看來，皮膚黝黑、興趣廣泛、殺伐果斷的盧卡，已是這一輩的翹楚。

盧卡成長在家族莊園的第七科技研究院，也擁有對它的管轄權。研究院位於西可烏山脈。西可烏山脈橫跨三個國家，一多半屬盧卡家族。山脈的東方一隅，有一座卓然不群的古老建築，這幢建造了三十年，使用了一百六十年的充斥著巴洛克式形態的宅第裡，有一面牆，專門懸掛已經駕鶴西去的對家族有卓越貢獻的前輩，乍一看，以為是一個人不同年齡的不同階段。全部是油畫，即使看上去是攝影師的傑作，其實都是油畫家的成果。亞麻畫布的油彩勾勒出深深的陰影和明亮的光斑，遠遠看，祖先們神態各異、造型有別，各有特色；湊近看，就是一眾線條和墨點，還硬，還不規則，還不生動，油蹟渾濁、模模糊糊，但是攝像照片和電子打印技術不支持上牆。畫像的下方是大段生平、功勳和業績。這些已經逝去的祖先形象和被宣揚的榮譽旨在激起子孫的好奇心和好勝心，令他們自小懂得榮譽與使命。家族子孫十歲之前都可來到這裡集中訓練，培養忠誠、教養、價值觀和經商之道。他們出生起就嚴格學習與他們財富相匹配的言行舉止和防身術，其次是瞭解世界、瞭解宇宙，在知與曉中走向謹慎和理智。這些膚色不同，長相各異但血脈相通的孩子們集中在一起，充滿著世界性。他們黃昏時可以在花園裡放鬆。他們一邊打鬧嬉鬧，一邊奔跑跳動。大的孩子離去，更小的又會出現。面孔是新的，姓氏是老的。集中訓練的方式可能在私下被質疑，但從沒有公開地受到過批判。即使有母親抱怨這種做法太苛刻、狹隘和冷血，但因其完全自願，從來沒有人敢站出來說自己的孩子被家族奪走。更準確的說法是，他們會因其成年而從這裡被驅逐。孩子們有的內向，有的外向；有的開朗，有的深沉；有的愛哭，有的愛冒險；有的喜歡虛擬遊戲，有的喜歡真槍真馬。無論如何，到了十五六歲，他們會回到父母身邊，沒有父母可投奔的可住到二十歲。離開的時候會有告別文件需要簽署，文件表明屬他們的宅子和產業的具體位置和範圍，他們在那裡擁有新的管家、新的秘書、新的坐騎，多是懸浮兩用車和反重力飛機，有些是快艇和遊輪。所有的分配難以言說、難以概括，更難以反駁。質疑即放棄。要是一切像表面看上去那樣合理、公平、喜樂就好了。無論是大雨傾盆，還是烈日炎炎，在這上百間臥室的大房子裡，在有端莊古典的圓拱窗、天然大理石牆壁和隔熱防彈玻璃的完美住宅裡，盧卡家族的後裔成年後可以從事任何職業，成為教授、畫家、宗教領袖、瑜伽師或賽車手等，但若想獲得出生那一刻便屬他的那一份，他們必須付出十年的時間。經過十年流水線的洗禮後，會有人拍拍他們的後背，說，去吧，去廣袤的星空和宇宙去吧。但是，如他們所料，大多數選擇經商，成為家族事業的一顆螺絲釘。

這座莊園，離開後的盧卡常常想起它，想起這幢綠洲建築，想起它古典又現代的外形和功能；想起大圓頂、開闊的庭院，簷壁雕刻的簡單木葉紋飾。大廳和走廊也極其豪華。每一幅繪畫都大有來歷，而內飾則洋溢著濃郁溫馨的浪漫主義色彩，即使是立櫃的腳稍有磨損，也不影響它價值可觀，採光和通風設備有一百多年的歷史，廚房和餐廳還保持著建造時的結構和輪廓，可另一方面呢，電梯和安防系統更換頻繁，五百年後，我們可以將整體稱之為古典傑作，但此刻，不盡今，亦不全古，風格扭捏，小孩子們不太喜歡。

在外人眼裡，他們是一個整體，但比起那些平民家庭，這個整體由一個個獨立且更具個性和力量的個體組成。這些親人關鍵時刻比陌生人還要冷酷，甚至能帶來命運的巨大轉折。有鑑於此，家族制定族規讓每代人共同生活，然而為了避免被利用，也為了避免利用別人時心有愧疚，他們乾脆自小就不親近彼此，只維持表面和諧。

馳名全球的大家族具有一種常人所沒有的特質，一般人難以體會他們血液裡帶有的競爭性和好勝心，但盧卡對經商和從政都興趣不大，他對神經元、遺傳學和基因改造充滿熱情。他打小便穿著拖到腳踝的白大褂有模有樣地操作儀器。他天馬行空，興趣廣泛。他甚至對矽基生物的有性繁殖理論相當著迷，他暢想碳基生物和矽基生物結束紛爭、共享太平的可行性前景。總而言之，自小他便偏愛與他年紀不符的工作和形式。一半是寵溺，一半是欣賞，一輩子靠這個家族提供研發經費的科學家們對教導盧卡不厭其煩，對他的異想天開也盡可能地給予嘗試的空間，因此，盧卡對科學家們的情感超過了自己的父母。這也是形勢所趨。

盧卡十六歲離開西可烏回到父母的家，父母的家到家族莊園乘坐反重力飛行器就是半根雪茄的距離。生活不能說有什麼動盪，但是，盧卡回家前夕，原本要接手家族繼續教育盧卡及其兄弟們的父親突然消失不見，像是一道閃電把他帶離人間，沒有留下一丁點的線索。整個家族動用大量的資源和人脈尋找了他十餘年，最終一無所獲後放棄。人們如今能又快又徹底地忘掉任何人和任何事，但盧卡不能。時間上的巧合，因而不能責怪盧卡把父親出走與自己歸來作一番聯想。但是，基本缺席的父親，像一幅全是留白的肖像畫。盧卡躺在寬大和舒適的床上努力適應新的擺件、新的寵物和新的管家。同一幢樓另外的房間睡著他的母親、同父同母的年幼弟妹，他覺得從天到地都是不真切的。每天入睡之前他都會懷念他研究室的同事，糾結一下父親消失的謎團，感傷一下骨肉分離的惆悵。他自此開始失眠，並且越來越嚴重。有兩三年時間，他在健康方面和參與家族活動事務方面都表現遲緩，跟他家族的兄弟們拉開了差距。他的面色白天發暗，晚上發黃，他的眼神飄忽不定。他的家族醫院有世界上所有先進的藥物，但是，他不啟齒求助，他不。他隱藏了這個弱點，希望憑藉自己的意志打敗它。本應在世界一流學府深造的盧卡只能每週去跟導師見一面。無論多晚，都會回到自己的床上，另外，他吃素食，不是為了禁忌和信仰，單純為了內臟和頭腦清潔。他一邊失眠一邊開始新的生活。品茶，乘坐專機去世界各地欣賞音樂和滑雪；競標，認識其他比他更有勢力或不如他有勢力的繼承者；在雇傭與獎罰表上簽上自己的名字。他們天生容易吸引人，沒過幾年，他結交了一群朋友。朋友中誰穩定，誰好色，誰喜歡撒謊，誰最有魄力，他一清二楚，如同他的朋友們知道他夜不能寐。他們心裡都很明白。但是他們有良好教養，不打探隱私，不輕易借錢，爛醉如泥也不說錯話，即使他們的肢體將他們想說的暴露無遺。工作的時候專心，瘋狂的地方狂野，是這群高素質成功人士的標誌性特點。

成功的家族都有形形色色、個性迥異的子孫，盧卡家族也不例外：有人擅長積攢財富，有人擅長揮霍財富，也有人像遼闊沙漠上的一株普通植物那樣正常生長。每代人中總有那麼幾個英雄，帶領家族成員讓勢力向前擴張一大步，財力碼高一幾尺，然後由不爭氣的敗家子們往後拽幾小步，財力虧空一小摞。老祖宗認為每一代人中出現小部分的敗家子和另類會增強整個家族的基因防禦系統，基因漏洞帶來的損失的創傷，會由英雄和天才的下一代來補救和改善，這樣既有利於英雄更健壯，也利於浪子迷途知返，最終，家族會從風暴、挫折和複雜性裡受益。就相當於一百多年前人們對病毒的理解。人們認為通過低劑量毒物對機體內穩態的微干預，啟動一系列修復和維持機制，增加細胞保護和修復性蛋白的表達，稱之為毒物興奮效應。這個觀念也跟某些經濟學專家強調通過經濟衰退來清除先前的繁榮期帶來的扭曲和不當投資如出一轍。先人們還預言：越來越複雜的社會，專業化程度會越來越強，他們的子孫絕不能拘泥於往日的經驗和教訓，應該在各行各業尋找機會。因此，這個家族在同一時期出現了將軍、化學家、旅行家、靈修大師、商業奇才，也出現過賭徒、強姦犯和打獵途中從馬背上跌落被自己的獵槍砸斷腳踝的倒黴蛋。混亂中有序，商業版圖在一百多年來持續呈擴大之勢，愈是如此，每個成員愈想要證明自己是家族的正面派，以及配得上擁有的這一切。

和大多數沒體會過“缺乏”滋味的有錢人一樣，盧卡身上有一種極其優雅的鬆弛感，他說話、行事幾乎不會受到目的性的干擾，直到他失去了父親。

他每年拿出不菲的基金，來組織團隊研究尋找父親的路徑。每個人都生活在數據時代的河裡，掌握著數據便是掌握著一條流動的河。他堅信所有的過去都隱藏在細節，所有的謎團都有解開的一天，不管是宗教，還是玄學，還是科技，任何無法解釋的東西都不能排斥，人要對未知滿懷敬畏，只有盡可能地謙卑，才能達到新境地。這不僅是盧卡，也是其擁有巨量河山的家族的識見。除了錢之外，他還時不時貢獻點創意來推動這件事取得新的進展。到目前為止，盧卡名下擁有三十多個有關科技發明專利。

但是哪條河都沒有留下父親的痕跡。

盧卡認為這是技術局限性所致。

在等待父親歸來的這個過程中盧卡掌握了一項技能，在三十多個小時沒有入睡的情況下，他的意識會與身體分開。他的身體原地不動，他的意識去到世界各個地方，外星球也偶爾涉足。有一天，盧卡不記得是什麼時候了，也許就是在那天清晨，他看到一頭愛爾蘭麋鹿站在臥室窗前，他一伸腿，驚動了發呆的麋鹿，它逃走了。沒有人信他的話。

一隻麋鹿站在我窗前，我去年出差時在英國見到過。

但是他的秘書們聲稱他成年後的行程裡沒有麋鹿的印記，何況真正的愛爾蘭麋鹿早就滅絕了。

可能是我參觀過博物館，所以認得它？他妥協了之後，還是被否認。沒有照片、新聞、視頻以及任何人能夠佐證他的話。此後數天，他在自己的窗前分別看到了猛獁象、渡渡鳥、巴巴裡獅以及還沒有命名的各種形態的生物。美麗的和醜陋的、健康的和病態的、長的和短的，這些生物各有特色、觀點和偏好，各不服輸，爭先恐後，到後來相互衝撞、撕扯，雖然只是在夢裡，卻像千軍萬馬一樣壓得盧卡喘不過來氣。

再後來，他不是睡不著，是不敢睡。多少個夜晚，萬籟俱寂，他來來回回地在臥室踱步，像個正常人，卻又心不在焉，思緒縹緲，像許多混淆了現實與幻境的人一樣，他被一股恐懼鉗制——莫非我也是一具被建造了血管，灌輸了憂傷和貪婪，會散發體臭，需要大量的液體來啟動，能夠以假亂真的機器人？

當然不是。

他捶打、斷水、靜坐，用各種方式驗證自己是人，如同其他人流行用各種方法驗證這個世界不存在一樣。他的意識四處飄蕩，像穿著隱身衣的俠客行走江湖，經歷了許多危險和磨難，比人腦連線的遊戲更傷身。

他相信像他這樣的人日益增多，比過去幾十年因夢遊而離世的人數量多多了。不同的是，意識出體很難獲得理解與醫治。他身心俱疲，但只要他一躺下，他就會夢見更多絕跡的生物。他越來越無助，也越來越迷茫。他仿佛看到自己錯落的腦部神經正在打結。

為此他不惜在自己的臥室裝上了腦部運動還原成像儀。他以為科技還原的數據能彰顯真理，卻看到了自己的無助。他失眠、翻身、驚醒，孤獨地仰臥在蠶絲織毯上。他的意識翻山越嶺，四處尋覓，在混沌之境左沖右突，卻不曾與滅絕動物接上頭。

他對這相對科學完整的角度下的自己感到無比同情。反復播放多次後，他仍舊僵硬地坐在跟前，帶著溫柔的好奇深深地盯著那數據分析師合成的自己——跟白天的自己截然不同，褪去光鮮亮麗的衣物，蒼白泛黃的皮膚，不夠棕，略有點前傾的頸脖，他以為自己保持著矯健和敏捷，他自我感覺柔軟而年輕，但數字成像裡的自己如此緩慢，如此笨拙，如此孤獨——不像強者的孤獨，而是懷才不遇的孤獨。精神空虛卻又假裝心滿意足。對，腦部成像顯示他做夢都在表演。他努力地回想著，他現在品出自己得意洋洋時周圍目光中的諸多深意。他因為看清自己的完整形象而更加苦惱。這包括外部行為和內心活動的完整形象裡，他還是分不清內心活動和真實事件之間的界限，似乎有根分界繩斷了。

從什麼時候開始斷的呢？他如此敏感，常常在半睡半醒狀態審視被忽略掉的細節，白天的細節，夜晚的細節，人臉的細節，人手的細節，山上的細節，水面的細節，以及時間的細節。並無斬獲。

盧卡沒有受到語言的暗示，也未與什麼人分享，他是在那些失眠的晚上悟到這些，他認為這是自己的發明性體會。儘管，他進一步明白，跟難以計算的財富的累積一樣，還有萬萬千千的寂寞，財富讓最老的祖先精神不滅，卻又遭到一代又一代的厭棄，怎麼不厭棄呢，他就厭棄。

因為自己掙來的威嚴與繼承的威嚴截然不同：掙來的榮光沉甸甸的，並將賜予子孫，祖先的榮光就是一滴滑過他肩頭不會停歇的雨滴。自己的榮耀在哪裡呢？他知道，在南美洲，一個名不見經傳的小小國家，已經有科學機構建立了全能價值數據庫。他們的微型設備掃過這個人額頭的一根頭髮，就能知道這個人為世界服務過多少時間，擅長什麼領域，當前的經濟價值，對世界的貢獻，對未來的影響力，所有的一切，都會在數秒鐘內被讀取，而他，盧卡，他幾乎什麼也沒有，這一切都會被明明白白地昭告天下。他知道自己什麼也不用幹，光是活著就可以，但是，如果有一天，那個設備掃過他的額頭，人們就會發現他的人生，一直被服務，一直在消耗，他名下的，他給予出去的，是他出生就有的，是被一種高深數學計算出來歸到他名下的，他有精緻的五官，標準的體脂率，絲綢和羊毛材質的衣衫，不錯，房間裡滿滿當當的，健身設備、音箱、護膚設施，為了健康、為了審美，為了愉悅，除此之外呢，是不是空空蕩蕩？

一絲愁雲劃過他的心尖。

如果兄弟們都像他一樣遊手好閒就好了。和他享有同等繼承權的堂兄弟們，有的是律師，參與國家立法；有的從政，立志建立更高效的社會秩序；有的癡迷研發去外星球的交通工具。他的一位叔叔的兒子，只比他小一天，家族已經見證他打出的一手手好牌：進軍科技市場，擴張了更多的商業版圖，還有一位不被家族看好的兄弟，因為聯姻有功，在一次破天荒的商業危機中全身而退，憑此一役，征服了許多不看好他的人。他們向盧卡揭示：生命有潛力，深挖可見妙不可言的異境。

另外，他在失眠的過程中體察到，偉人只會被更大的榮光所吸引，而不是在過去的榮光裡沉湎，這就是越偉大越努力的動因。

從哪裡著手呢？浩瀚的深夜，他想，人如果失去抓手，會墜入多深才能停止呢？自此之後，他常有不祥之兆，覺得自己遲早會掉下去。

一根繩！一根能夠牽拉上拽，把真實與虛幻標記清楚的繩，實現在夢中拉扯他回到地球表面和白天的繩。一根可以通天、收縮起來卻只有手心那麼大的繩，那麼，在每個夢境他都能隨身攜帶。這根繩可以通向天堂，建立新風尚新倫理和新道德也大有可能。

他決定借助科技研究開啟自己新的人生。他要拿他的錢來研究一個非凡的產品，這個產品的首要目的是為人謀福利，是造福與傳承。

做過這個決定之後，他興奮又傷感，一種橘黃色的歡樂加上暗紫色的憂傷忽然降臨在肩頭，像是扛起了什麼又好像投出去什麼，奇妙地貫穿他的身體。一個“里程碑”，一種“嶄新的嘗試”，一個“新的自己”出現了。

他申請出屬自己的一批基金，把新實驗室建立在西可烏地區，成長和受訓的祖宅和自己的小家之間。

幹起事業的盧卡，全世界招募賢才，他被人群包圍，視察各個部門，開許多的會議，簽署許多的文件，做一小半正確一大半錯誤的決定。當他在房間裡翻看那些以為麋鹿光顧夜晚的影像時，不停地想，既然我不是自己以為的那個形象，也不一定是別人以為的那個形象，那麼這個世界上究竟有沒有關於自己形象的說明呢，還是只能始於混沌，終於混沌？

跟一切繼承百年財富的大家族子孫一樣，盧卡對祖先的功勳保持著清醒的認識，他認為祖先積攢財富不是人們當面說的那樣光彩，也沒有人們背後說的那麼不堪，他認為他的祖先們膽大過也懦弱過，對某些人忠心耿耿，對某些人背信棄義，信仰過神靈，也藐視過真理，和巨額財富一起留下來的除了那些怪誕的繼承規則還有沉重的枷鎖，他們的錢拯救了許多人於水火，也讓另外一些人置身水火。

盧卡要的那種繩子始終沒有研發出來。談何容易。這是一個人人搞新花樣的年代，人都被榨幹了。

二

重建 O 城的決心與一幫朋友的聚會相關。

這一天，盧卡在 Z 城組了一個局，宴請家族在世界各地的合作夥伴、堂兄妹及姻親。晚飯後他們到六十八樓頂層俯瞰整個 Z 城的夜景。在酒精的作用下，盧卡變得有點兒柔弱和傷感。他未曾品嘗過貧窮的滋味，卻天生知道憂愁為何物。不安定的夜晚，看著人們如螻蟻般四處奔走求生存，他深深地歎息一聲，然後像一個孩童一樣惡作劇地想，如果我扔下手邊的什麼東西，下面會不會就有門童瞬間一命嗚呼？一定會。這樣的新聞層出不窮。最常見的掩蓋方式是令其失蹤。對，全世界人口失蹤事件自打他出生的幾十年來沒有中斷過。

真是糟糕的設計，有人高高在上，有人卻承擔別人任性而為的後果！他繼續想，被金錢召喚出來的權力和欲望如果不加以引導和控制，會令比他弱小的人走上不歸之路。過往的許多經驗告訴他，他大概率不會為此受到責罰，他的兄弟們經歷過的事他有所耳聞，錢可以解決他們犯下的大多數過錯。

認識到這一點，他沒有變得更加邪惡，相反，在半醉半醒之間，慈悲像鮮花一樣開放，一絲閃光的東西浮上他的心頭，是對一種光榮的、富有救贖精神的未來的隱隱約約的期盼，這種期盼像一縷金色的光芒向他伸展過來。他所擁有的是別人畢生所求，但他不能停留在別人的高峰。他應該停留在自己的高峰，時間的高峰。

我有個想法，他召喚他的朋友和親戚們，說一說現代城市的缺陷，怎麼樣？

缺陷？城市處處都是缺陷！他的姻親姚元脫口而出，我們眼下身處的這個城市，七年前發生過水淹市中心，一夜之間失去三十二條人命的慘案。

那是城市交通設計不合理導致的。

還有人口爆炸，像紐約這樣的城市，街面上到處髒亂差，那些想要到世界中心的年輕人，每個月辛苦工作，只為換來一張可以躺平的床……

還有呢？

城市規模無節制擴張，導致能源大量消耗，地球環境惡化……

城市是罪犯的溫床，夜晚到來，那些變態、酒鬼和殺手就會捅上街頭。

城市是滋生不平等的陰溝。遊戲規則是個死結。這世上需要大量的窮人，他們的薪水永遠不夠花，不是因為他們天生貪婪，而是那些富人們有能力製造一個又一個需要錢才能滿足的欲望，一旦這個欲望滿足了，他們會製造下一個欲望，去慫恿普通人去累死累活。

總結下來，污染、腐敗、權力、欲望和鬥爭充斥著城市，城市正在辜負居民對環境的期待。

辜負？

是的，世界上最大的城市就是世界上最大的一所監獄。

說起城市的罪惡，他們停不下來了。

看不出來嗎？一個地方戰爭停止了，另一個地方就會再起爭端，那些大人物不滿足現在掙錢的速度，他們的胃口一天比一天大，所以製造更多的矛盾和爭端，直到他們撐破肚皮，大多數可憐的人紛紛跳樓為止。

朋友們似乎刹不住車了。

盧卡看著他的客人們，這些人和他一樣，身價不菲、養尊處優、有的在家族擔當重任，有的無所事事，他們與平民生活不沾邊，可心裡明鏡似的，對這個世界上的問題了如指掌。

城市是個吞噬機，吞進去多少人，一直在吞噬，沒有停止的時候。

緊接著，他們就城市樓層過高、人行道和車道混合、排汙和洩洪缺陷、傳染病的傳播速度，以及兒童監護不力等問題進行批判。

世界也許可以不是我們以為的那個樣子。這句話像箭一樣飛快地射過來，敏捷且不容躲避。朋友們全部轉頭看向盧卡，他自己也愣住了。就在那一刻，他意識到阿拉伯沙漠那塊地始終在他的心裡。

盧卡深吸一口氣，我不能改造世界，至少我可以改造一小片彈丸之地。我要把我名下的那塊地打造成一座現代城。這座城將對已知的城市缺陷加以修補，以作為未來城市的典範。

他對自己從心底湧現出來的志向和熱情感到驚訝，像少年時代和兄弟們偷偷嘗試一種藥，讓人身輕體健，興奮異常，雖然他承認建造一個城市需要各種創造才能、理論、世界體系和繁文縟節。他仿佛已經越過這些肉眼看不見的障礙物，直接站到那座內心已完工的城市前，深情地說：

一個新世界。一個沒有孩童失蹤的世界，一個沒有青年跳橋的世界。

整個屋子突然安靜下來，三秒鐘後，掌聲如雷般四起。在眾人的注目下，盧卡舉起杯中酒，一飲而盡。

酒醒之後，客人們已悉數離去，其他人也呼呼大睡，只留下思緒萬千的盧卡在空空如也的客廳裡。如今子孫們都以祖先的財富為幸，誠實點講，也算一直活在祖宗投下的陰霾裡。這片覆蓋全世界的濃重陰霾預示了他們不管做得多優秀，也不過是向延綿數百里的冰山上獻上一朵雪花，但是，如果開闢疆土的能量足夠大，子孫們有一天未必不能覆蓋前輩的功勳，成為新的功勳。因此，所有人都想擺脫對祖宗的依賴，或者消除依賴祖宗的焦慮，成為新的榜樣——除了他父親之外，他的父親選擇銷聲匿跡，沒有人知道他帶走了多少錢，或許一分沒有帶，也許他只是意識出體，成為他人？苦澀與好奇心並存，他在面對這件事的時候，表情很古怪。他的同父親同母或同父異母的兄弟們對父親的空缺也有著各自不同的表達，有的認為沒什麼大不了，有的認為是一種恥辱，有的壓根隻字不提。

他不要做父親那樣的人，他不要成為他家族裡的任何一個人，就連母親也不行，尤其是不能成為母親，那個賴在沒有丈夫的空殼婚姻裡，揪住婚姻就像揪住一根打結的繩。

他堅定了改造"世外桃源"的決心，將之打造成地球上最宜居的現代城。

盧卡連夜趕回了自己的辦公室。

一周後，這塊地的全部資料就擺到了盧卡案前。

全息影像動態圖顯示，形同橄欖球的昔日度假勝地繁華不再，許多街道重新變成沼澤地，顯示屏都能感應到空氣裡彌漫的沼氣的臭味，沉寂幾十年的廟宇和教堂都破敗不堪，人口幾乎全部流失，通向海邊的路邊也都是蜥蜴、蟒蛇和小型爬行動物的天下，它的氣候、動植物生長規律本來就不與周邊同頻，如今更是荒蕪已久，一株株植物沉默深幽，像被遺棄的孩子。此處對沒有免疫力的現代人毫無吸引力。

盧卡開著反重力機在這塊土地的上空盤旋了片刻。從自己的家到這兒也就一個小時的飛行時長。盧卡坐在右側，從他此刻的這個角度看下來，下方的土地酷似英文字母"O"。就叫它O城吧。他說。

城內有一個小湖泊借著太陽的光照，閃亮起來了。波濤輕輕翻滾，訴說著自己的心聲，帶著無知無畏的勇氣，激起水花，持續向上，吸引某個重要人物的出現。

盧卡設想，世界各個國家和地區的理念和文明尖銳對立，反而是一些小國家、小地區因地處屬性模糊的地帶以及無攻擊性而被忽視，暫無羈絆。這座城市應該遠離政治，是一塊聖地。既要有一流的大學，還要重建發掘的各種聖殿和廟宇。他指望家族的資金支持，指望同學夥伴的智力加持，希望全世界的人民領會他的良好意圖。他甚至也指望政府，他倒不指望政府出錢，僅希望憑此一城不光看出本國的政府，也看出世界上大多數政府是個笑話。0 城的建設也是對現代主義、紀念性、過去城市設計和資本主義的批評，用數據和現實顛覆那些傳統的、老舊的、沉悶的城市文化。想到這裡，盧卡有一種醍醐灌頂的通暢感：不能用過去的、過於傳統的、急功近利的眼光做這件事，要反其道而行。是的，沼澤地太近，可是沼氣能為城市發電，能調節氣候和清潔空氣；是的，它狹小，不可能吸引資本、金融、大的製造工廠，這也正是狹小的妙處，盧卡不歡迎烏合之眾；它缺水，需要大筆資金進行海水處理；還有，它被包裹在山海城之間，缺少出入口，好，那就與鄰國保持友好關係，共享鄰國的國防安保系統。

那一天，盧卡和他的工程師們開了一天的會議。和親朋好友的意氣用事不一樣，工程師們提出了更多尖銳的問題：面積小，地理位置太偏，基礎設施太陳舊，前期投入太大，這都是不容忽略的現實。

預算師們用審慎和探詢的目光看向他，懇切希望勸退這位公子任性的衝動：

造物流集散地、度假勝地或者打造貿易港口都可行，或者就像以前的那樣，擱置起來，等待機會。

重新打造成度假勝地也未嘗不可，它同時容納一萬人休閒娛樂不在話下。荒漠裡的綠洲，人們喜歡反差和刺激……

盧卡舉手制止，我要在這塊完全屬我的土地上，造一個完完全全的新城，以最科學的方式和最大的善意來建造這個城市。我們要設定新的城市標準，那就是，這兒不以種族、膚色、語言和信仰作為居民的要求，以保護和加強自然環境為設計理念，以最少的面積容納最多的人口，盡可能地放棄使用石油，利用包括風能、太陽能、氫能等清潔能源來驅動城市命脈，能源，實現“零污染”和保護目前為止未被開發的自然環境，新能源和人工智能技術全面滲透應用到這個城市的日常管理中，所有的建設都要以人的幸福為最高標準。我們要設計一個居民生活方式更健康，更可持續的格局，最重要的是，我們要恢復自人類誕生以來就該享有的“自然權利”，自然環境和人都應該是我們的保護對象，而且建立這座城市的目的是讓所有的市民活得絕對的安心、絕對的安全和絕對的幸福。我們要造一百所不同等級的學校，這些學校不光教授知識，關鍵是絕對的安全，對，我們要消除城市生活給人帶來的不安，還要消除其他因素給人們帶來的恐懼，尤其要消除人們自己的貪婪帶來的恐懼。

我們可以先於任何國家和地區創建一個更加公平、快樂和更加繁榮的社會，利用科技給人帶來福祉，幫助人們遠離不必要的苦難，與邪惡貪婪作鬥爭，同時解決科技帶來的社會問題，保護人類，制止人類墮入人性的荒漠。這些功德都會刻畫在人類的 DNA 上。未來是不可思議的。

One option!

他喃喃地說。

改變這片海，以及這座城的命運！

幹起來吧，他無聲地簽下自己的名字。

這位奢侈品王國的接班人之一，扔掉了穿在身上三十年的盔甲，開始雄心勃勃地構繪新藍圖。

首要的事就是面對預算報告裡的天文數字。只有家族資金的扶持，新城才有望按照理想中的進展推進。

“家族資本”和“個人資金”的使用流程完全不一樣，“家族資本”使用標準完全遵守商業性的評估和審批。無論族人們聚會時討論什麼話題——藝術、道德、政治，但是他們都不是真的自殺式的英雄。對於家族來說，“增長”是永恆的話題和目標，即使族人們關心氣候、環境、人類處境、動物的變種問題或應對策略，但歸根結底，盈利是第一要務。表面上，他們接受了盧卡的申請，表示按流程走，但對於 O 城能否“快速盈利”，所有人都心知肚明，那就是——不能抱以過多期待。

準備了近半年，盧卡團隊拿出了家族要求其提供的“可行性報告”。他公開了城市設計方案：

這項宏偉的行星級工程，占地少，建築設計卻精妙。橢圓形城市邊界建造長度共十七英里、高五十米的光伏板城市外牆，解決整個城市的用電問題，也樹立其新型現代城市形象。整座城市採用高效智能解決方案，利用可再生能源和水供應，安裝恒溫恒濕恒氧系統，將酷暑與苦寒掃在城外，實現全城五十米高度內全年氣候適中。城市致力於將教育、科研、醫療等方面帶到世界先進行列，打破今天所有城市的誤區——如今的城市，是為機器、運輸和工業生產而建造，這樣的城市裡，人並沒有被放在主要的位置，而自然也被破壞得不輕，是時候糾正城市格局了。

跟眾多傳統同心圓模式、扇形模式以及多核心模式的構造不同，設計師將 0 城空間分成三層。地下是一個工作區域，這個區域又分成初生產區域、精生產區域和辦公區域，包括食品加工、服裝加工；地面一層是娛樂區，教堂、會所、遊戲廳、飯店和電影院都在這一區域，這一區域同時容納醫療、健康、衛生、興趣愛好以及各種宗教、靈魂和肉身體驗場館和運動場館；地面二層是生活區域，雖然是同一區域，樓層有所不同，採光、通風、景觀等最優戶型會給第一批入住的世界居民。第一批住戶，除接納本國居民在內的原住民外，還有年齡、宗教和受教育程度都不設限的其他各國公民，他們繳納的費用低廉，但需要公開自己的原身份向世界宣揚居住在 0 城的獨特體驗，目的是吸引第二批住戶。第二批住戶才是核心住戶，目前只招收七歲以上的未成年人。城市核心區域優先劃分為他們的生活區，政府對他們進行集中管理。這批居民入住即入學。他們繳納的費用最高，這部分費用也是城市啟動資金的保證。這批新居民會被照顧到十八歲，之後根據家長的意願送到世界各地接受大學教育。第三批入住居民沿核心區向外，並非歧視，只跟時間先後有關，這批居民年齡上不設限。整個生活區完全無私牌車輛通行，以杜絕交通擁堵。雖無私車，卻有公共平衡車、懸浮車和超級列車，以及安保專用車道，保證客運和物流時效。客運交通工具和生產運輸工具在城內環行，減少道路占地及碳排放。

生活方面，由智能管家、智能保安，以及由無處不在的 AI 控制的全天候全面監控系統，確保居民的人身安全。

那麼，城市隔斷動物遷徙的問題怎麼解決？無數種群、成千上萬只候鳥在亞、非、歐三大洲之間遷徙，而 O 城則是它們來來往往的必經之路。鏡面巨牆將反射沙漠鏡像，迷惑鳥類的視覺導航，從而可能導致每年無數飛鳥撞上這巨大鏡牆而亡。且很多鳥類飛不到這麼高，繞不過這麼長的人造天塹，這將導致"紅海生物群系"的大量生物滅絕。

我們正在建立動物走廊方案。

飛禽走獸可不會看電子導航。

我們有專門的科學引導方法。

未必有效！

還有海水淡化預算，在亞喀巴灣和紅海沿岸新建大量巨型海水淡化工廠，供應整個城市的淡水是難以估量的工程量，這筆錢從哪裡來？

家族委員會由四十位家族成員共五代人組成。他們可能有上百種理由上百種立場，但最終結果只有兩種：注入資金或者不。盧卡這一支也無數次行使過自己的投票權。憑著公平，或者情義的輕重，這是顯而易見的。他在家族內有交好的，也有交惡的，無論表面如何，即使沒有什麼衝突，因為各種各樣的原因，他們也會彼此有敵意。無論祖先們煞費苦心，預設了讓理智戰勝貪婪，讓團結戰勝分歧，但是，制衡家族成員間的，是人性的智慧、偏見、道德和情感，也就是說，人心難以精准被算計，再簡單地說，不出意外的話，盧卡基本得不到家族支持。

太冒險了！他們說。親屬們竊竊私語，交頭接耳，毫不避諱地表示，盧卡的新城看上去是一座戒備森嚴的堡壘，不，是一座監獄，一座不適合人類居住的監獄。

他們沒有聽進去。說 0 城可能像監獄，那是因為他不明白，那些被戰爭、搶劫、失望和墮落過度滲透的城市中的弱勢群體，他們正在外面受煎熬。盧卡慢慢理解了：冒不冒險並不重要，他們是不願意表示友好。那些墨守成規的人，完全看不清外面的世道，也分不清善惡，他們只幹一件事：壓制他們能壓制的事。投票是他們向世界證明自己權威的方式，他們都會使用最嚴肅的態度對待，以便使權力的魅力加倍增大。盧卡的強敵不是外面的世界，他的對手是自己的家族成員。

鼠目寸光。

他想：他的祖先用了一百年的時間制定了那麼多繁文縟節，是為了子孫團結，卻換來此刻的心口不一。

祖先們也許用了兩百年，讓子孫們善待彼此，他們卻在短短兩個小時的會議上將其拋之腦後。

誰願意放棄祖輩在巴黎、舊金山、迪拜等舒適區傳下來的傳統祖業，放棄過去的朋友圈，離開熟人社會，搬到幾百公里之外荒漠中心那種幽閉、恐怖、重複、單一的鋼筋混凝土矩形裡？

在唇槍舌劍之間，盧卡的思緒又飄向了頭頂。

人到哪裡去，不取決於地域，而取決於這個城市有沒有更新奇和先進的科技，有沒有更安全的保障，有沒有幸福感受。所以，0 城的定位是培養居民安全感，培養居民新的生活目標，培養以人和自然環境和諧相處的新都市理念。

以堂兄歐文為主的陣營表示有顧慮，一座城市從初建、發展到壯大，需要十幾二十年的規劃、修正和測試，這不是一項能快捷出成果的項目。怕人覺得自己短視，歐文表示尊重自己不擅長的領域的探索和嘗試，家族本就需要有世代傳承的工程和目標。但他的言下之意是盧卡擬定十年內可盈利的目標簡直是癡人說夢。其他的兄弟，還有兩位比盧卡年紀還小的叔叔也加入了歐文的陣營。話不多，但意思基本相同。

前七輪會議結束，家族一致不通過盧卡的建城大業。是的，他們審視、質疑、挑剔、首肯，但是不提供資金支持。

總領伊恩親自宣佈大會研究後的結果。

伊恩效力這個家族超過四十年，有著舉足輕重的影響力，誰都知道，他萬事謹慎第一，寧願讓金錢從眼前飛過，也不願在追逐金錢的時候被風吹跑。和這樣一個人打交道，有其掌舵家族大的航行方向，人們既深感慶倖又深感被動。而今天，伊恩的宣佈只有一小部分人感到失望。

盧卡回過神來，周身被一片緘默所圍繞。這緘默仿佛像病毒一樣吱吱傳播，簡直震耳欲聾，它比這二十年來任何的病毒都要強勁。

那天在 Z 城紛紛舉杯讚揚盧卡有雄心的朋友最後一個都不在投資名單上。他們跟家族基金會成員有一樣的疑問：交通不便利，誰會來這裡投資生活？哪些在建的盈利項目日後能夠支撐城市運轉？過去，他們的質疑放在心裡，現在，是擺到檯面上的時候了。盧卡的一些堂兄堂弟們，一年到頭四處遊玩，只有在基金審計會議上才能見到他們的蹤影。盧卡盯著一張張看上去友善卻內心陰險的臉。他們就是這樣，一百年也沒有變，再進化一百年，他們還會是這樣：被金錢馴化、奴役卻永遠也不長記性。而那些從他身邊走來走去，忙著搜尋各種數據，幫他應對那些尖刻而不留情面的問訊，緊張到手指顫抖、眼神發直的人，仿佛才是盧卡的親人。不，他們不可能是親人，他們永遠是服務者，為這個家族、這個企業、這個基金會、這個城市服務。

現在，盧卡心裡生出一種若隱若現的悲壯：他想做一個與眾不同的人。

盧卡一言不發，他那黑得發紅的面容變得鐵青，嘴唇緊緊抿住，生怕怒氣不受管轄跑了出來。這是自小養成的習慣，遇到教官宣佈涉水騎馬十英里或是自由泳兩千米的時候，誰也不許發出抗議的聲音，但不管什麼時候都會有更年幼或更軟弱的兄弟叫出聲來，他們會被點名加罰。所以只要站成一列開始宣佈事項的時候，盧卡就會面色冷酷，嘴唇緊抿。他不允許自己是受到責罰的那一個，他必須是表現最佳的那一個。也可以說，從出生起，盧卡就長著一張過度深沉的臉；好心的女人們過來逗他笑，給他關懷和讚美，他微微抿住嘴，從容地回禮。他心裡知道，在別人的鏡頭下，那是一種空洞、冰冷、毫無表情的臉，猶如一個機器。我跟他們血脈相連，他們都一點兒不懂我。除了他所熟悉的夜晚的孤獨以外，就算這會兒人聲鼎沸讓他覺得孤獨了，令人生畏，無邊無際，充滿了負能量，因此更需要防禦緊密。他再一次抿緊嘴，鞠躬離開會場。

雖然沒有贏得家族支持，但 O 城建設仍然有條不紊地進行著。直到四年之後，盧卡的資金鏈正式斷裂。這位升騰起樸素願望的有錢人，在錢變得越來越少的時候，忍不住問自己：

做一個碌碌無為的人，還是做一個有偉大功勳的人？做一個有冒險精神的好人，還是做一個躺在祖先日益增高的宮殿之上看人在受苦的人？做一個被後人敬仰的英雄，還是被歸攏到 DNA 相似的墓穴裡？

難道像他的叔叔和其他兄弟一樣，自己也將在巨大的金錢缺口面前承認自己的無能，像許多失敗故事的開端和結尾一樣，充滿著“如果”“可能”“不然”“因此”“否則”“不過”這些字眼，這些字眼把人生裡的“虛度”“無為”“浪費”“遺憾”全部擠落，塑造新的數據庫，甘願接受殘羹。

就像他的父親，盧卡在家族檔案裡看到對他的綜述——對，是綜述，彷彿他已不在人間，彷彿一切都定格在他離開的那一天。那一天之前，他“聰明”“有擔當”“果敢”“有勇有謀”，之後，他們用“健康原因”來解釋他的消失，以憐憫的口吻暗示他已離世，但在背地裡，他們說他是“被挫敗感控制的人”。

胡扯。

盧卡不做等閒之輩。

他決定讓劇情變通。新的聽證會日期將近。他要求下屬明確一點：人們往往反對他們不瞭解並且也明白那出於高尚而不是卑劣的念頭的東西，比反對一些毫無意義的東西更加起勁。他們用不尋常的尖銳、挑剔的語言，就像反對其他人中彩票一樣。所以，隱藏起代表他性情且有益於他人的部分，擴大、誇大投資給家族帶來的好處。每一個句子裡都透露出這個意思就對了。挖出有利於家族的部分，並將之誇大，使他們動心，使他們相信一切都是為了利潤，一切都有利於他們。

對於公眾同樣如此，像對家族隱藏自己的理想一樣，也要對公眾隱藏自己的理想，只給他們看他們想看的那部分就可以了。

什麼是公眾最需要的？

公眾的消費習慣居住習慣生存習慣都需要引導。回想一下，幾個世紀以來，並沒有固定的消費需求，所有的需求都是被培養出來的：飛機、汽車、內燃機、鑽石、電燈泡、智能機、高速路，這些發明最初與所有人無關，開始階段與絕大多數人無關，再往後，人人都被籠罩在這些發明之下，離開這些，寸步難行。因此，目標清晰、健康、理智的人性的安全需求，一旦被喚醒，它的市場就會激增。

盧卡以如此明智的觀點對眾人進行遊說。

想一想，如今的民眾最需要什麼？

全世界那麼多兒童失蹤、人口買賣、器官交易、科技試驗，每一件事裡飽含著弱者撕心裂肺的痛苦。這些事盧卡早有關注。每一張失蹤兒童的笑臉，每一位失去孩子的母親的痛苦眼淚，這些場景，每次都能引起盧卡的共情，他能感受到離別的痛苦，久久不能平靜。那些失蹤的人究竟去了哪裡？如何做到不讓失蹤事件繼續發生？他想象失蹤者家庭的悲慟，想象導致失蹤事件背後的產業鏈。那些父母們，要麼期待復仇，要麼期待防患。而以他目前對這個世界的理解，復仇與防患都做不到，因為他們，那些貧窮的人，根本觸不到那張藏著無限機關的網。那張既可以捕獵他人，也可以保護自己的網，其實在上空，人們看不見的上方。但真正可怕的，是他們對此一無所知，對真正的醜陋一無所知，只怪運氣和執行者。執行者隨時會被執行，那也是可悲環節中的一環。

沉湎其中的觀察使他領悟出，揭示人口失蹤之謎是有意義的事，研究人類免于失蹤免於離散帶來的痛苦的科學技術比夢裡那根救急的繩子更重要。勢在必行。

他要解救那些沒有安全可言的孩子，讓他們避免被強權和金錢俘獲。無論打著什麼名號，目的就是為了拯救。

人不僅能通過過去證明自己，也可以通過未來的作為證明自己。

如果打不開這道門，就試試下一扇窗。

他和研究團隊探討，針對世界各處頻發的未成年人失蹤事件，有沒有什麼科技能夠提前知曉，提前制衡？

所有用於監護觀察人類活動且合法的科技，到目前尚不能超前解決問題，但是，可以預防。

盧卡焦頭爛額之際，團隊傳來好消息，第七研究院的科學家已經成功開發出“五識儀”。

不錯，那個內心生出慈悲之花的人，他在準備重建 O 城之前，先看到了人們飽受恐懼之苦，他尤其深深懂得獨生子女家庭的恐懼，為了免除人們的恐懼，他的團隊一直在研究這樣的產品。現在，它成功了。

所謂“五識儀”，即通過對五識——眼識、耳識、鼻識、舌識、身識進行破解、探測、歸類及追蹤。目前普遍範圍的科學技術，通過 DNA，判斷出一個人的身高體重、性格、遺傳疾病、存活年歲、祖先歸屬等等不是問題。依照這些數據，繪製出人的相貌和外觀。在有了一個人的眼睛、鼻子、眉毛、皮膚、肌肉、神經、骨骼等之後，將 DNA 結合面相、手相、命相、骨相、八字，加上新的打印技術，這個人就能隨時站到我們面前。

這款產品的優勢在於，它其實是完全無形的。因為它不像其他的高科技產品，那些保護兒童的芯片，且不說合法性和安全性一直在遭受質疑，無論再發達，或細如髮絲，只有成年人小拇指蓋的百分之一的厚度，它仍然需要植入人體隱蔽的部分，比如頭皮、耳後、腋下、腳心，甚至藏在手腕內側的皺褶處而完全無異常感，也不會被發現，它的條件是身體裡的細胞與之兼容——才會對人起到監護、保全之用。芯片植入人體技術，它正面臨倫理委員會、科技法規處的嚴厲警告。許多跡象表明，AI 能夠或已經在控制那些被植入芯片的人的思想和情感。許多國家不允許植入，而許多已經植入的國家正在準備將之取出。

但是，盧卡的團隊發明了無形之物，那就是，任何其他系統都無法破解的新科技。

“半個小時，只要給我們半個小時接觸受護者，我們的程序就會生效。”主設計師看著盧卡長大，他知道盧卡的心意。

所有來到 O 城的受護人在被信息掃描之後，皮米高新尖技術可以用手掌心大小的無人機將數以萬計的微電探測器投放在指定區域，包括千米天空、地面和百米地下，一旦受護人的信息被納入這個系統，這些探測設備可以靈敏地感覺受護人的動向，根據受護人的體溫變化測算出他的五蘊變化。五蘊包含色蘊、受蘊、想蘊、行蘊和識蘊，五蘊當中，除了色蘊是屬物質的事物現象外，其餘四蘊都屬精神現象，而微電探測器根據其一舉一動，一念一思，演算出受護人的處境，並且及時反饋給中央計算機，在極短的時間內進一步做出反應。

這麼說吧，這個產品實現無植入識別和掌管，只需掌握受護人過去的軌跡和生理特徵，就能演算出他的數據值，是平安、喜悅還是恐懼、危險，都有明確的數據值，我們會根據這個數據值提供一個全方位的護體。這個護體本質上不對人進行任何介入和干擾，它就像人的影子，只要在系統設定的範疇內，一旦受護人出現危險，系統會向總部發出訊號——這是系統最核心的成就：在每一個受護人出現的一公里之內，必然有智能安保，只要監察到危險，會在十分鐘之內出警——這才是這個系統的昂貴之處，他們不只是監察，做事後諸葛亮，他們要參與過程，並且阻止事態向任何壞的方面發展。最重要的一環是，如果事情超過了自己的控制，每個客戶過去、現在所有花費的開銷將被退還。所有這些，都是致力於避免客戶受到萬分之一的傷害。為了世上少些邪惡，現在免除恐懼的法寶之一就是這個偉大的發明創造。所有被保護對象都要生活在新建的 O 城內。這是必要條件之一。

精確到分秒的預測，呈現和及時干預。

首批 O 城居民將優先享受公司剛剛研發成功的“五識儀”，而“五識儀”被發明出來的初衷就是對抗日益邪惡的“惡之手”。據此，城市管理、安保和保險三位一體的局面保證了居民和受保人的人身安全、財產安全和隱私安全。這會是一座世界上犯罪率最低的城，一座世界上最長壽的城，一座最和平的城。

有一批多達百人的實驗數據顯示，這批人過去無論對自己，還是對自己的子女都沒有預留對抗恐懼的資金，他們甚至是那種會主張製造危險，酷愛極限挑戰的群體，但接觸過盧卡的新技術之後，他們表現出空前的好奇心。有幾例數據顯示出投保人因暴力、私闖禁區、販運危險品在當地留下過案底，這會兒，他們卻豪擲千金，和盧卡簽署合約，為自己的孩子謀求一個安全保障以及良好的前途。

有意思。是不是在每個人的心裡，都有著對這個世界至深的恐懼，而有的乾脆以毒攻毒，以熱愛的名義與恐懼並行？

顯示屏上，那條被收集了信息的寵物狗，被放置于百萬人口的城市鬧市區。前提是，收集了它的 DNA 的“五識儀”在它附近。數據顯示，它不走動。它在一個小小的遮擋物後面靜靜等待主人的到來，雖然它不明白主人因何而突然離開。這時，倘若有人向它逼近，它的恐懼感會迅速傳導到科學家的儀器上，科學家會據此做出反應：尋找，還是跟隨，或者只是靜觀其變。

宗旨只有一個：確保它的安全。

如果有人毫無預兆地從它背後將之擄走呢？

它的驚恐已發出預警到達我們的系統，我們能三分鐘內找到它的下落。

在不植入任何違規科技產品的情況下？

不植入任何法律禁止的科技產品的情況下。

科技倫理呢？

不違背科技倫理。

這還不夠。

盧卡在項目書中直截了當地承諾，要建造十所設備齊全的大型醫院，他接受全世界的病患，並且承諾病患不會受到戰爭和政治的影響，他們負責與病患所在的國家或政府談判，收治每一位想來 0 城治療的病人；他承諾雇傭品德受到認證的雇傭兵保證市民的日常安全；他承諾重寫智能人與自然人的相處章程，讓智能人與自然人和平相處，不發生任何對抗事件。

這得建立多少基站，設置多少安保，這是個天文數字，如果需要保證整個城市，而不是一個國家的首腦的安全的話。誰會為安全買單呢？

他以為他們家族裡的成員都像他一樣看到了全世界各處的孩童失蹤事件、大規模的抗議事件，不，他們一無所知，他們沒有關注，也許一輩子也不會把目光移到那些事情上。這個家族的固執已見不允許他們對普通人的悲歡做出共情。盧卡從他們茫然的表情中就能看出這一點，他想提出抗議，他識時務地調整好了表情，畢竟不可能所有人都是拯救者。

所有的父母都會，我也會。盧卡想，我甚至會為父母的安全買單。可惜，這個技術只能用於未來，不能用於過去。

他想：在人類人口日益減少的今天，他從中找到了靈感。那就是

“人”作為父母時的軟肋。

盧卡有發言權，自十九歲後，他有過四任比較正式的女友，育有五個子女，目前他們全部留在西可烏山脈的家族莊園學習和訓練。這不光是他自己的意思，也是這些孩子們母親的意思。沒有人去抵抗那個中心。反之，人人都嚮往那個中心，一代又一代。家族莊園集中養育的孩子成活率百分之百，未經任何科技干預。現在，盧卡有信心把這個數據從一個莊園擴大到一座城。

結果出來了，盧卡逃過一劫，他得到了五百億美金的投資，出於對這個項目盈利可能性的預判，而非共情。

“五識儀”——作為不可替代的新科技產品的出現，扭轉了盧卡的窘境，成為他的項目得到家族支持的大法寶。盧卡家族資金的介入，吸引了一大批投資客跟進入場，資金源源不斷地從全世界各個角落湧來，不出意外地形成了一波輿論潮，盧卡團隊趁機通過各大媒介宣傳新城。

盧卡，這個新城市之父，不惜公開亮相，他的形象頻頻出現在人們的智能接收設備上。所有育有子女的家長，所有鍾愛晚輩的長輩，所有見證過離散、動盪或者買賣器官的人，凡是有愛的人，他們的智能設備上都能精准地收到盧卡的公開宣言、承諾、召喚令。盧卡散播出去的信息永遠是平安、喜樂、團圓和幸福。他生於貴族之家，出生即繼承，從頭到腳充滿金錢味，這種等級的老錢大家整個世界也就一百來個。家族背景令盧卡有著驚人的可信度。按照它的研究者的觀點來說，這些發達的家族有很神性的基因，最早一次的拐彎，最先栽種的一棵樹，最靠近他們的山頭和水源，最決定命運的創意和選擇，無不包含著深不可測的命運垂青。

人們早就精明透頂，不會再被空口白牙所忽悠。低端市場的競爭到了赤膊上陣的程度。網絡時代，什麼商品值什麼價格，只要貨比三家就能選出優中之優，而售後服務也到了前所未有的高度，之前是七天無理由退貨，現在達到了七十天無理由，即使是一包開封的麥片，吃掉了五分之四之後，你也可以大大方方地打包寄回。究其原因，沒有高科技的加持，只能拼服務，而服務業，像一面照妖鏡，把人性的醜惡成倍放大。這個時代，想要賺大錢，是一件非常困難的事。但是，看似密不透風的市場仍然有巨大的商機。“五識儀”護佑下的 0 城就是一例。技術是保密的，但進入 0 城的受護人，無論是居住還是學習，人身安全是得到保證的——完善的合同上會標注賠償的金額。誠然，多少錢也不能彌補失去生命的痛苦，但如此高額的補償全世界也不過就此一家。

盧卡新城和他的理念幾乎傳遍了世界各個角落，精准到達那些殫精竭慮想要保護子女周全的中產階級。年度報表顯示，容納五十萬人口的城市在短短四年已經入住十七萬人，除了建設工人、安保人員、原住民，其餘便是全世界七十九個國家送來的少年和兒童。比盧卡自己預期的低，但比家族預期的高。不容忽視的是，這七十九個國家的學生像一把芭蕉扇沿著莖系向全世界延展，奇跡般地形成了傳播鏈。學生不同于旅客，他們代表著未來。眼下的態勢表明，它完全有可能讓 0 城變身世界上最小的國際都市。數據每天在變化，源源不斷有人入住 0 城，這個彈丸之地，十年後就有能力容納一百萬人，到時候，在全世界都出現人口短缺的形勢下，這個城市不斷增長的年輕人口會形成人形金字塔。

新城市需要各個行業的骨幹和英才。當然，0 城的薪資政策也公正而新穎，全世界各個國家的精英紛至遝來。

高光時刻。盧卡在鏡子裡看到自己幸福、明媚至極的臉龐。這才是真正的他，這是所有生物醫學都達不到的，他因實現美好善良的願望而散發出光。他不是為了造城而製造新的需求，而是在對社會做貢獻。說來誰信呢，它讓盧卡本人在能力、勇氣和價值感方面得到極大的滿足。就連天空，那被連年戰爭和貪婪浸染的灰色天空，也出現了斑斕的祥雲，鳥雀爭鳴，朝氣蓬勃。之前，因為失眠症，他沒有辦法和子女們共度夜晚，現在好了，他從研究院到莊園，又從莊園到 0 城，哪個地方都可以安放他的靈魂，那段時間沒發生意識游離事件。

三

蔣將是第二批入住的外國人。第一批用戶的數量充分顯示，萊城的憂慮不是孤例，蔣家的恐懼也不是孤例。

蔣正第一次跟撫玲提起 0 城的時候，他們的生活已經蒙上一層濃重的悲傷、荒謬和厭倦。萊城持續不停地有孩童失蹤。每一個關於孩童失蹤的新聞都像一根勒住喉嚨的頭髮絲。現在，這頭髮絲已經擰成麻繩了。他們感覺自己快要窒息了。一切恐懼都會使人在縫隙中鑿出通道。他們開始信神。他們仰望星空，仰望宇宙。可是他們心裡清楚，有關星空和宇宙的知識無處不在，多到真假難辨，現在禱告的心，虔誠不起來了。

蔣將在萊城處境困難，除了莽撞、容易對無意義的事著迷、遭到難以計數的霸淩，學習能力亦不佳。十二歲的她已經進入萊城市民綜合評分系統，毫不意外地，她的評分相當低，按這趨勢，很難會有竄高分的可能，那麼也意味著她成年後找到一份稱心如意工作的可能性極低。去 0 城，她能平安，甚至根據盧卡市長的意思，如果不想離開 0 城繼續接受大學教育，他們會負責為這些一代、二代移居人員提供一份有保障的工作。

蔣正把盧卡在遠離萊城的阿拉伯沙漠造城的消息告訴撫玲時，撫玲氣若遊絲地問他：

盧卡是誰，與我們有什麼關係呢？她蜷曲在丈夫對面的沙發上聽丈夫講這位神奇大亨的故事。門外很黑，她的心裡也黯淡無光。

蔣正說，盧卡的家族是這個世界上最有錢的家族之一，我們萊城所有人的錢加起來都不到他的一半。

所以他投來的精准廣告咱們都收到啦？

是。蔣正承認知道盧卡造城是堪比讀心術的大數據推廣。

盧卡要造的不光是一個城市，他要造一座完美之城。這裡有安全、幸福和平等。

我們又有什麼辦法識別他的話是不是真的呢？撫玲問。

蔣正說，他是這個世界上為數不多的好人，如果連他的信息也信不過，那麼，這世上絕大多數的人也都令人信不過了。

這世上，哪裡有什麼好人？誰見過真正的好人？

蔣正擺擺手，真正讓人擔心的，不是科技發展的程度，是人心的好壞。

他第一次看到有關 0 城的新聞時，就驚異地、有把握地感覺到，這個模糊的遠方的有錢人的理想設計跟他的想法不謀而合。他沒有告訴妻子，自己悄悄地研究了 0 城的版圖和規劃。現在，他帶著一種急促的溫柔和欣喜，胸有成竹地告訴撫玲：

這個城市總體來說，分成三大層。生產區、服務區和生活區。三個區域分別位於地下、地面和空中。每一層各司其職，每一層有入口通向另一層，相關而又獨立。生活居住區的最高建築不得超過地面五十米，每幢建築都擁有同等時長的光照和公園綠化，每戶窗口看出去都有同等的風景。生活區可以看到娛樂區，但生產區和娛樂區既無權也無法看到生活區中的景象。低空能源飛行車通向任何公共區域的時間基本相等，每幢建築都配備同等數量的健身器械，保證健康和休閒需求。服務功能區緊靠生活區，有足夠多的商業空間，它和生活區僅一牆之隔。這是一扇裝載識別系統的無形之牆，它保證所有人的出入都有跡可循，這大大保證了生活區的安全：絕對的安全。

我們城也有隱形識別系統，這很稀奇嗎？

生產發展區則建立在地下，研發生產製造提供各種供給。學校在一層，孩子們生活在二層，跟現在的城市格局完全不一樣。簡單來說，大人和孩子分開，弱者和強者分開，不同類別的工作也分開……

萊城也是分開的呀，人的壞心眼有多遠，腳就能走多遠。

不一樣，真的不一樣。

世界各地正頻繁爆發戰爭、房地產呈一片頹廢，這個秘密的大好消息在暗處流傳好幾年了。據蔣正所知，0 城已經接納大批未成年人。這些人裡面有藝術家之子、企業家的後代，也有背景模糊的有錢人，這些不願被傳統規則束縛的成功人士，為了不讓子女延續自己的平庸，囿於桎梏，經過嚴格考察後，他們把子女送到了 0 城。

世界上最聰明最有思想的人，他們去哪裡，哪裡應該就是對的地方。

這些來自世界各地的孩子們，帶著孩童應有的天真和朝氣在建設好的區域打鬧嬉戲、無憂無慮的樣子被四處傳播。最新的數據顯示，這個城市從建成開始，無一例非自然死亡。就是這麼不可思議。連最常見的漏電、溺水和高空跌落事件都沒有發生。事實證明，盧卡所言不虛，他造了一座快樂、安全、幸福之城。

基於這場聲勢浩大的城市改造帶有如此大的前瞻性，許多項目還在保密階段。

那你怎麼知道的呢？

這正是問題所在，大數據把這麼遙遠、隱秘的信息推給我。第一，“它”確定我們需要；第二，也確定我們承擔得起。

盧卡要用最少的土地來容納最多的人口，讓之成為世界上最公平、最安全、幸福指數最高的城市。

撫玲情不自禁受到了鼓舞，感覺有了希望，一股暖流慢慢從心底往上升，升到脖子、喉嚨和嘴唇，她搶過了丈夫的話頭：

別人的孩子可以送去，我們也可以。

是的，我們讓孩子在那裡生活，既能保證她的人身安全，又能讓她得到世界上最先進的教育。蔣正的眼睛很亮，聲音也很亮。

代價一定不小。撫玲輕聲說。

既然我們自己不能百分百保障孩子的安全，我們可以借助強人和科技。世界上有這樣的地方，我們的孩子就有希望。蔣正堅定地盯著妻子。

說到底，他們的恐懼太重了，壓得他們呼吸不過來了。這些恐懼並非憑空幻想，他們變得更現實：不費什麼力氣就能得到的東西不見得是壞東西，但傾家蕩產得到的東西多半是好東西。如果一個家庭的幸福全部建立在孩子的平安這件事上，那麼平安就是組成家庭之塔的基石：房子，工作、金錢，乃至陽光和空氣都是平安塔上方的東西，基石不穩，其他的毫無經營的必要：皮之不存，毛將焉附？這就是這個家庭的現實，他們看待世界的方法已然與別人不同。別人看到一片雲，會欣賞雲彩的顏色與形狀，而他們看到一陣即將到來的暴雨，毒雨，失控的雨，氾濫的雨，以及被淹沒的街道，甚至在街道上被沖得七零八落的人的殘缺的肢體。他們相信雨並非來自一片雲，它是來自比一片雲更複雜的高度。

半年前，一條遊船在深海失蹤。沒有人見過那條船，也沒有人見過船上兩百多名學生。那是一次海島旅行，現在，在極度的恐懼之中，人們將之形容成有預謀的大規模軟禁。他們相信那些孩子不是墜入深海，他們其實被引向秘密基地，有更多的磨難在等待他們——成為試驗品，供人娛樂，不，這已經是最可接受的事故，更殘酷的傳言是，他們每天晚上都要貢獻自己的一塊肉，湊成一桌人肉宴，讓各種變態的有錢人競標享用。現在，素食盧卡的召喚該是破除僵局的時候了。

蔣正拿出盧卡接受訪問的影像。在視頻裡，盧卡說，神的時代、英雄的時代已經結束，凡人的時代已經到來，凡人時代的標誌就是：每個平凡人都變得越來越珍貴。沒有人會白白犧牲。世上最偉大的工作就是保證人的生活安全和財產安全。所以，每個人都應該生活在 0 城。因為 0 城最高的宗旨就是建立一個百分之百保證安全的體系。

什麼體系？有人問。

確保孩子百分之百安全的科技發明。盧卡在說出“孩子”兩個字時，他的吐字很清晰，他在說“百分之百”的時候，氣勢更篤定，當他說出“科技發明”的時候，他身後的背景牆出現的是盧卡家族的最新科技產品“五識儀”的圖標。

記者問到了撫玲最關心的問題：0 城的地理面積不大，容納人數有限，人們住在這麼小的地方會不會太擁擠？

這個問題早憶得到解決。0 城臨海，有得天獨厚的優勢，海裡的一切資源製成成品，能獲得一筆可觀的收入，可是一大批的漁業工人，並不住在 0 城裡，而是住在海邊，所以持 0 城證件的人，也許十年也不需要進城來，作為不佔用城市資源的獎勵，他們獲得的薪資比城裡的要高。不過，單從工人的角度來看，他們從工作的現場，到對岸的鄰國生活和娛樂，事實上反而更便捷一些。

所以，這批雇工既效力于 0 城，又不佔有 0 城的資源，大大便捷了城市管理。

對，勞動和生活分開，這是低犯罪率，甚至零犯罪率的重要保證。

有信心嗎？蔣正問。

撫玲明白他的信心指的是發現這個地球上真有無憂無慮、恐懼盡消之地。

撫玲搖頭，期待的眼睛盯著丈夫，她搖頭只是本能動作，她搖頭更像鼓勵和縱容，說吧，說服我吧，說服我相信吧。

蔣正說，好在我們有積蓄，好在我們還年輕，好在我們捨得。

是的，我們捨得。撫玲喃喃地說。

說到做到。雇用了兩個臨時評分高、會格鬥、有佩帶武器資格證的安保來照顧蔣將之後，夫妻倆按預約時間到達 0 城。

進入自動扶梯，先是向上，進入一個專供外人參觀考察的全息影像室。聲控、紅外線、智能星，它們相互合作，用紅橙黃綠青藍紫等顏色和虛實深淺不等的線條標注貫穿，交相輝映、涇渭分明，層層遞進、統籌兼顧。如同一幅畫卷。

3D 立體成像顯示，他們此刻身處這座城市唯一的入口，與其他城市不同的是，通向這個城市的道路和城市本身一樣寬。他們頭頂，極樂鳥、藍孔雀、鷺鷹、珠鳥、努比亞鴇、沙雲雀、灰岩燕等鳥雀在爭相歡舞，左側是連綿山巒，千年神木和難以計數的花卉發出生長的聲音，右手邊是彩色的海港，海水碧藍。俯瞰整個小城，建築構成弧形，城市的指控中心在弧形的兩端，便於停靠各種交通工具。各個教堂還在老地方，或為了美觀稍有調整，城市中心廣場仍然建在湖泊邊上，挨著湖泊的便是各所設備林立、接納金貴學員的學校，因需而建的學校，確保孩子萬無一失的學校。夫妻二人表現得很平靜，無所畏懼。進入下降扶梯之前，他們匆匆看了一眼大海。海面上有行船，行船上有人在眺望此處。有人看見他們進入到 0 城，有人在看。鏡頭慢慢擴展開，兩扇城市外側鏡面幕牆由遠推近，這與眾不同的鏡面幕牆的設計也讓這座城市更微妙地融入自然景觀。將這座城市納入兩側的高山與海洋，如同它的名字，城市呈“0”形，只不過，這個“0”的左右兩側都保持著原來的結構，靠山的保持著山體，靠海的延展著海灘，城市之牆的前頭是無邊的沼澤。一條河流沿山而下，被貫穿引進整座城市，不寬也不深，但能保證整座城市的水供應。

城市分成三個層級。空中、地上和地下，像一塊分層蛋糕，服務區在地面，全是公園、健身設備、休閒娛樂餐飲買賣，人們在那裡體會精神飄浮和感官愉悅，約會交流，遨遊虛擬宇宙。最上面是生活區，那裡可以仰望星空，是城市核心受護人生活的地方；地下層級則是工作區，機器車間、食品加工車間、輪船製造廠以及略有點危險性質的研發製造，所需要的時空隔離能保證人們專心工作，幽靜但不昏暗，畢竟，這座新城自下到上的高度最高也才二百米。連接層級的是各種電力設備，需要超過一公里的長途，人們站進緩釋廂，一俟緩釋廂門關閉，急速而來的快速車會不露聲色地將之帶入運行軌道，就像音樂節拍之間短促的空白，人們轉身進入另一個緩釋廂，就這麼一分鐘工夫，緩釋廂會停在下一個站台。人們在速度、節奏和時間的旋律裡平衡、銜接、交錯，聚攏又擴散，他們向前向上向下。沒有似是而非的混合區，沒有拖泥帶水的模糊地帶，每一片樹葉都有自己的使命，動與靜，黑與白，一切都清清楚楚，一目了然。這一概念被稱為

“零重力城市主義”。

城市中也有高速路一樣的限行道路，為緊急狀況設定。每一公里就有一個反重力機停機坪。這是一座看不到警察的城市，一切都在系統的遙控之下，街面上沒有警察，並不意味著安全感的缺失，相反，是一種絕對的對於城市與市民的信心。

看看這個巨大的 0 形線裡，動物遷徙長廊，古老的拱橋，借鑒東方國家的引水設備，居住空間裡的直線、橫線、交叉線，形成清晰了然的城市。

城市核心地帶有一條街，格外引人注目，林立著世界各地的特色建築，完整的伊斯蘭教堂、基督教堂、佛教寺廟和清真寺……包容，共處，不切割，0 城向全世界表達他們的城市信條。

盡忠職守的智能人時不時地伴隨著畫面地講解這座未完工城市的各種細節。

人們享有城市，但不過度破壞和佔有。非常有創意的部分在於：一幢房子審理案件時是法庭，庭審結束後是監獄；兵營也是警校；受教育的地方同時是社區服務部，研究院和劇院。教堂的風格會根據信仰的不同而建造，但教堂在週一到週五會是議事廳，排練廳和志願者休息區，加上許多行業無實體無場地，現有的一切都被規劃得簡約而不失體面。這就是科技城的重要體現，最小的城市最大的人口密度，但是，完全沒有擁擠感。低端行業在地下，另有一行從業者在城外，也可以說在國外。他們的產品會進城，但他們的人不會。

你只要不在意外的時候出現，就不會遇到意外的人，更不會遇到意外的風險。

就目前所見，這已經是世界上最理解他們的城市了，不科學，像魔術，還沒來得及建立傳統和教條的大罩，嗜血和貪婪的惡魔還沒有入侵。一般人肯定以為這是一座封閉的、防禦性過強的城市，表面上看是這樣的，但也正是世界所需要的，世人之所以低估它存在的理由，是因為他們還沒有體會到足夠多的恐懼，一旦他們的恐懼達到極限，變得如此虛弱，那麼，虛弱而產生的認知和勇氣會帶領他們穿越半個地球抵達這裡。

這座城市不偽造歷史，不偽造與之不相稱的東西，不偽造榮耀，也不偽造英雄。雖然應該有這麼一位造城的英雄，但是他不露面，你甚至連他的形象也仿造不出來。

這隆重的、觸及未來的參觀帶給他們不尋常的喜悅。

最無可爭議的是，據可考的歷史記載，地球最大的敵人無非就是洪水，世界末日也與洪水有關，而 0 城，作為一個小國的飛地，城市底部成千上萬只輪子早就決定它會成為一艘船，一艘能漂流的船。

進入到實景街區，有音樂聲傳來，空气、行人和樹枝都在音樂聲中歡快起來，一切如此謙和，而他們，像是與它久別重逢。

每個街區像是從電腦設計圖上摳下來的，在這裡，風格是可以林立的，古希臘風格、哥特風格、新巴洛克風格，有花窗玻璃的教堂，甚至一時無法分辨年代的宮廷建築。同時，他們看到了平行車、自動升降椅，恒溫恒濕恒氧街，隨著天氣變換顏色的地面。它們有一部分地域性，但更多的是世界性；一部分過往性，更多是未來性。撫玲像一隻在熱帶雨林醒來的冬眠的熊。她在一個熙熙攘攘、忙忙碌碌的城市裡的審視經驗全部失效，陌生感使她無措而撕裂，她像一個盲人一樣漫無目的地行走。

蔣正比撫玲清醒一些。他發表了自己對 0 城的看法：雖是改良過，顯得簡小，但意圖很明顯：開放、兼容、清澈、鬆弛，它在科技上、安全性的措施上以及發展方向上是超前的，它規則得像規則本身，它潔淨得像潔淨本身。這裡有心安理得的氛圍，能讓人產生出一種精神上的舒適感和無憂慮心，仿佛過去的腦神經末梢被壓迫住了，現在，壓迫神經的那塊組織被清除了。

所謂 0 城，不過是一面鏡子，這面鏡子如實地展現著訪問者的面容、身姿，以及他們身後的憂愁和恐懼。這面鏡子，能照見過去，照見他們在萊城活得多麼粗糙、粗俗和粗暴。

她看到的，全是她想看到的。

看見自己，進入自己。

現在，這句話變得如此忠實，如此具象。

不，這不是它的全部。這座城，宛如一艘巨型輪船，它上下略尖，兩翼伸出，船身與地面相連，不過，它的形狀令人遐想：如有必要，它會升高船身，撥出圓輪，巨輪會滾滾向前，沖向海面，成為一座0形巨輪，成為一艘方舟。如果不親眼所見，簡直很難相信一座城設計得如此——不同凡響，堪稱神跡。而這個設計正是它客戶遍佈全球的最關鍵因素之一。每個人都會情不自禁地發現，他們看到了世界上真正的方舟。是的，方舟！深深的震撼化成一簇火花閃動在撫玲的眼睛裡。

之後，一個工作人員走過來引領他們走出參觀區。

他們坐在高高的、帶穹頂的、粉刷成泥漿色的等候廳。等候廳高曠得令人敬畏，在主席位的那堵牆上掛著一幅白色衣袍男士畫像。他們很快發現畫像並非市長本尊。市長是積極的、昂揚的，而畫像上的男子目光空遠、面目清瘦，無欲無求。除此之外，所有的牆都是簡簡單單的象牙白。任何一面牆壁都能參與演放安保步驟以及簽約流程。

沙發前有滾動的屏幕，每一分鐘顯示一句話：

"不要擔心。這裡不是擔心的地方。"

"你千里迢迢來這裡，不是為了被辜負。"

"遠離非法拘禁、誘騙、不公正之地，是你的權利。"

"你腳下每一寸土地都是淨土，比世界上任何一個地方的土地都乾淨，它甚至能吃。"

有著銀灰色面孔的智能人陪在身側。沿著牆是一排土黃色的沙發——所有的沙發上都坐滿了人，各種年齡各種膚色各種裝扮的人。人們靜靜地等待，更換坐姿，偶爾交談，氣氛很溫馨。過了好久，撫玲抬起眼，無聲地問丈夫，我們在等什麼？

你知道。蔣正無聲地回答道。

為什麼讓我們等這麼久?

我不知道。

為什麼我們不問問?

最好再等等。

夫妻倆站到窗邊。他們就這麼長時間地坐在等候區，蔣正能感覺到玻璃隔斷那邊辦公區域的活力。他能感覺到他們所有人，猜得到每個人的一舉一動。等候區的沙發旁是一整塊落地玻璃，太陽金色的光線緩緩地從一側遊移向另一側。他十年來頭一次如此清晰地感覺到那無聲時日中的安全感，在等候的半個鐘頭裡，他對自己來不及瞭解的人與事充滿了敬畏。不管遇到的是可以料到的事還是意外的驚嚇，在這變化多端的人世間，唯有愛可以讓人滿懷希望。

不時地，會有一個人站起身，跟著智能人向某個單獨的房間走去。腳步難免緊張、猶豫又堅定，門無聲地開，又無聲地閉合。

終於輪到蔣正和撫玲。他們被智能人引領著向前，穿過長長的走廊，好似穿過一層迷霧，撫玲既像受到驚嚇又感到十分幸福，透過隱隱約約的玻璃，他們看到每個房間幾乎都坐著像他們這樣的夫妻。他們注意到這裡所有的人，不論長相和膚色，不論身份與地位，似乎都與他們的訴求一樣。這一切讓他們既戰慄又安心，就好像一隻錘子，敲碎了所有冬天的堅冰，他們確定自己不是異想天開、不著邊際的瘋子。

一位穿著黑色西裝的年輕人走進接待間，簡短地打了招呼。蔣正看了看妻子，她的頭依然側向窗外，享受著陽光，她的臉——那張蔣正已經好多年沒有看到如此歡喜的臉，沐浴在陽光裡，那陽光充滿無聲的力量，正在引領著她。

最後，引導系統輕聲細語地將他們引導到一幢大樓的會議室。像智能人一樣面無表情的姑娘送過來兩杯咖啡後，便離開了。

除了錢，我們還需要做什麼?

不複雜，我們需要知道孩子的血型、喜好、習慣、基因數據等等。

在聽到需要提供女兒一切隱私後，蔣正沉默了。

人類之前花了許多年的時間把自己的秘密拱手相讓，他們成長過程中的點點滴滴都被大數據收集，經濟實力、個人喜好、消費習慣，然後精准地製造一個又一個適中的坑讓他們去跳。恍然大悟的人們，意識到隱私的重要性，這十多年，為了躍過這些坑，他們又花大價格去保守他們的秘密。這會兒，他們又得把女兒的一切數據展示出來——為了保護她。

我們怎麼知道保障系統的可靠性？

簽署合同前我們會展示最權威的數據。

如果停電了呢？

這你們不用擔心。我們有三套以上的能源支持設備保證安保系統的無縫銜接，停電是不被允許發生的狀況。

看著蔣正夫妻迷茫的眼睛，工作人員莊嚴地說：

即使受護人是死刑犯，在被執行死刑的一刻，保護令開啟，那時候劫獄就是我們的工作。工作即正義。

不惜與法律對抗？

我們不與法律對抗。我們只是打個比方。在 0 城，所有為生命權的嘗試都是正當防衛。

《新科技倫理法》裡未成年人部分的衝突呢？

我們的科技符合我們國家的法律。

萬一那百萬分之一的情況發生呢？我的意思是說，發生意外？

一旦我們的協議簽署，那樣的時刻就不會到來。

如果到來呢？

我們會退返所有的費用，以及百倍的補償。換句話說，我們失職的成本太高，以至於我們不會失職。

價格不菲，雖不至於無法承受。

那麼，最後一個問題，萬一發生戰爭呢？

正如你們所知，我們的腳下有一千六百個巨輪。一旦有戰爭威脅，或是自然災難，巨輪會啟動，脫離地面，進入港口。六十海裡外就是公海。安全永遠是我們城市的最優先考慮。

蔣先生微微頷首，用適度的禮貌來掩飾內心的激動。不一會兒，真正的要在合同上簽字的人出現，是一個高個子中年人，戴著厚厚的眼鏡，頭髮花白，跟打頭陣的機器人一般的年輕姑娘相比，他簡直像從戰場上回來。他接過操作器，投影在牆上的是一排排清晰可見的合同文本。而這些條款夫妻倆已經知曉，但是，出於某種可知的原因，他們需要再展示一遍，而且有時間上的要求。

是的，條款會重複告知，直到你們再次確認為止。

撫玲直直地盯著屏幕，好像沒聽懂，聽懂之後，也沒有做出回應。窗外有一朵雲，像是小孩子畫在紙上的濃墨藍，天氣越來越怪異了，也許並沒有，只是自己的眼睛出了問題。她想。

初級的條款簡潔明白，孩子提交 DNA 接受必要的審核，被接納進入 0 城後，在這個城市完成所需要的教育，在孩子成年前，他們會提供的服務是，家長可以知道孩子每天的行動軌跡，孩子只在規定區域才會受到保護，超過規定區域的活動不受限，系統會在出險後提供複盤的機會，是的，事前不服務，事後才服務，這是費用如此低廉的原因，任何時候，都可以中止服務；第二等級的服務就好得多，孩子可以在整個城市活動，他們的安保系統可在孩子有危險徵兆——是徵兆，而不是實際危險到來時就做出反應，準確地說，在危險來臨前一分鐘內做好評估，評估出危險係數等級後，安保隊員會根據險情派出人員，安保人員全是世界上最好的安保機構訓練出的精英，有精良的武器和臨場發揮能力；最高等級的服務是根據孩子的行動軌跡、習慣、愛好，再進行二十四小時的調配戒備，這就相當於 0 城整個科技宇宙全天候運行，就是為了你們的孩子——這世上最亮的星而存在，直到，你們認為一切隱患消除為止。最高等級服務適用於 0 城每一寸土地。所有等級服務都可以期滿或中途停止。

換句話說，孩子必須生活在 0 城？

我們萊城也有公司提供這種等級的安保服務。

那不一樣，他們沒有“五識儀”系統。他們不是政府行為，這就是所有的安保公司都無法承諾百分之百的保障和巨額賠償的原因。

他們目前是世界上賠率最高的保險機制。

在素食盧卡之前，不是沒有機構在賣生命保障險，那些有尋常出生、尋常欲望和尋常來歷的人，像一隻只老鼠，他們自古以來都會在賣東西給你的時候天花亂墜、巧舌如簧，而到了理賠的時候，會拿出一個設備，用裡面密密麻麻需要數倍放大才能看清的字——解釋他們為什麼不能賠償你。這些伎倆在素食盧卡的映襯下，顯得多麼無恥。

應該瞭解的信息我們全都瞭解了。蔣正喃喃地說，像是自語。但對方，那個頭髮花白的男人點點頭說：是這樣的，你們不是今天第一個簽署這份合同的人，也不會是最後一個。

我們可以請個律師來嗎？

基於城市與城市之間的競爭關係，更多還是出於對你們的保護，公開的代價不在我們可控的範圍內。

我們理解，蔣正說。我不知道我們的財務狀況是否支撐我們的計劃。

一份文件擺到他們面前，那是一份允許 0 城對他們的資產進行驗證的許可文件。

希望沒有冒犯到你們。我們的投資人早就明白：任何良好純潔正確的願望建構和想象的正義和善良，都不能真正成就偉大的志向，一切以個人意志和審美出發的目標都有著明顯的缺陷，並且，一切冠以“慈善”為名號的事業都會因為個人的起落而像煙花一樣短暫，它將比危險本身更加危險，所以，我們收費不菲。而且，我們的決策是在城市綱領裡的。0 城的理念是，權力不能落到某個人手裡，一旦落到某個人手裡，他的好惡就會左右整個城市的發展。所以居民政策若要變動，會有超乎想象的煩瑣流程。

撫玲走到桌前，輕輕地拿起筆，在文件上簽下自己的名字。在她的身側，一束窄窄的光線灑落到那遝文件上。那些紙是莊重和奢侈的，裡面隱藏著自己孩子的未來和保障。他們感覺到了從未有過的安全，他們知道，他們正在跨越一個新的節點。

即使簽字了，你們仍然有一個月免費使用權，免費期結束後，你們才需要付款。付款前的任何一天，只要你們打來電話說要放棄都是被許可的。

我們不會撤銷合同，除非這個科技不是我們親眼見到的樣子。

那個亂糟糟的頭又搖了搖，繼而點了點頭。不出意外的話，一個月後，你們的孩子蔣將會處於我們的保護之下。這句話流利又莊重，非常符合現場的氣氛。

等待辦理手續的間隙，他們在中心公園喝咖啡。純木圓桌上潔白的咖啡杯沿鑲著金邊，調羹也是金色的，閃著溫潤的光，一枝金色玫瑰插在透明玻璃杯裡。人們在深綠的草坪上肆意地跑，沒有戒備。時不時，還能聽到遠處有歡快的歌唱聲。

一個新城，一個有想法的新城，比那些早就千瘡百孔、地基下沉、污水橫流，到處是罪惡的老城好多了。

在等待室裡坐了半個小時之後，一名身著制服、臉上沒有一絲表情的年輕女性打開了夫妻二人所在的房間的門。

恭喜二位，你們的孩子通過了初評，達到了入學標準。

四

回到萊城之後，撫玲仍然無法安定下來，眼睛不停地張望，她希望有什麼東西能夠支撐她的決定，比如美好的徵兆，比如天空能夠給她一點兒提示，關於那不同尋常的念頭，關於那決定女兒和全家命運的決定。撫玲汗流浹背，不停地喝水，又不停地流汗，直到進入家門口。他們請的兩個安保筆直地站在門邊，裝備齊全，她推開門，蔣將在做作業。看到女兒漂亮臉龐的一瞬間，她才如釋重負地癱軟下來。

這就好像不是她與丈夫坐飛機一起去 0 城走了一趟，而是 0 城生硬地、不由分說地撲過來，命令她交出人來。

夫妻倆都心裡明白，大局已定。

他們按部就班地起床，送女兒上學，接孩子回家；去單位上班，下班。在時間的縫隙裡辦著各種手續。他們要去辦證件，要去寫公證書，要去辦財產保全，要簽抵押文書。他們有時有意放緩節奏，怕手續辦得太順利，離別的日子來得太快。可是告別的日期一天天逼近，他們開始想念女兒，想象分別時的涕淚縱橫。偶爾他們全家會出門遊玩，去古董店，那裡有留聲機、唱片、彩票、雙卡錄音機、三輪車、馬燈，只能遠觀，不能撫摸。他們去吃各種美食，去看演唱會，他們想後悔，想讓這離別之前的日子再長一些。或許有一天，萊城的那些可疑的醫院消失了，或者，那些誘拐兒童的團夥一次被剿滅乾淨。那他們就什麼也不用做了，像以前那樣生活就可以了。

這期間，有熟悉的人家的孩子被送去了 0 城，看著他們如釋重負、喜氣洋洋的臉，人們祝福他們，悄悄打聽費用、細節和接下來的事。這裡面有懷疑，更有嫉妒。就像歷來人們所理解的，把那麼小的孩子送到別的國家，會不會矯枉過正、得不償失？也有人說，衡量一件事情的正確與否，就看付出的代價昂貴不昂貴，昂貴的東西總是好的。也有人說，0 城是個好地方，是理想之城，一個家庭最大的成功，就是把孩子送到那裡去。那之後，他們又加快步伐，審核送出去的材料，催促一下辦事人員。

一天，撫玲下班回家，在街角看到一個十一、二歲的男孩子，他坐在街角的石墩上。一個孩子，獨自在外！撫玲停下來，等著他被一輛車擄走時挺身而出，過了一刻鐘，聲音衝破了空間，撞到她耳邊，那孩子在哼著歌。他居然還哼著歌，他不知道豺狼四伏？她又等了一會兒，那孩子還沒有任何走開的動作。她不敢走上前去，她怕伏在暗處的人會撲出來揪住她。撫玲比以往更慢地往家裡走。

她推開門，一切都是老樣子，丈夫和孩子在遊戲。他們發出清脆響亮的笑聲，這笑聲久久在她心頭迴響。她的喉嚨發出嘶嘶的、輕柔又急切的氣息，餘音不息，幸福如此具體，令她不安。她的心抽緊，變得很驚慌。她重新拉開門，小跑著下樓，去剛才的石墩邊。她看到那個男孩的背影，正晃晃悠悠向遠處走去。她跟著他，看著他走進一幢居民樓，他悠閒地拉開門，晃晃蕩蕩地進去，她才放心地折身返回。

到了半夜，蔣將穿過房間，看到父母擠坐在沙發上。每次做重要決定時，他們會湊得更近，會壓低聲音。這次也一樣，她站在自己的臥室門口，看到他們的頭靠在一起，喉嚨裡發出不祥的、像火車進入隧道的低鳴聲。蔣將的身體往裡縮，把頭往前伸，以為這樣可以聽得更清楚。因為失去平衡，她咚的一聲倒在地上，劇烈的疼痛緩解了她的茫然。她魯莽的行為讓父母心領神會地看向對方。他們太愛女兒了，會假裝不知道，以此來避免對女兒的魯莽行為發出責備聲。

父母的聲音和坐姿都恢復正常後，蔣將一拐一拐走向他們，倚靠到母親懷裡。從臥室走向客廳的這幾秒鐘瞬間被拉得很長，仿佛爬過了一座山似的，她的臉上顯露出疲倦和困頓。母親的手貼著女兒的背，摩挲了很長時間，少女的蓬勃活力漸漸得以恢復，她站到沙發上，忘記自己才摔過跤，騰地一躍而下，回到臥室繼續睡覺。撫玲知道，女兒的背上、胳膊上、腰上、腿上和腳心都有瘀傷，有些是像剛才那樣摔的，有些是被人打的。萊城的惡童也很猖狂，他們知道誰不可以惹，誰是待宰的羔羊。撫玲的心在滴血。

這期間，盧卡又做了一場極為精彩的演講。這場演講，精確投放到全世界的父母眼前。盧卡說，任何科技的發明，都要本著促使善的一面在人性中發揮主導作用的原則。科技發明不是宗教信仰，但有信仰才能引導人心向善。在盧卡看來，正確的善惡標準，能夠使人具備區分好壞善惡的能力，但是，人性中惡的一面會始終存在，就像鏡子的反面，所有的人要引以為戒，所以科技作為救世良藥，如果落在有信仰的人身上，能夠使之為人類利益最大化，反之，科技會成為惡魔毀世的武器。

他說，他願意與一切邪惡做鬥爭，他願意奉獻他的財力與智慧。沒錯，他做好了準備，他此生前三十年的時間都在為這件事做著準備，這件事比任何時候任何事情都重要。

世界需要這樣充滿想象力與奉獻精神的領袖人物。一個人家世顯赫、不缺金錢，也無任何不良嗜好，他不去接近危險，不會去破壞這個星球。彼時，蔣正夫妻已經和萊城數位有意向的家長碰過面。一個父親想知道，盧卡建立這個城市的意圖是不是為了證明自己，另一個父親說，無論動機是出於證明自己有能力還是證明這個世界有救，只要對我們的孩子有利，一切都值得嘗試的。

有反對的聲音說，對於一個大人物，不要聽他說什麼，他們說的話通常都是別人寫好的。

傷害一個世界不需要如此大費周章。蔣正說。反對者聲稱，他做了一年多的研究，知道更多的內情。盧卡在他的家族從來沒有得過志，他名下經營的諸多項目，盈利有限。而與他年齡相仿的同輩兄長，已經是家族翹楚。緊接著有人駁斥這個傳言，說盧卡是他這一支的長子，一直被看好，直到他父親失蹤。現在他們似乎都有點兒理解他的做法了。這麼有錢的人，也免不了"失蹤"的命運，令人唏噓。世界上所有超級富豪的家庭故事飛過兩大洋，到達萊市，沒有一個不走樣；錢越多的人，信息越不透明。後來大家兵分兩路，有的人仍然回到了之前六神無主的狀態，而堅定的人卻因為深度討論而變得更加堅定。說到底，這個城市，呸，哪裡像個人住的地方。

只有一個問題：蔣將需要做一個記憶清除，不是因為她喜歡走神，是為了防止她思鄉。那是一個小小的手術，她腦子裡的某根神經——再細化一點，只是一部分涉及思鄉方面的點，一個直徑零點一八毫米的針紮上零點零一秒，風險小到像被一隻零點五釐米大的叫魚蛉的昆蟲叮上一口。我們知道，昆蟲沒有牙齒。

到了帶蔣將動身的那天，父母對她說這是一趟說走就走的旅行。蔣將跟父母當初的反應一樣，在目睹整座城市以全息影像的方式呈現在眼前時，她的眼睛瞪得老大，發出陣陣驚歎，甚至冒失地說想永遠住在這兒。真的嗎？撫玲驚喜地問。這一問，把她的意圖暴露了，孩子突然變得急躁，開始坐立不安。車子開向一所醫院，氣氛變得神神秘秘。進醫生辦公室的一瞬，蔣將用腳抵住門，她一貫對醫院相當抵觸，急切地追問，要幹什麼？

只是常規性檢查。撫玲幾乎是嘟囔著說出這話，她的眼神出賣了她，她對接下來的事並不是十分有把握。

我不要檢查，我好得很。

要說蔣將此生對父母產生微妙的不信任，就是從母親那不確定的眼神開始。

但是，父母適時調整了自己的姿態——他們挺了挺肩膀，清了清嗓子，這一點，蔣將非常熟悉，這意味著他倆開始形成統一戰線，更意味著她只能順從。歷來如此，只要他們想讓她做什麼，她便很難逃脫。

一條長長的走廊過後，她被要求卸下所有的飾品，項鍊、手鏈、髮夾，她被套上淡藍色的條紋衫。

做什麼？

沒人回答她。

一隻氧氣面罩從上方下來，她扭動身體。但護士的雙手比她以為的更有力，更有準備。她還在手腳並用地激烈掙扎時，已經慢慢失去了意識。

一個鐘頭，或者兩個鐘頭，她醒來的時候，母親的臉出現在她面前。不用害怕了。媽媽說。她的眼睛閃閃發亮。永遠都不用害怕了。她的發音鏗鏘有力。

蔣將沒有看向母親，她只轉過來半個身子，臉上掛著心不在焉的表情，但這心不在焉明顯不同于在萊城時的心不在焉。她略略有點發黃的面部帶著似懂非懂的表情，跟許多廠家為了討好愚鈍的人類而專門為智能人設計的表情如出一轍，令撫玲驚駭不已。再仔細看，她的黑長睫毛下面顯出那對晶瑩的明眸，空空蕩蕩，尤其是她的手，不自然地垂落在兩側。現在的蔣將像個智能人，衣服的裡面是矽膠和金屬。

那不是我的女兒。

可是一切都晚了。離別的情景已經開始。

父母變魔術一樣變來了女兒的所有日常物品。想象不出他們的旅行包裡怎麼能裝得下那麼多的東西：適合在恒溫下穿著的從裡到外的嶄新的、衣服，蔣將的水晶球、魔術棒、跳舞鞋、電子產品。

為什麼？

為了你的安全！

哪裡不安全？蔣將重複了一句。我覺得哪裡都安全。

這就是問題。父親插話了。

你們也留下來。

我們需要工作。再說，你過幾年就會回去。

幾年是多久？

到你成年。撫玲說，或者等萊城變好。

這樣的對話並沒有出現。一切都是想象。

你要好好的。這簡直就是句廢話。她如果懂得愛惜自己就不會有離別。撫玲早偵察過了，0 城沒有跳水高臺。不僅是因為城市建設處於初期，還因為這個城市的管理者對於危險的理解甚於她自己。母親的聲音低沉而虛弱，離別快要把她擊垮了。很長時間見不到面了！這念頭就如浸了水的繩子，牢固、僵硬，勒住了她的心。她一會兒雙手交叉，環抱住自己，一會兒雙手伸出去，想擁抱女兒。她伸出手摟住女兒的時候，感覺到她小小的胸膛起伏得厲害。接他們的車已經到了，可是女兒不想從母親懷裡出來。有一瞬間，撫玲覺得這才是自己真正想要的，一直想要的。她知道這不現實。想起十多年前那個千人群毆的場面，想起“十六星跳橋”，想起一條載有兩百多名學生離奇失蹤的遊船。短暫的離別和那小小的手術乃是一件區區小事。她正在為未來的幸福和團聚做準備，離別的開始也正是奔向安心和平靜。她放開手。

出城時已是四個鐘頭以後，天色漸晚，涼意漸至，沙漠的氣候乾燥而酷熱，但寒氣也來得猝不及防，他們關閉車窗，道路兩側是延綿的山丘，一個多小時後，才開出 0 城的地界，夫妻倆都有些慌張，對剛剛經歷的事又有些拿不准了。蔣正對妻子說，我們還有一次撤銷的權利。是的是的。扶玲附和他，但心裡明白兩個人都決心已定。他們知道自己不瞭解這個世界的運營規則，聽到了太多的傳言，無論是好的還是壞的，都不知來路，都顯得可疑。好的被淹沒，壞的被遮蓋。無論如何，女兒可以離開最壞的地方，到相對好的地方去生活。這樣的信念使他們踏實了下來。

坐在車裡，撫玲被蔣正緊緊地摟住。蔣正第一次感到妻子的手臂是那麼乾瘦，她的頭頂抵在他下巴上，他感覺到妻子頭頂的頭髮不如往年茂盛，她的背微微蜷縮著，沒什麼力氣，可她掙扎著坐直，不依靠椅背，好像女兒還能通過什麼管道看到她。她希望女兒看到的是她堅強、挺直、經得起短暫離別煎熬的背影。

她哭了嗎？

沒有。

沒有？她喃喃地說。

因為她沒有恐懼，我們即將分別了，難道我要因為她沒有離別的痛苦而責備她嗎？

剛回萊城，又有一件不尋常的事發生了：一位酒後駕駛人沖進了人群。沖進了人群。是的，他沖進人群，車撞成廢鐵，自己卻毫髮無損。他束手就擒，不做抵抗，被憤怒的人群團團圍住，要不是警察護住他，他會被成千上萬雙鞋子砸死，面對撲面而來的指責和詛咒，他緊閉雙眼，發出詭異的笑，拒絕回答所有人的問題，他用自己的命運和未來表達對這座城市的厭棄。隨後，有人找到他的宣言：這座城市需要流血，不然不會長記憶。事實上，流了血的地方很快又沖刷乾淨，人們不記得他憤怒的原因，不記得他撞過的人恢復健康沒有，而且，再過一個星期，人們便不會記得那個慘劇發生的日期，以及這個惡魔的長相。

夫妻倆跟在遊行的隊伍後面，一言不發，情況已經發生變化，他們的內心只有憤怒，只有慶倖，但沒有了恐懼。這亂糟糟的、不長記性的城市只會想讓他們堅定地執行自己的決定。他們明白過來。這個世界的延續，是由父母對子女的愛開始的。他說："不會反悔。"

她說："不會反悔。"

把女兒送走的第二天，才是他們對 O 城真正產生信賴的時刻：固若金湯的安保措施，依靠再生能源而非傳統能源的城市運行系統，讓人無憂無慮的生活方式，最重要的是，正在悄然影響全世界的盧卡體系和盧卡信用。

首批代培育款項在一個月內全部付齊，剩下的就是月供。正好是蔣正的薪水，撫玲的工資可以維持夫妻倆正常的開銷。基本生活不是問題。

排除了擔憂和恐懼的日子，只剩下空虛的日子、憂傷的日子。

沒有了蔣將的家裡，鋼琴是沉默的、電視機是沉默的，拳擊機是沉默的，他們時常讓女兒房間的門窗敞開著，窗口的花都安安靜靜、默不作聲。到了晚上，夫妻倆透過開著的窗戶呆望著對面房子的牆，在那牆上，沉默的陰影杵在眼前。一陣沉默的微風從臉龐劃過。

撫玲打開閱讀屏，蔣將的消息如期而至。念道：

親愛的爸爸、媽媽：

我過得很好，學習很好，游泳很好，跑步很好，足球也踢得很好。我喜歡這裡的一切，這裡的生活就是最好的生活。

你們的女兒蔣將

她說話的口氣，公式性的、僵硬的、沒有感情的，一個標點符號都錯不了的，她什麼都不談，幾無可談的意思，好像多說一句就不錯了。

這不是他們的將將。

之前沒有她的消息，一個字的消息都沒有。他們急了，要去 0 城，沒有得到 0 城官方許可。不接待。不必慌張。官方隨後發來了女兒的現場影像：安靜地大口吃飯，端端正正地坐著聽老師講課。再後來，她的信就那樣了。她知道自己在給父母寫信。她知道必須給父母寫信，僅此而已。女兒活著，但她不是她自己；她還有生命，但屬這個生命的某些東西消失了。

整個房子都是沉默了，它沉默而孤單。又是冬天，新一輪失業潮來臨，物價又上漲了一輪，而那些吵著要工作的人擠在街上。蔣正夫妻倆帶著矛盾、感恩而又苦澀的心沉沉睡去。每週和女兒通幾次電話，他們沒有聽到女兒的思念、抱怨、糾結和煩惱，這是值得慶倖的，日子就這樣慢慢地過著。

蔣正扭過頭，看到妻子在哭。一滴一滴的淚水落到手背上。蔣正不忍看，也不能假裝不知道。

沒什麼好難過的，她比我們過得好，過了一會兒，他茫然無措地補充說，我們的決定是對的。看到丈夫愧疚的臉，她不禁打了個寒戰。我不知道為什麼哭，撫玲說，我是安心的。但她的聲音暴露出她的憂傷，她的咽喉、顫抖的下巴和她的手指，都在表達她的憂傷，但他們為這憂傷傾盡了所有積蓄。

在他們決定把十二歲的蔣將送到 0 城的時候，這棵家庭之樹的兩枝就分開了。一枝是被壓彎的，一枝是被包裹的。誰也不知道，是什麼促成了這個局面，是母親的一時之念？不，兩棵樹的分叉比這更早，早到蔣將還沒有出生之前就已經被決定，只是他們自己不自知罷了。他們不過是想逃脫被生活的控制，結果還是被深深地控制，只不過，這是有一種有選擇的控制罷了。

撫玲思念女兒。

春天的時候，誰家陽臺的水管破了，夜結束了，太陽出來了，它還在那裡嘀嗒，真讓人煩心。她聽到有人在那裡走來走去，可是不管那破碎的管道，那水漬在牆上拖下黃黃的印跡。撫玲看著印跡說，真醜。她把窗戶關上，眼不見為淨。夏天的萊城市非常炎熱，可是撫玲不願意開冷氣，因為想到女兒生活在更熱的地帶。她能忍，我怎麼不能。蔣正告訴她，女兒生活的城市已經實現了全城恒溫，就算在人行道上，都不會炎熱。她知道是這樣，她去過那座城市，正因為去過，看到過樹葉熱到卷起來，看到過動物熱到伸出舌頭，她知道全城恒溫也許並沒有完全實現，但又不敢沿著這個思路繼續想，這樣的話，她只會更加不安心。有時候，她經過兒童遊樂場，出於對安全的考量，遊樂場的滑梯只有兩米長，而所謂過山車，移動速度堪比烏龜，而且旁邊還有兩組逃生梯，如果是小將在，她肯定不會坐上去。小將喜歡的十米跳臺也因為過於危險，萊城現在也很少見了。她經過動物園時也不敢多逗留，小將在這裡玩過許多回，她和三個月的老虎合過影，現在的兒童也不允許和老虎合影了。秋天的時候，桂花開了滿城，滿地都是，她想起小將從桂花樹上跳下來的情景，那花的香氣竟使她心碎。

冬天下雪了，這在萊城也多少年難得見一次。雪又下了一會兒，柔軟的、緩慢的、懶散的雪。別人家的孩子坐在雪地裡玩耍，無論砸到誰，砸人的和被砸的都會笑，笑得停不下來。好像他們的笑聲一停，雪就會融化。為此，撫玲把頭低下去，不再看窗外的情景，可是她知道歡樂在那裡兜兜轉轉。所有的人都迷戀冬天的雪，可是她的女兒享受不了，0 城的冬天和夏天一樣炎熱。

下班的時候天色已晚，這時候，鄰居們也都回來了。可以聽到汽車急速而有規律地碾壓過水泥地和窨井蓋的噠噠聲，老年人沉悶的腳步和清脆的拐杖同時叩擊地面的聲音。天黑下來的時候，更多的聲音傳來：別人家的孩子彈奏樂器的聲音，別人家的廚房烹飪飯菜的聲音，別人家的主人訓練寵物的笑聲，房子頓時活了過來。那是年老的、年輕的、年幼的人群組成的家的氣息。什麼是家？是有老人和孩子的家，現在，他們沒有。什麼是幸福的家？有老人和孩子的家。現在，他們也沒有。他們只有等待，他們還有等待。所有的一切都是他們自己的選擇，抗拒恐懼、等待，在微弱的抽泣聲裡，浸潤著他們光輝的、偉大的愛和期盼。女兒去 0 城之後的這些年裡的生活，一切都帶著淡淡的憂愁，好在恐懼感消失了，而這淡淡的憂愁，倒是可以通過工作和睡眠將之忘卻。夫妻倆的感情沒有變，他們相互取暖、相互鼓勵、相互陪伴。

不幸的是，他們的積蓄很快花光了，不僅因為蔣將的學費和生活費的提高，還因為更強大的護佑產品的發明。他們簽有八年的代培育協議，但是現在，一份新的合約擺到了眼前。而他們的收入不足以承擔蔣將新增加的費用，他們小心翼翼地回信質疑。對方發來了他們的解釋信。他們面臨另一個選擇：跟還是不跟？

跟肯定是要跟的，但是他們總得給一個解釋吧？撫玲魂不守舍地說。

0 城的解釋很快就到了。

0 城的孩子有自殺傾向，他們承認這是“五識儀”的缺陷。在零犯罪的 0 城，為了保護孩子們的安全，他們被嚴格地限定在規定區域內活動。是的，安保系統沒有出現紕漏，出現紕漏恰恰是因為安保系統過於堅固。“安全”得到保障之後，失去了寶貴的“自由”，許多孩子策劃出逃，都因系統太過完善而被阻止。起先是一個男孩，接著是第二個，然後，像是某種傳染病，他們接二連三地出事。幾年來，0 城披露出來的資料顯示，已經有二十一名少年實施了自殺行為，“五識儀”捕捉到情緒動態圖，挽救了他們的生命。但“五識儀”只針對外部危險，不處理內部危機，雖有補救，但不能進行自殺前干預。這是最危險的信號。接下來的綜合掃描發現其中仍有七位少年處於高危狀態，隨時會有自殺可能。心意不改，只等時機。他們被評估自戕的危險係數過高而被中止合同。這七位被退回的少年帶回了他們父母交出去的所有費用，並且得到了合同約定的高額賠償。

這件事對 0 城的形象有著致命的重創。

因此，他們現在升級了系統，修改了章程。也就是說，蔣家沒有失去什麼，甚至還有了第二次選擇。

這些消息傳到蔣正耳邊，猶如晴天霹靂，使他羞愧懊惱，他們全家用一生的積蓄和骨肉分離，把孩子送到那麼大老遠的地方，這個地方卻像跟他開了個玩笑，可以中止合同，進行第二次選擇：選擇將女兒帶回或是繼續由 0 城保護。

那天天空正下著滂沱大雨，雨絲有力地落在陽臺的玻璃頂一，初冬的雨格外冰冷，混合著枯樹葉與塵煙的苦澀氣味。夫妻倆已經很久沒有出門了。蔣正站在陽臺上發呆，神情隨和而疲倦。遙望城市景象，近處的樓宇、花園，遠處隱隱約約的山林，他的頭腦格外清醒，感到悲傷而疲勞。

既然有七萬青少年仍然能夠在 0 城生活，那麼，保障係數仍然是非常高的。

當然代價日益高昂，令人望而生畏。

那也比退回來好啊，那些想自殺的孩子退回到自己的國家，失去了系統保護，分分鐘就會幹出蠢事啊！

退回來有了自由說不定自殺的念頭就打消了呢！

但願吧，可是，他們不是還得生活在不安全的城市嗎？

與此同時，世界上各類悲劇性事件層出不窮。利國一位當紅明星僅因呼吸困難未及時就醫而過世；因集體焦慮，某發達老國三架飛機連續起飛又返航，給航空業帶來巨大損失；某鄰近小國七名重刑犯人越獄，他們既是炮彈專家又是偽裝高手，舉國戒嚴；萊城一位十歲的孩子失蹤，他留給朋友的最後一條語音是：我早就迷失。

新的護國大戰即將爆發的謠言又起來了，據說，萊城作為本國科技和醫學最發達的城市，肯定是敵人首選的攻擊目標。這個消息一到，蔣正和扶玲的心反倒出奇地安穩了。回頭來看，0 城，至今仍然是世界上最安全最中立的地方，沒有之一。

夫妻二人再一次簽署了增補協議。這次，他們抵押出了僅剩的那套房產。資本家靠他們的頭腦賺得盆滿缽盈，他們買進時的花費我們一無所知，但賣出時的價錢我們一清二楚，因為我們再怎麼抱怨也得如數付款，直到付出全部的身家性命。

外面的世界如何，夫妻倆已經顧不上管了，對於他們而言，什麼都無關緊要，他們的任務只有掙錢。一個週末下午，蔣正從夢中醒來，回頭望向撫玲，她坐在寬大的按摩椅上。陰暗的雨天黃昏，屋裡沒有開燈，陰影裡的撫玲顯得疲憊、笨拙、憂傷而莊重。但是，比起她驚恐的眼睛，他寧可看她無動於衷的表情，她的平靜是他努力後的成果，她的平靜像一座燈塔，令他感到安心。

不久後，撫玲換了份工作，薪水比丈夫的還高。這是個偶然的好運。她替一家科技公司養殖深海水草。這種罕見的水草能在超低溫海底生存，它偶然被一艘潛艇帶出海面，又被好事的科學家用來研究。一千株水草才能提取一滴精油，而這一滴精油對延緩衰老有立竿見影的療效。為了擺脫聳人聽聞的幹細胞提取帶來的負面醜聞，萊城的科技巨頭決定展開這項發明生產，可是這種水草到了萊城海域，水土不服，斥鉅資投入的模擬百米海底水域設備無法養活這些水草。它太驕傲了，不接受智能手的管理和養護，對環境要求也太高了，需要模擬真正大海的環境，一俟水草停止生長，就會散發出惡臭。數次研究過後，人們發現，撫摸它的手，即使帶有絲毫的敷衍，它也會立刻枯萎。粗糙、急躁又三心二意的男人養護、採擷的水草毫無價值或死得更快，而經過性情溫柔、面容姣好的女性接觸撫摸過的水草長勢良好。水草無聲地檢測著人們的真和美，誰也不能在數據上作假。三百天之後，那些活下來的水草被運出水面，成為延年益壽的良方。

撫玲通過了考驗，她每天會隨著潛艇下到深海。在那裡，她侍弄水草，守著它們，陪它們搖擺，她照顧的水草成活率很高。潛入五十米深的海底是對蔣將的一種補償，是一種補償。補償把她帶到這動盪的人世間，補償她沒有兄弟姐妹，補償她無人可以依靠。

為了讓一個無法自我保護的單純的孩子安全地活在人間，她必須依賴那個城堡，那艘方舟。

與水草嬉戲使撫玲減緩了對女兒的思念，也能補貼家用，讓他們的經濟負擔輕一些。

她勞動，並在勞動中學會了沉默。

再辛苦幾年，等她長大點，我們也攢夠了錢，就把她接回來。摟抱著妻子，蔣正安慰她。

撫玲溫柔地點點頭，她知道那不現實，他們欠的代培育款，需要他們一心一意地繼續工作二十年才能還清。接下來的每一個工作日，他們需要保證不生病，不出去吃一頓飯，不添置一件新衣服。

她努力對蔣正笑了笑。這個笑，這個轉瞬即逝的笑，既是掙扎，也是屈服，它矛盾重重，像是給予愛人希望，又像是無奈地聽從於命運的擺佈。她不像一個弱者，因為她不再願意整天沉湎於哭泣，她比年輕時更堅強，也更能隱忍。

事實是，她不願意蔣將回來。沒人的時候，她在心裡詠詩——

你的兒女，其實不是你的兒女。

他們是生命對於自身渴望而誕生的孩子。

他們借助你來這世界，卻非因你而來。

他們在你身旁，卻並不屬你。

你可以給予他們的是你的愛，卻不是你的想法。

因為他們有自己的思想。

你可以庇護的是他們的身體，卻不是他們的靈魂。

因為他們的靈魂屬於明天，屬於你做夢也無法到達的明天。

你可以拼盡全力，變得像他們一樣，

卻不要讓他們變得和你一樣。

因為生命不會後退，也不在過去停留。

……

五

七個孩子無法適應 0 城，盧卡堅定地執行了合同約定，送孩子們回他們的父母身邊，並做出巨額賠償，以期對 0 城的形象傷害以及對受護人的傷害降到最低。

本以為這是小概率的事件，沒想到再次成為家族質疑他的關鍵理由。

盧卡有建造海市蜃樓的勇氣，也有確鑿無疑的軟弱。他的軟弱便是家族的公開質疑。

為了這理想之城，金錢像水一樣嘩嘩從家族賬戶流出。原本一千億美金的工程預算，第三年增加到二千億。建城七年，二千億已經花光，但 0 城仍然是個大型工地。它沒有吸引到足夠的人，城市能源很足、燈光很亮，已經建設和運營的費用已經產生，可是入住的人口遠遠未達預期，以至於第三批家族資金到位的難度又提高了。看似無邊的富貴，但是警戒線是預設的，每個家族成員同等待遇，一旦逾越那條線，他們的行為不再得到支持。

在與家族的對抗中，盧卡一直保持桀驁不馴的姿態。他聲稱反對獨裁和暴政，呼籲多民族共生，講究多樣性和包容性。然而，他聯絡資金實力最雄厚以及最有才能的兄弟作為建設 0 城的盟友和合夥人時，數次恭維他們與生俱來的權力和財富，態度正好與他自己的理論針鋒相對。兄弟們惋惜地告訴他，由於他誇大了宣傳，偏離了軌道，進一步合作有難度。在遭到拒絕投資的回復後，他又擺出慣常的驕傲姿態，使事態進一步惡化。

“五識儀”的漏洞，成為討伐盧卡的突破口，各種帽子隨之而來，各種標簽更是蜂擁而至，差點讓他窒息。如同他曾經在北美滑雪時遭遇的一場雪崩，那時他還很年幼，父親尚未失蹤，在父親的護佑下，他第一時間得到救治，很快恢復元氣。如今他卻只能獨自面對，質疑聲如同當年那成噸落下的雪花向他傾瀉而來。

盧卡當然理解得透徹；兄弟們之間的敵對並不弱于國與國之間的敵對，一代又一代，他們之間憎惡又親近。名與利緊緊捆綁，前進和後退步步相隨。在盧卡建設新城這幾年，家族在金融、科學技術和石油方面的收益越來越大，大到人人都沒有存在感，就算那個掌權了二十年的人，昨天還在殫精竭慮，一旦他榮休歸田，新的成堆的事務和工作人員瞬間像鳥獸一樣散去。剩下他像混吃等死的小混混一樣心慌。因為每個人都是一個龐大機器的一個零部件。他們為不是其他的零部件而心虛。還有，無論走到哪裡，他們都被深深誤解。每個外人看向他們飄揚的頭巾，總是會想到花不完的錢。事實不是這樣，他們是盧卡家族那張老大錢上的一個花紋上的細枝，也是數字貨幣上的一串數字放大後裡面那一串小數字裡的一個弧形線條上的一個點。他們每個人都有不同的偉大夢想：或生活過的每一片土地屬自己，或擁有愛情和普通的小家庭，或為世界做出傑出貢獻。但是，擁有那張面額較大的錢的一個角，這件事佔有了他們的心力——注意，是心力，不是時間。總有人提醒你的幸運，而這意味著，你獨霸的野心被挑起，當然你不能，最倒黴的是，跟擁有這張面額的一角一樣，這個家族的每一件事——出軌、吸毒、行賄、偷逃稅款、家庭暴力，以及政治與金融方面的官司都牽扯到你。活一個人就是活一大幫子。有些你根本一輩子也沒見過幾回，有些，他們的名字你沒來得及記住，他們散佈在世界各地，現在的問題是，你不知道他們在萬里之外犯下的任何過錯會使你的財富縮水多少。不，現在的問題是，盧卡的科技新城還沒有造好，他缺錢了。他需要他們。就在他像一個英雄一樣為宏大敘事而殫精竭慮，準備犧牲生命的時候，家族的狹隘又把他推向了滑稽和虛無。正如之前被失眠症困擾一樣，現在，錢的困擾使他寢食難安。這個他過去既不那麼看重又特別看重的東西來使絆子了——這東西像是獲得了自己的力量，它好像有了生命力，不好搞了，他不得不打起精神學著對這玩意兒產生點敬畏之心。

董事會除對他工程資金超預算不滿之外，對未來的盈利也頗有微詞。有數據顯示，受保人父母所支付的學費、生活費和安保費幾乎與支出持平，沒有多少盈利空間，也就是說，不僅現在數據不樂觀，將來也會不符合家族的期待。

盧卡又開始睡不著了，那些不利的消息令他不開心，心亂如麻，卻又無言以對。一旦開始失眠，心裡的那個深淵又出現了，他又懷念起那根沒有研製出來可供夢里拉拽上提的繩子了。他明明有一萬件事要做，但“流程”和“合法性”這些大詞把他阻擋得毫無脾氣，令他焦急萬分、沮喪至極。

不，盧卡不一樣。他對自己說，他不是個容易被家族打敗的逃兵。就算被打敗，他也要被命運、天災、地球毀滅和敵人的勇氣所打敗。不管他多麼焦頭爛額，都不是由於性格上的軟弱或決策上的無能。既然初心沒有錯，影響新城建設進展的是他的家族，那麼，他必須先和他的家族和解。家族為了平衡各方利害最擅長的動作是搖擺，盧卡在董事會每個人的臉上都能看到這種曖昧態度。董事會成員對他的增資倡議持冰冷和膽怯的克制態度，這是意料之中的事。說服了這個，說服不了那個；他在明處，他們在暗處。家族和股東對他的冒進行為早有爭議，如今對他的困窘更是眾說紛紜。還有傳言說，強敵交替冒進，虎視眈眈地盯著科技和人口兩大市場，到了劍拔弩張、不加掩飾的程度。家族已決定要將盧卡的財權拿下，以免他進一步離經叛道，到時候連累整個家族跟著一起陪葬。在這明媚的日子裡，盧卡無法忽略那些風言風語，無法忘掉邊境的紛爭和同族的惡意。他孤零零地站在 0 城動態圖前。0 形如此標新立異，密不透風，城裡面囊括了整個世界的好物。沼澤地淨化水質，保持整個城市的生態平衡，降低自然災害對城市的衝擊，還是天然的防禦屏障。山峰和森林為整個城市提供氧氣，海港是物資集散地，唯一的城市出入口是鄰國的交通運輸要道，具有高防裝備，跟他們交好和合作，本身就節省了大量的防護費用。

他對自己的律師團隊很有成見，他們本可以先他的兄弟們一步，現在，卻被他的兄弟們拿捏得死死的，他從心底裡看不起這些律師，如同瞧不起他的兄弟們。他意識到自己對成功的渴望，不過是渴望看到他兄弟們氣急敗壞的臉而已。他那時候就知道違背了自己。雖說世上沒有兩片相同的樹葉，但樹葉永遠是樹葉，這些樹葉是樹的一部分，卻永遠成為不了樹。他內心生出無盡的悲涼。尤其是他意識到自己跟他的族人沒什麼兩樣。他試圖要做一個聖人，但是因為要遵循家族的法則，他把做一個聖人的目的稍加改變了。對，稍加改變。要找到他們的軟肋，他想。

在盧卡與工程師的會議上，大家將重心落在孩子們的抵觸方面。“五識儀”的核心技術是在城市空間布下羅網，對未來進行預防性研究，繼而進行安全評估及干預。事實證明，他們做到了。他們沒有足夠多的盈利，但基本目的其實已經達到。

盈利方面的預算失誤在盧卡眼裡不算什麼。智能人開車、端盤子、看護老人、發射火箭失手的新聞比比皆是。他們那麼精准地計算，還是會失手。

既然他們要看到更多的錢，那麼，如何引導家長繼續付出，解決眼下的困境，變成了迫在眉睫的議程。他們必須在下一次家族會議前找出應對計劃。

盧卡有一位叫勞爾的得力幹將，是高薪從歐洲聘請來的。他替盧卡打理一切決策之外的細節，在盧卡焦頭爛額之際，勞爾帶來了第七研究院的成果。

第七研究院的報告顯示，過去十年，在最先進的發達國家，T 細胞廣泛用於治療各種疑難雜症，它是一種活性藥物，可以治癒其他無數方法無法治癒的疾病，以及預防各種癌症，尤其對環境及食品污染導致的惡性腫瘤，例如肺癌、肝癌、呼吸和胃腸道消化系統腫瘤以及甲狀腺癌有著極大的輔助治療和預防作用，是公認的先進醫藥科技成果。但是，在 O 城實驗室，經過十多年幾十位科學家的不懈的努力，T 細胞在經過更新之後，升級成新的產品 TP。科研人員會從一位受護人身上抽取五十毫升的血樣，送到一個特殊的實驗室，在這個實驗室中，被保護人的血液被添加進 TP，經過技術處理後重新注入被保護人的血管。TP 會滲透進被保護人的身體，和 0 城的保護系統對接，形成“玄域”。玄域的控制系統只有一隻傳統汽車的輪胎那麼大，因為它掛在五千米的高空，裡面充滿能量，閃著縷縷幽光，有時與月亮混淆。不，這當然不是“楚門的世界”。受護人的日常我們當然無權知道，這才是玄域的高明之處，我們不侵犯隱私，我們只會捕捉某種需要的信號。在我們系統裡，人只是一個光源。這個光源周邊有危險因素時，系統會向總部發射求助信號。安保工作不受任何其他因素的左右，不受政治、國籍、宗教甚至法律等因素的干擾，在 0 城範圍內，我們以受護人的生命安全為唯一目標。一切外在因素都只是難度，不是約束力。又或者，一旦受護人發生異常，比如突發拐賣、綁架、車禍、火災、外物侵犯，孩子的每個毛孔都會發出劇烈的警報，安保人員會立刻做出反應，或使人販子無處可逃，或第一時間救援，或撲滅大火，或擊敗侵犯者。這一發明，已經在 0 城開始使用，到目前為止，受到保護的 0 城的少年，抵觸情緒量級都為 0。這是有史以來最偉大的發明，科學家預言說，以後的新生兒出生一個小時就會進行這項微創手術。TP 植入人體，會跟其他疫苗一樣，成為人類的必需品，而不受科技倫理限制。

“五識儀”其實就足夠保護我們的孩童，但只有玄域才能把家族和家長“一網打盡”。

所有的員工開始忙活，把好消息點對點傳送出去。語言經過錘煉、鍛造、美化，到達家長手裡時，玄域發明的偉大性，無一絲漏洞，無任何可乘之機，賠償金增加到一百倍。客戶們全部被驚動了。他們驚歎、盤算、權衡，大多數人跟蔣正夫妻一樣，簽下同意書，匯進增加費用，如此等等。盧卡用家長們的認項合同和預付款作為自己的籌碼，只求在下一次會議時報表不至於太難看而引起股東們的不快。

這一次生死存亡的會議地點定在西可烏山脈的莊園。

為了這次會議，家族成員近百位到場，他們代表著各自的那片區域。屏幕上是盧卡近年來的業績、數據報表、形象調查結果。他以為自己的強大而謹慎、睿智而勇敢，能夠主宰眼下的局面。不，不能。股東們熱情洋溢卻又面露譏誚，這些人過去極易煽動，如今卻又變得頑固不化，不易對付。對於他們拋來的一個接一個的問題，盧卡一動不動，能不回答就不回答。他強迫自己像窗外的石雕一樣紋絲不動。多年來，他已熟知堅固與冷漠的外在多麼重要，他能遮蓋自己的軟弱，他能放射出剛硬的氣質和力量，產生深不可測的效果。

質疑聲果然如波濤洶湧。包括資金超標、動物遷徙路線受阻、孩子有自殺傾向等都表明，0 城不是適合人居的城市，充其量是個試驗地，是個訓練場，是個短暫的過渡艙。

面對股東們的聲討，盧卡穩如泰山。這些有錢人，花錢時輕信而草率，一座漢白玉的清真寺造價五十五億，他們毫無怨言；就是這個會議室的波斯地毯，一百二十名工人耗時兩年才完成，似乎沒人說三道四；去年、前年在各個產業上賺了錢他們也表現得漫不經心，覺得理所當然，如今遇到小小的挫折，便刨根究底、不依不饒，要是再有虧損，那一定是極度失望，絕不姑息。但是，這一次，盧卡同樣沒有被嚇倒，他相信建造 0 城的正確性、前瞻性，同時也相信言語、相信氣氛的重要性，相信夢想的力量。屏幕上的那些數據和身邊的討伐聲刺傷了他，但他依舊面不改色，身體一動不動。他是自己的後盾，他有夢想的翅膀。他能應付。

一件事同時可以是正的和反的，是白的和黑的，是明的和暗的，是上的和下的。這取決於看這件事的人，如果一半人和另一半人觀點正好相反，那麼這件事就變得難以辨識，據此，事情永遠在搖擺，世界也是搖擺的，0 城這艘船也在搖擺。不久前，他還是那樣意氣風發，充滿熱情，而現在，他的臉瘦骨嶙峋，顯得憔悴又憂傷。

盧卡走神了。

這些人和他一樣：一樣不甘示弱，一樣不由自主地想要證明自己強於他人，一樣有起起伏伏的巨額資金，一樣有話語權，甚至和他倔強，一樣自認為有反抗精神，一樣在掩飾失眠的沮喪，更有甚者，一樣有想把這個家族解體的衝動。

現在，他想起父親的次數比過去那麼多年的總和還要多。他現在能夠理解他的父親，他生下五個兒子七個女兒之後不知所終，現在的科技也未能找到他的蹤跡，畢竟，超越科技的一定是製造科技的錢。

……不樂觀！只聽到這幾個字，盧卡微微一笑，這個時候的笑未免顯得有點兒太輕狂了，十分清晰地表明他對剛才發言人的態度。會議廳出現了短暫的沉默。

他看著那剛發了三十分鐘言還在補充能量的堂叔——年紀小，輩分大，彷彿世界進步完全憑藉他的侃侃而談；另一位蓄著絡腮胡的堂侄——年紀大，輩分小，以為皺眉能皺出新世界。還有那用眼過度的堂兄，小心翼翼、時刻警惕，總的來說，那一個個保養得當，每天的財產數額都只能增不能減的傢伙們，說話和自以為是的能力是一歲多就開始著重培養的，他們每個人臉上都有和盧卡一樣的東西，而這一樣的東西和其他不一樣的東西現在都是盧卡的敵對勢力和障礙石。

他想起他們在一起生活過，被培養榮譽感和合作能力那幾年，每個人都要上臺致辭。那些話都是感人肺腑、動人心魄的——有個別真的動了感情，流下了熱淚，表示要照顧好族人，延續榮耀——這會兒算是自動回收了，他們本性的那種按自己意願的勁頭抬頭了。

這裡的每扇窗、每道門、每盞燈，以及每盞燈上鑲嵌的珠寶都寫著幾個字：利己和擴張，腐敗和算計。

刪也刪不去，洗也洗不盡。它可不是高科技，它是純天然。

家族歷史和國家歷史一樣，為了新的時代，不停地修修改改；為了堵住破綻，卻露出更多的缺口；想要表現勇敢，不得不優柔寡斷；想要讚美新思想新突破，不得不先承認畏縮不前和拘謹膽怯；想要更多的敬意在後人的口頭，卻留下巨量的問號在他們的心頭。

盧卡心灰意冷：一切都不像原先以為的那樣穩定；父母是不穩定的，經濟是不穩定的，科技是不穩定的，兄弟情也不穩定。一切都處於一種看不見的、永不停歇的變化之中倒也罷了，連一片真心也無人知會。

也罷。

等待眾人安靜下來，盧卡輕咳一聲，向下屬點頭做了一個示意，屏幕上出現了一個黑點，這個點慢慢變大，直到占滿整個屏幕，人們這才看清，這裡面似乎有無數根鋼針，然後，這個點又慢慢縮小，直到縮至一粒襯衫紐扣大小。

這就是玄域。我們知道，“五識儀”不可以修改被保護人的基因，七位少年退保事件的發生，令我們發現了它的缺陷，它使得孩子們的安全問題發生變化。首先，它是有時效性的，但是玄域是不一樣的，玄域是一輪 0 城上空建造的新月，覆蓋整座城市。它白天黑夜二十四小時在那裡，釋放能量，它產生的“磁物質”會捕捉到這些基因的共性，這是專門附加了防負面情緒的功能。受到玄域保護的孩子，不容易產生消極、冒險情緒，他們會自覺回避兇險，做出趨利避害的選擇，比如，一旦前方街道有危害事件發生，“玄域”之內的被保護人不至於立刻知曉這一切，但玄域會做出反應，它可以使被保護人立在原地不挪動，不靠近危險之中，更不會因為反抗被保護的處境而試圖自殺。

合法性呢？我們可是口口聲聲不挑戰科技倫理的。

是我們城市的科技發明，世界上還沒有哪個國家對尚未存在的東西建立法律限制。

這差不多就是動能機的防撞系統嘛。他同父異母的最小的兄弟，父親離家出走後由他的母親抱在懷裡相認的兄弟，不知何故，他擁有和最大的兄長一樣的發言權，以及無與倫比的膽大和自信。

不可同日而語。有人反對這個偷換根本概念的假設。

怎麼能夠保證只有受保人才會受到控制呢？

只有和系統裡的 DNA 匹配才會發揮作用。系統目前只能承載二十萬以內的 DNA，只要有足夠的需求，可以增設系統。

那麼，投入玄域設備的錢從哪裡來？

受護人的家長！

在聲稱二十年有效的合同裡增加款項？

因為他們一直生活在恐懼之中。擺脫恐懼的方法就是增加孩子的安全性，是的，我相信他們會付錢。

這才是真正的盧卡，這才是他們喜歡的盧卡：經濟頭腦，長遠目光，變劣勢為優勢，找到資金來源。

盧卡示意助手打開數據庫。數據顯示，這七年裡，那些最早一批已經到達解約條件的孩子，一大部分並沒有被父母接走。相反，他們已經相信唯一正確的事就是留在這個舒適的環境裡。少數被接走的，也很難適應外面的世界，離開 0 城，到處都是遠方，到處都沒有開端、沒有界限，世界仍舊充滿危險，困難重重。他們心心念念地想要回來。

可是出資人有權利不再續簽。

又一份報告顯示，不願意中止安保合同的恰恰是出資人，也就是父母。他們早就形成了依賴，因為孩子被保護得太好，十八歲跟八歲並無區別。子女形式上早就離開了父母，但經濟上沒有離開父母，也離不開父母。沒有這個系統，孩子們像是在裸奔。而且，父母離不開對子女平安的期許。期許加大，付出也加大。被保護已成為一種習慣。人類偏愛被圈養的生活，想當然認為自己的後代也喜歡被圈養。

因此，他們繼續加大投入？

受護人父母的資產結構良好。百分之八十是中產階級，百分之七是超級富豪，百分之二是僅次於盧卡等家族的世界級富豪，他們不僅是受護人的父母，也是 0 城建設的投資人，還有百分之十一的家庭有工作變故、家庭人員調整，因此略感吃力，但真正拖欠 0 城款項的只有不到百分之零點五，但這批人，因為愧疚感，因為擔心孩子被怠慢，事實上比百分之八十的那批人更有誠意，更有傳播意願。

這就是事實。一直以來，人的恐懼就沒有停止過。系統早就加深了他們的恐懼。離別深化了親情，哪怕這些人全是平庸的人，只要他們平安無事，他們的父母支付的費用就足夠城市運轉。那麼，如何肯讓他們的父母心甘情願地持續付出呢，最好的辦法是製造新的恐懼，當然不是針對 0 城的孩子們，金主在世界各地，輿論可以加強引導，對家長形成進一步的壓力，然後，拋出更大的誘餌。最大的誘餌就是保險金返還機制。如果他們的孩子在 0 城遭遇不測，賠償金可以使他們後半生安然度過，所以，即使那些繼父母養父母，他們也希望孩子能夠生活在 0 城，目的當然與親生父母相反。

說穿了，0 城就是一個保險箱。為了安全，自由、意志和個性都可以暫時犧牲，因此，研究院會繼續開發升級，下一步的升級除了保證生命安全之外，還要重點研發針對心理和精神病症治療的方案。我知道許多孩子在社會上處於劣勢，是由於受病症困擾，比如感覺障礙、記憶障礙、意志障礙、智力障礙和人格障礙，比如偏執型分裂症、旅途性精神病、周圍性精神病等。T 細胞的研發升級能保證人變得更積極，更陽光，更精力充沛，更有幸福感，也更愛惜生命，升級衍生的功能越來越多，它會形成一個新的構造、體系，成為身份地位和新的生活方式的象徵。

這的的確確就是盧卡在會議上講出來的話。

這跟他七年前的初衷背道而馳。他感到羞恥。

他曾經承諾會給員工們帶來自由和尊嚴——但他被認為是工作狂，只要是為他工作的人，幾乎都要失去自由，違法加班的人比比皆是；他藐視底層人，可是高於他的人又忽視他；他蔑視他的兄弟們，可是只有他的兄弟們敢踐踏他；他不相信愛情，卻和五個女人簽訂過婚前協議——有兩個都在婚禮前夕取消宣誓；他認為世上無良人，卻又渴望友誼和讚美；他相信家族的力量，如今最想與它徹底劃清界限；他意志堅定，一度想要在太空探索和衛星等領域大展宏圖，卻又因為厭倦和悲觀而前功盡棄；這些事正是他的兄弟們所樂見的，他們卻又因此嘲笑他。

盧卡怏怏不樂地離開議事廳。

沒有哪個市長能擁有一座純粹的城市，倘若他真的太計較“乾淨”“純潔”和“正直”，倘若他不瞭解這個世界和這個國家的歷史，倘若他不是見證過他們兄弟叔伯如何唇槍舌劍反對他的話，他一定會堅持正義，據理力爭。這會兒，他跌入沮喪之中，感到自己的力量在消融，感到無能為力。不，他只能徹底鬆弛和下沉，讓渡出某部分良心和邊界感，以及做違心事在他心中激起的無限的抵觸感。

六

在盧卡缺少資金又沒有發明玄域的那個時期，他經常想到父親。

他有時希望父親帶走了天文數字的錢。這樣的話，他回來的時候可能會幫到他——他希望父親回來，也希望父親幫忙。這兩點，他此前竟然完全不知情。現在，他多麼懷念父親。父親好像重新回到了繈褓中的自己面前。不同的是，作為四十歲的成年人，盧卡看到了那個不被家族看好的男人，不再像往日他以為的那樣木訥，不是，他微微眨動的睫毛表明他也會愛會恨，也會崇敬會害怕。他白色闊大袖口下抖動的手腕表明他強壯而又神經質，他充滿愛意和怨懟的眼睛表明他膽大而又懦弱，而他那似笑非笑的嘴角表明他既熱情似火卻又傲慢冷酷。是的，他自大又樸實，自負又卑微，強大而又可憐，真誠坦率卻又疑神疑鬼。

這就是闊別多年，盧卡此刻為父親勾勒出的形象。

盧卡的資金危機得到了解除，不僅如此，他的權限擴大了。他又得到一塊地，同樣靠近紅海。董事會授權他開發和 0 城同類型的城市。事情變得異常簡單：一直在阻礙盧卡和家族親近的刺耳的聲音逐漸消失。他們雙方，不，他們多方找到了契合點，達成了共識。他們要用盧卡的創意和他的發明在世界的另一個地方複製一個新的世界。合作共贏。

盧卡知道，他們正式走向了賣錢的老路子，他的本意不過是籌集一筆錢，他要做的不是延續這種城，那不過是他為了說服這幫人而耍的花腔。

認同。全是認同的聲音。

他更加氣餒。他那張柔和、無表情的臉上露出輕易就能解讀的惘然若失。他不快樂。他必須有獨特的東西，然後才能憑藉這些影響世界。一旦世界認同你發明的好東西，接著會認同你這個人。

他進一步想：每個人人具有對立的兩面性，如果不幸惡的一面被喚醒，他會成為一個脾氣暴躁的壞人；要良善若是先被召喚，他行事則處處想著有利於他人，有利於世界。一切在於機緣。

這時他似乎在不斷地接近那個極為莊嚴的光環——這光環從他的童年時代，就頑固地矗立在他的腦海裡，白天和黑夜，甚至是夢境，現在，他極其孤獨地看著那忽隱忽現的光亮——那不是光，那是團新霧。要命的是，他看到自己仿佛在上升，仿佛那條把他系在地面的繩索已經斷裂。他做夢都想要一條系住自己的繩索，這會兒，他知道繩索的真正意義：勒住喉嚨，或者使他脫離自己。

有一天晚上，盧卡喬裝進入高保孩子的生活區。這些受保人，他們的父母交著高額的保費，但他們的臥室，只有五平方米，少量的簡單的衣物，除了牆上和頭頂的檢測設備，他們還相互監督，表面上說是為了合作。

他喬裝之後，避開自己的下屬，約見了一個十四歲的女孩。

你想念父母嗎？短暫的寒暄之後，他切入正題。

女孩遲疑了一下，這遲疑表明，她不是不知道答案，她是不知道這人是誰，也不知道應該把什麼樣的答案說給這個人聽。

說真話，有獎勵。他拿出一隻牛油果。

她貪婪地看了一眼，許多可食用的水果在消失，牛油果也在消失，尤其是在沙漠地區，牛油果帶來的誘惑，使她開了口。

想念會帶來危險，平安才是重點。

為什麼？

她顯露出茫然的神情，真不知道正確答案。

你有男朋友嗎？

沒有。錯愛會扣分。

你怎麼知道是錯愛呢？

有數據。

你們有什麼娛樂活動？

我們班上最高分的同學可以有娛樂活動。

她的生活在學生時代就被規定好了。早上出門衣服整潔，頭髮乾淨，口氣清新，關鍵是要准點。他們學習——服從、遵循，學習如何井然有序、迅速且不出差錯。從進入到 O 城，他們就開始領受任務，最小的才五歲也一樣領受任務。任務很小，小到去 A 處取一個物品放到 B 處，然後會得到一個分數。大多數人不知道分數是怎麼來的，直到謎底揭曉——不偏不倚地遵照指示，走直線，遭受任何干擾都不停下，一開始這很難，慢慢地就有人得到滿分。得到滿分的獎勵是下一個任務。“任務”後來成了條件反射，不好也不壞，一聽到下達任務孩子們就會聚攏、站直了等待，就會——進入下一輪循環。諸如此類。

你們學習歷史嗎？

歷史全在顯示屏裡，只需要拿眼睛看，然後記住就是了。

那數學呢？

題目和答案都在顯示屏上。凡是顯示屏上的都應該記住，不犯錯就會滿分。

做到了會成為優秀生，但是，從來沒有人問過，如果成不了優秀生會怎樣？

年幼的、脆弱的、無理解力的腦子被放置進玄域之中，玄域傳導給他們一種生硬的、不熟悉的秩序，新的秩序從精神到肉體把他們覆蓋住。從此他們在信息繭房裡不再接受新東西——新東西神不知鬼不覺地被屏蔽，她只是被糾正了一種態度——彷佛時間凝固，不反常、不片面、不夢幻，只是停滯並被磨蝕。

行動上的精確性使他們越來越空洞，他們幾乎不動感情，在成長的過程中，如果他們表現出特別的感情，或難以管束的表現，他們會被分門別類。難管理的和難管理的分在一起，如此一來，難管理就成了正常現象。而溫順如綿羊的永遠會分配在綿羊一側，冒進與落後的始終分門別類。所以，他們的世界一小格一小格地被分配。投保人的世界保持著政府所需要的平衡。

他力求用最真誠的口吻和她談心，他希望她也說出最真實的想法。

被人知道想念父母會扣分嗎？

會扣分。

你怕被扣分？

每個人都怕被扣分。

她還記得，剛來的時候，她的同伴們常常記不住各種規定，記住了也表示不滿，他們的不滿被無視後，教室和宿舍裡都發生過衝突。但是，即使是反抗最激烈的人，後來也開始隨遇而安，唯命是從。這些事就那麼發生了，就像天氣變化一樣，突如其來但又理所當然。

真正的世界呢？你們不接觸真正的世界？

任何世界都讚賞正確的操作。

誰說的？

市長盧卡。

他親口說的嗎？

小女孩似乎被問住了。牛油果不管用了，她垂下眼，不再說話。

遇到你不能理解的事情的時候，你怎麼辦？他已經儘量和顏悅色了。

等老師幫忙。

他明白了，她身上什麼東西被抽走了，那部分缺失了。他把他們——數以萬計，還將成倍增加的人，變成了與時代和社會隔絕的人，精神上被控制的人。

不出意外的話，他們當中絕不會出現教育家、科技製造者、政治家和藝術家。這些得到充分保護的弱勢群體，他們是實實在在的無能者，表面上，他們會得到合適的位置，他們在追求進步，事實上，他們已經被截取了一切可能性。他們失去了存在的意義並陷入與他們年齡以及個性和追求完全不相符的狀態之中。

他們當然會活下來，會身體健康地活下來，但同時，他們已經是一個任 0 城擺佈的人，沒有棱角、沒有思想的人，等到了就業的年紀，他們還會被其他國家雇用——因為完美無缺的表現，因為順從的性格，因為不輕舉妄動，因為不激烈，他們甚至會拿到高薪。

盧卡相信他們對美的敏感也失去了。醜陋的條紋床單，醜陋的帽衫、醜陋的拖鞋，隨隨便便地穿在這麼年輕的身體上。在玄域的作用下，平靜是最大目的，避免受傷、避免冒險、避免衝動，導致人人都是平安和麻木的，而且誰也看不出來，這是一個驚天大謊言。

說盧卡大驚失色絲毫也不為過。

他送出那只牛油果，還親切地拍拍她的胳膊，悄聲叮囑她：

不要說你見過我，否則你會被扣分。

盧卡知道自己被利用了。每次看望這些受保人，那些孩子們對稱的、有些呆板的舉止被他以為的秩序和學習氛圍的錯覺掩蓋住了。他甚至都不覺得孩子們的沉悶是瑕疵。他自以為在向一個純粹的、無惡意的、飽含高尚善意的目標挺進。他以為有一種滿溢的光輝、一種救贖、一種擔當、一種革新，以及一種光明燦爛。

瞧瞧他們，在生活中他們普遍悲觀失望，精神貧困以及宗教信仰淡薄。城市規整有序卻冰冷失溫，磚瓦沉重，而這些年輕人一個比一個無知而盲從。大數據讓人與人之間變得算計、冷酷又隔膜，思想感情在很早的時候就被其他的東西覆蓋了。現有的結果已經顯示，意願絕對和現實相對立。

他們，那些族人，明明知道我在創造一種幻覺，他們支持我，就等著毀掉這幻覺。他們不僅會毀掉一種幻覺，還會毀掉一代人。如果我今天還意識不到，他們在下一次大會上會埋怨我們缺乏大局觀；我如果認識到了，那還是我自己親手把自己，把幾千億的資金，把我幾個親兄弟的股份都埋進去了。

一剎那他頭昏腦漲，似乎又看到了走過他臥室的已經滅絕的北美白狼、卡羅來納鸚哥鳥和中國犀牛，這些只存在影像資料中。他還感覺，地球的秩序以及生而為人的荒謬、紛亂和搖搖欲墜的眩暈。

被誤解的人生如此可笑——他想，一根繩子都沒有——我要抓不住了！不清楚自己是要上升還是要下墜，反正就是要離開地面。

無論多麼高尚的想法，就是這樣被執行，無論多麼愛惜自己的羽毛，也竟然被這樣借用去。他生命的弱點早就被他們牢牢掌握住了。哪裡有秘密。

越是失去良心的羈絆，越能擁有巨大的力量。

真可笑，像一個小丑蹦躂了這麼多年，到頭來，還在那張網裡。他已經看透了。他只能說，他覺得自己比當初熱血沸騰、想改變世界的時候更痛苦了。費了許多勁，費力打開一道又一道暗門，以為裡面藏著寶藏，結果還是早就認識的那些人擠在那裡。

他們無論在哪裡，都在爭鬥：觀念和意志、權利和成就。

只比當初更痛苦。他不是不具備被家族寵愛的能力和個性，但是他卻失去爭寵的興趣。我的天，興趣，他毫無興趣。

這根本就不再是什麼偉大的事業。連正直都算不上。

他凝視著深不見底的夜晚，他再一次變得無所作為，他什麼也做不了。他看見自己的臉，帶著顯而易見的超越他年齡的僵硬和枯槁，他對自己此刻的面容感到驚訝和絕望。與這種什麼也做不了的絕望相比，只有失去一切才能讓這種絕望停止。

他現在認可董事會上兄弟們的話：盧卡的理想並沒有多大的價值；那是一種長期無所事事造成的不切實際的妄想、一種執念、一種特有的空虛和意念飄忽，他的城市昌盛幾乎是一種囈語。

他現在真誠地相信那些刺耳的話。

人如此渺小，渺小到不應該用語言來表達對渺小的理解。

雖然現在所到之處全是對他的讚賞，他們讚賞越多，他就離他的兄弟們越近，這不是他本來的意圖，他本來的意圖包含著光榮與夢想，就算再不濟，也不是與兄弟們同流合污。生活再次變得不真實使他非常納悶，難道他不是為了建造一座城市而剝奪了一些人的自由嗎？那些被父母送來隻圖平安的年輕人，他們倒是如他們父母所求的那樣平安，可是他們已經沒有通達人情的渴求，思維受到障礙，他們的選擇意願、他們的自主性都已經遭到破壞，難道他不是心裡有數嗎？在籌集資金之前、之中以及之後，難道他不是都心裡有數嗎？難道自由意志不是人最不可侵犯的嗎？

當初他們竭力反對他建立 0 城，如今利潤可觀，他們就會毫不遲疑地把當初的話反過來說。把盧卡貶得一文不值的是他們，如今說他有幾把刷子的還是他們；當初有多麼憤怒，如今就有多麼激動和喜悅；當初飛到天花板的唾沫，如今又落下來把他們自己嗆著，房子裡全是他們的味道，反正都是同一批人。每個大家族都有的共同弱點——他們在人前信誓旦旦地表示他們沒有幹的事，那就是——相互踩踏，相互吹捧。

我的確跟他們不一樣，可是，我幹的又是什麼事啊？

那天晚上，他再次頻頻在夢裡邂逅愛爾蘭的麋鹿。

麋鹿奔跑的黑暗森林像是真實的世界，而反重力機、莊園、音樂廳、海浪、陽光，以及大量的科技產品、珠寶組成的商業帝國反而不再真實，是一場夢。

有一天晚上，他沒有夢見麋鹿，他以為麋鹿放過他了，這時，他看到了久違的父親。父親身穿白色長袍，看這架勢，他可能在赤道附近。他進來的時候，房間裡突然亮光一閃。儘管他早就有心理準備，知道父親六十多歲了，可此刻他看上去還是出走時的年紀，還是那麼高大、那麼偉岸、那麼憂傷。他一進來，盧卡頓時就原諒了他二十多年的缺席。他的臉上沒有快樂的神情，好像這二十多年的獨自瀟灑也沒讓他變得快活。盧卡輕聲地喊：父親。像要把他從雲端拽拉到人間。

當盧卡輕聲喊出父親時，他已經知道這不是曾經的父親。眼前的這位父親周身上下散發出一種平靜。形似神不似。怎麼可能？這是一個不悲不哀不怯不懦不妒不烈的自得的父親，好像盧卡所經歷的他都沒有經歷過。

他希望他們之間有一場關於不告而別的徹夜長談。比如他會盡可能言辭準確地講述發生在他身上的故事，打撈起他曾經的崇高情緒，講述父親不可更變的家族制度如何劃破他的驕傲，將他的事業如何變成一場不受控的事故。多麼可笑。他想說。

但是父親不言語，他在某個地方席地盤坐。對盧卡來說，他從未見過父親或自己家的任何人用如此奇異的姿勢落座。父親厚厚的睫毛微微顫動，深色眼眸輕輕眨動，但是他不言語。盧卡起身靠近，他抬手示意，盧卡停住了，雙手搭在自己的膝蓋上，現在，他知道自己的面容微微顫動，深色眼眸使勁眨動。他多想問問父親為何離去啊。他期待這樣的夢境不知道多少回了。他知道自己的不幸與父親的出走有很大的關係，但這一瞬間，他仍然滿心滿眼是父親。他又變回了那個使勁爭寵的兒子。之前，他對父親的想象是，他的隱遁一定出於他的清高，也出於他的優柔寡斷；出於他的崇高，也出於他的怯懦。有人說他背信棄義，有人說他的家族配不上他。盧卡單槍匹馬、聲名鵲起、威嚴漸長的這些歲月全都消失了，他成了十幾歲那個充滿委屈的兒子。他們都在找他，全世界找他，他卻單單出現在自己夢裡。

父親似乎聽到了他的聲音，他說，因為你一直在找我。

不，父親，我沒有。他抵抗說。

你一直在找我，用你自己的方式。我獨自一個人沒什麼不好。像你現在這樣的生活也好不到哪裡去。

是的，父親。我也這麼覺得。

必須自己覺悟，才不會來回搖擺，覺悟後就睡得好了。他聲音慢悠悠的，說話時語調平平靜靜，不受任何東西妨礙，沒有情感起伏，但你完全不會覺得他沒有感情。不，他整個人全身上下充滿深情。

我是想做點兒什麼的。他委屈地說。

不要試圖改變大自然，也不要改變大自然賦予人的屬性。有時候不做比做更有功德。

是的，父親，複製無數個 0 城是不對的。勞民傷財，最主要的是囚禁了人的意志。左右別人的意志比我想象的更容易生財，也更讓我不舒服。

我們能左右的比我們以為的少。

人的生命是短暫的，可以說是稍縱即逝，不要在無謂的事情上浪費時間。

他要走了，就在他要出房間的一瞬間，他低垂的眼中閃動著巨大、強烈而崇高的愛意，盧卡感覺到了。他甚至以為，父親在為離別痛苦，然而不，一聲突兀的鈴聲趕走了他。

他醒了過來，時間尚早，夢的內容那麼多，好像他整夜沒有休息過，可這會兒他看起來如此清醒，如此思維敏捷、堅定不移，他有過的傲人業績這會兒顯得那麼幼稚可笑，甚至像是犯下的錯。幹得越多，要補的漏洞越多。還有，父親這會兒為什麼會來，在他離開這麼多年之後，跑到他的夢裡來？

因為憐憫。

父親對他的痛苦產生了憐憫。

夢裡的父親博學而虔誠，單純而年輕，他著裝簡潔，形容清瘦。不要爭奪。父親說話帶著微微震盪的回聲，像從深山裡傳過來，再仔細聽，又像是自己的體內傳出去的。那是一種平緩而又慈祥的聲音，既隨和又不容置疑。更神奇的是，他與兒子對他的印象相反，他的聲音裡沒有一點兒哀傷情調，雖然命運給了他數不清的產業和輝煌業績，而他卻在淡出人們的視野後一無所有，從此刻看，他寧願讓自己變得模糊不清，兩手空空。

是的，他留下傳奇、罵名和混沌，如今留下他的孩子們重走他走過的路。

利己與利他在從前是矛盾的，在別處是矛盾的，在所謂自己人中間也是矛盾的，不存在共識，達不到全面皆贏。

父親是來告訴他：

觀眾的眼睛搭建了表演者的舞臺，你不想要，直接走開，他們的舞臺就塌了。

他說，知道怎樣開頭並不重要，知道怎樣結束才最重要。

他說，神話是從一個句子開始的。

他說，悔悟。無為。

沒錯。這是父親交代他的，在久別重逢之後。

緊接著，他在夢裡見到了愛爾蘭麋鹿、猛獁象、渡渡鳥、巴巴裡獅，置身於奇特的、幾乎是神秘的自然之林，他覺得自己和親生父親離得很近很近了，無論如何，他心裡隱藏著父親的意識，以及父親遺傳給他的像水晶玻璃杯一樣的易碎感。也因此，他在這個瞬間理解了父親的不辭而別。

他感到興味索然，他再也不要自己的城市，不要漂亮的盈利數據，不要團隊和恭維。他希望像父親那樣離去。

他知道自己必須，而且只能這麼做，他要做的這件事並非取決於他的本心，也不是任何人要求他做的，他只是跟父親一樣，認識到一個可怕的規則——人會被自己深深逃避的東西所吸引，人在命運的羅盤上。

他不是第一次覺得自己孤立無援。他沒有朋友，沒有敵人，也沒有兄弟，這些人，從來沒有說過一句瞭解他的話，從來沒有一個人敢於在危急的時候伸一把手，總是在討價還價，以牙還牙，他們從祖先那裡白白繼承了那些還不夠，還要不斷地踩踏別人，仿佛那才是他們生來就要做的事。

無法言明的權力至上權力通吃的規則已深刻塑造整個社會系統；弱者和失敗者得不到任何同情和憐憫；只有強者和財富才有望成為人生楷模和真理化身，而且，離譜的是，他們只研究那些成功者的成功之道，忽略成功之道的前因、後果、偶然性和思想，他們忽略失敗者，只取失敗者那一個教訓去回避，卻不去看教訓背後的溫情和價值。失敗沒有價值，教訓和警醒是唯一價值。

這些人、這些事，令他感到深深的絕望之外，並沒有帶來什麼有營養的東西。現在，這孤立無援的感覺卻使他心安，因為孤立無援裡包含了一切逃之夭夭的必要條件。他曾鄙視父親的溜之大吉，現在卻感激他走了一條可以跟隨的路。想起父親留下的黑洞曾令他心生怨懟，但現在，出走的父親像是從一枚硬幣的 A 面跳到了 B 面，打開了他意識的新高度，從這裡，他看見的世界不一樣了。他窺見父親在與家族兄弟長期相愛相殺的爭鬥中得出了某種反常識的念頭，這種念頭是悲觀的、與他過往的經驗大相徑庭的，因而他似乎把隱遁視為他絕望人生的一個合情合理的歸宿。是的，他已經隱隱約約地看到父親那個世界向他敞開了一條縫隙，另一個世界的存在此時此刻如此合理，又如此不可言喻。

本以為從家族回到自己家的這些年，科技會達到新的層級，沒錯，有些方面的確煥然一新，但是，人，人內心裡的東西還是那一套。他理解了父親那單薄的身軀向這個龐大的家族的黑暗法則發出挑釁的宣戰，不，是伸出纖細的雙臂——他用他飽含情感的懷抱擋住了黑暗法則不向他靠近，留給他一個他以為的明確形象開始破碎，父親重新變得難以捉摸，難以親近。但好歹他的出走現在有了說得通的理由：他秉持的是一個異乎尋常的思想，是人與人的情外之地。很可能他覺得離去比留下來更有意義，或者離去比留下來對自己的兒子們更有利。再打個比方，有一個人，他站在一棵正在倒塌的樹前，他只有紮進烏黑的沼澤才能多保全一秒。雖然明眼人都知道，深陷沼澤也難免一死，但至少，在那一秒，人會選擇最小的受損，那是個本能的弱點，更是人本能的優點。

生活充滿了本能與選擇。以及許多無論如何也無能為力的東西。我的父親對此心領神會。但是其他人，盧卡想，尤其是我們家族的人，裝滿了物質的人，所謂精神，他們當然也有，不僅有，一直還高高舉在天上，唯恐別人看不到。舉在天上的還有道德，還有愛與憂患，無論舉什麼，都是虛舉。他們不僅高估了自己的無私，也高估了別人的無私，他們也高估了他們發明出來的這虛虛實實的東西，眼睛看到的東西，心裡念想著的東西。

這也許是一個久長的法則，不能說它固若金湯，甚至說它還散發出看上去合理合法合規的積極向上的文明氣息，它會使大多數人妥協、認同，難以反抗。但是，他，盧卡，作為一個新城市的締造者，很清楚，誰無情、嚴肅，誰擁有話語權，誰就能主導事情的走向，而事情的走向，只有一個標準：盈利！這時，他感覺到對自己，作為一個標榜孤獨和與眾不同的自己的深刻厭惡，就是認清自己與他人無異之後的厭惡和深深絕望。

我無法改變，但我可以離去。他發現最大的制止就是不去制止，最大的反抗就是不接近反抗，最大的敬畏就是不去想這個永恆的黑暗到底有多黑暗。他看到了父親慈悲的臉。父親示意他閉上雙眼，他順從地閉上雙眼。父親輕輕地哼唱一種他聽不懂的歌曲。漸漸地，他閉著的眼前出現了沙漠、綠洲、河流、山川、雲朵和廟宇。他睜開眼，在自己的臥室；他閉上眼，是父親的哼唱聲和廣袤的宇宙。

原來，世上不僅有電子技術的宇宙，黑暗裡的宇宙更為開闊。

他隱隱聽到有人一字一句地吟唱，它無限悠長的情調有一種特別的空虛，這空虛似能融化萬物：

松比緊更緊，下比上更上，遠比近更近，無比有更有。

真正的轉折發生了。如同一塊巨石從盧卡的心頭卸下，他感到從未有過的輕鬆。他經歷了道德的幻想，科學的幻想，最後敗在對人性的幻想上。

但這都算不了什麼。塵埃落定，堅冰融化，歷史的軌跡便清清楚楚。

盧卡沒有出現在一個重要的簽約儀式上。連自己的名字也不解其意的人，用都不想用它了。他在房間裡留下了一頭麋鹿的畫像。那不是任何網上的麋鹿，那是一頭獨特的麋鹿。那是一頭身形超大的麋鹿，它的巨型鹿角像上帝的雙手，這雙手伸展開，擁抱住大半個藍天，所有在它鹿角內的子民，臉上都閃爍著幸福的光輝。

盧卡開溜了。在瞥見一份七十五人的離崗申請時，他惡作劇般地大筆一揮，像是最後的赦免，但是忘記了這份申請下面還有一份同量補充人員的核准。他的過失這會兒看來像是刻意為之，他甚至沒有留意到標注為“緊急”的天象異常報告，他更沒有就更新設備事項進行確認，他還帶走了一些只有他本人掌握的文件，以及需要他三次確認才簽署的文件，最後，他清空了自己的日常記錄、健康數據、授權軟件和賬戶，清空了 0 城規劃書的後續部分，他留在 0 城最後的影像就是他走出自己房子時的背影，他的腳步驕傲而堅定，他登上自己的反重力專機，他大腿的肌肉結實緊繃，他的背影強大而威嚴，這是他留在 0 城最後的影像，但這個事情被隱瞞了。

沒有人知道市長已離職，坐在他位置上的是他的弟弟，是膚色、塊頭和盧卡差不多的親弟弟。面對突如其來的機會，斯蒂夫轉動的眼珠子向下屬顯示，他對突如其來的位置感到微微不適。他對盧卡丟下的爛攤子好奇又無助。對於空缺的七十五個崗位，他則陷入沉思：既然盧卡不肯簽字，一定有他的理由，在弄明白之前，他也不簽。無論如何，他要從其他人的經驗和教訓裡汲取些什麼。他心裡想。

第三卷

黑暗奏鳴曲

一

天黑了下來。

正值十二月中旬，一個星期天的正午，一開始是混沌狀態，像是有暴雨將至，過一會兒，雨沒有來，一種如雪的沙塵，又或者像沙塵一般的雪緩緩降落，變成了一塊布，甚至連這塊布的邊角都像是計算好的，慢慢飄落，像一隻鳥巢扣住了螞蟻的巢穴，片刻之間，橢圓形的城市被蓋得嚴嚴實實，所見之物皆影影綽綽、模模糊糊。

燈光突然熄滅，隨著失去電力的無人車、平衡車以及超列一輛輛偃旗息鼓，街面上響起了此起彼伏的碰撞聲和喇叭聲。車裡車外的人們面面相覷，沒人清楚發生了什麼。不一會兒，人們相互碰撞、相互道歉、相互詢問的聲音四處響起。

如此罕見的沙塵完全不知從何而來。發生了海嘯或是大地震也未可知。但是，伴隨著黑暗降臨，人們沒有聽到轟隆隆的樓房倒塌的聲音，或者海水飛濺而來的咆哮聲，相反，所有被截停的現場是鋪天蓋地的昏暗和非同一般的寂靜，一切幾近停滯。

住宅區、辦公區、商業樓和健身館裡的人們也都叫喊著停電了。油煙機的噪聲中斷，電視上的動畫片也戛然而止，酒店服務員手裡的吸塵器和所有大樓外牆上的安防設備全部失靈。那鳴笛聲、車輪的碾壓聲、機器的打樁聲、音樂聲、恒溫系統微微震盪的聲音，全部沒有了。

過了一會兒，也許是很久——因為沉默像比薩上面的馬蘇里拉奶酪一樣，被拉長了、拉細了，失去了彈性，斷裂了。四處陸續有微光舉起，向著高處端詳，天空裡的黑，接近于藍黑；眼前的黑，則像是灰黑；自己眼皮底下的黑，則黑得影影綽綽，像是遠處某個人在運用他的藝術手法，表演黑暗奏鳴曲。

每天看慣的事物——投屏廣告、間歇性檢測儀、投幣地平線、智能花、九眼魚、滑翔河、磁吸橋，統統消失了。

那飛揚的沙塵，伴著不清不楚的雜物，像絮又像液體，吸進鼻腔，撞到眼皮上，甩幾次頭，抹一把臉，混沌的地盤更大了。

再後來，往日根本留意不到的聲音出現了：像是沙塵撞擊牆壁的嗖嗖聲，像是水泥從地面裂開的哧哧聲，像是噴泉倒灌的嗞嗞聲。這些聲音沒有明確的方位，在空中、腳邊、床下，或者耳旁，隨著頭部轉動而移動。一切有形仿佛全成無形，蔣將拿手去試探，一切又似乎還在原來的位置。蔣將能聽到自己手指間緊張的摩擦聲，眼睛拼命眨動時睫毛的觸碰聲。終於，狗叫了起來，更多的狗加入進來，打破了樓與樓的邊界，把黑暗世界連成了一片。

怎麼啦？怎麼回事？發生什麼啦？最初的試探性詢問無果之後，出現了輕微的慌張：會不會是外邦侵犯或外星人侵犯？局部的還是全世界的？有人小心地說：這可能是一種新型戰爭，什麼國什麼軍隊開著反重力裝載機從天上拋出一座座山峰似的沙塵，是要就地掩埋這座城市吧？

誰都知道 O 城是可以航行的城市，那麼就沒什麼好擔心的吧！好吧，O 城沒有驚恐。人們靜靜地等待著、觀望著。

一切與電有關的東西都停止了運轉。就連負責模仿人類體溫和呼吸來引誘並消滅蚊蟲的機器人也直挺挺地杵在那裡。那些往日活潑地奔跑、跳躍和翻轉，承擔巡檢供電設施的機器狗也變得僵直，無聲無息。

智能設備的信號全部消失，各種隨身設備也無法正常登錄，只有不斷的語音提示：現在是緊急情況，請耐心等待指令。習慣全息 VR 眼鏡的人們惱怒地起身，他們還以為要耽誤整整一個小時呢；廚房裡的主婦們、床邊護理的護士們、手術室裡的醫生、監控室裡的城市警察、商場裡正在挑選衣服的人們，來不及放下手裡的物品，尤其是又小又貴的寶石的顧客，在確定世界一片黑暗後，也跌跌撞撞地跟著人群奔向街道。探詢真相的聲音在各個角落此起彼伏。沒有回應。不間斷地，不分年齡不分性別的人在他們所在的小區的窗口和陽臺向空曠的外部發出情緒激烈的疑問：怎麼啦？發生什麼了？

一切懸而未決。

終於，一聲歇斯底里的號叫劃破長空，像是想用聲音震碎觸不到的隔擋物。有那麼一刻，他們當中一定有人相信嘶吼的力量能掀翻罩在頭頂的那塊黑布，但到頭來，沒什麼用。

人們的叫聲越來越雜亂，地面的草坪、灌木、樹梢，對面樓幢，目不能及的一扇扇漆黑的窗戶，八方的聲音聚攏，逐漸凝固成一個無情的形狀：

怎麼回事？

智能機再次收到警告：突發狀況導致電力障礙，維修人員正在緊急排查搶修。備用設備也無法正常工作。人們被要求不要過度驚慌，不要堵塞交通和侵佔其他公共資源，儘量原地待命。

人們意識到有大事發生。

上一次發生這種同等規模的事件還是兩年前的 N 市大斷網事件。全世界都報道了那場災難。整座城市所有的系統都無法使用。全城亂成一團，人們集體發癲癇似的，撥打能撥打的電話，聯繫能聯繫的人，去步行可前往的地方。政府辦公廳穿正裝的人被團團圍住，不提供一個答案就寸步難行，人們無法採買、無法支付、無法就餐、無法出行，一句話，無法動彈。人們的憤怒和不滿讓整個街道擁堵不堪，汽車喇叭嗷嗷直叫，因斷網而引發的治安和刑事案件多達二百九十二起——並不包括未經起訴和審理的。影響比想象中的嚴重。一天之後，嚴重依賴網絡的現代人有半數選擇離開。出城的路堵了個水泄不通。早就沒有使用現金習慣的人們在挨餓。謀殺、搶劫事件至今沒有總結出具體數字，暴力、鬥毆、襲擊、性侵、縱火、破壞公共設施事件頻頻發生，斷網引起了城市騷動，人們恐慌、責問、憤怒、戰鬥。有傳言說，停網當天已經有黑惡機構站出來認領，並且擺好談判姿態，但政府拒絕妥協。七十二小時後網絡設備恢復正常。但更糟糕的還在延續，斷網導致相當一部分民眾的心理疾病發作，人們需要真相，但沒有真相，事實真相的缺失，導致人們的這些情緒沒有出口，精神病醫院爆滿。沒有歷史可以借鑒，也沒有誰認領這起事件，更沒有人對此進行保證。新聞報道裡提供的真實性被推翻，未經驗證的流言四處傳播。為何發生此類事件，政府又是付出了何等代價解決危機？市民一直等待政府作出解釋和定性，但這三天時間仿佛一個空洞。空洞口的那塊物質不明的遮擋板，沒有人敢去掀開。此後，市政府一半以上的領導下臺，稅收節節升高，許多工程停止建設。大家都心知肚明，那個能讓整座城市進入騷亂的機構一定能量驚人，N 城必定付出驚人代價重回正軌。停網說是傷了 N 城的元氣也不算誇張。人們知道，那樣的事情開了頭，就一定會再次發生。

敵對國搞的鬼——萬事萬物仿佛都在向人們傳遞著這種訊息。一旦有了方向，有關城市被覆蓋的真相都如風馳電掣地朝向這個點。斷交，封路，電視上的領導人相互批評，背道而馳的政策方向。

如今，這事在 O 城發生了。

比起風沙遮蔽，停電意味著交通調試、烹飪、清潔、護理病人等工作都會中止。本來，每個人都堅守本職崗位，相信或是盼望政府以迅雷不及掩耳之勢解決他們的難題，過去 0 城人依賴的智能升降、智能推手、智能清潔、智能解答，如今集體失聲。有人趁著智能手機有餘電，撲上街頭智能巡邏警的肩膀，讓他們帶他們向有電的地方奔，但所有智能人跟他們一樣呆若木雞，無論怎麼敲打，沒有任何反應。這令早就不習慣使用手腳的人們感覺遭受了背叛。

未經證實的消息比沒有消息更能調動人的情緒。

半年前，也就是傳言說盧卡市長患疾之時，太陽開始表現出不穩定的因素。有時一連幾天消失不見，讓人陷入沮喪；有時來得太早，在各個樓宇的玻璃幕牆上灑下黃金般的色澤，讓睡夢中的人一睜眼就感覺時間在飛奔。0 城作為一個處於沙漠邊緣，建設只有不到十年的新型城市，核心居民都是未成年人。年輕的人們並不十分關心經濟是否低迷、樓市股市是否漲跌，太陽和月亮的缺失也沒有引起社會震盪，一句話，生命健康、平安意識、回避能力才是他們最在意的數據。太陽的持續缺席沒有帶來致命的恐慌——甚至人類大有習慣的可能。分工不同，阻止或瞭解太陽的任性是所有科學家正在攻克的難題。大學、研究所等各種機構都在積極申請經費，申報課題，準備對這個現象從理論到數據到實際影響進行一系列的深入研究。直到，停電了。

現在，白天沒有太陽，沒有光；晚上沒有月亮，沒有星星。如果一件事發生得如此突然，如此無規律可遵循，那麼，指望它突然恢復正常也情有可原。基於 0 城是新型現代城市，太陽、月亮和其他的東西本就不在關注之列，短暫的調整之後，十九歲的蔣將為自己戴上了防霧罩。這樣的窘境顯然沒有使蔣將過度吃驚。在黑夜裡，她靜靜地抬腿、後仰、拉伸，直到大汗淋漓，並按照往常時間躺到床上。蔣將的房子很簡單，是一間一室一衛的單身公寓。門口便是床，床頭挨著電子設備台。電子設備台又是飯桌，現在完全成了擺設。洗衣機、烘乾機、那盞無力地懸掛在頂部的吊燈、家具和衣物，全部變成一團黑霧。

奇怪的是，在黑暗裡，思想似乎格外活躍，一連串念頭左沖右突，無奈八方都是壁障，上上下下全是看不見摸不著的壁障，它把人跳出去的思想又彈回腦子裡。

大家指望市長發表意見，發佈解決方案，直到智能機最後一格電即將消失，市長都沒有發聲。沒有人發表任何講話。廣播開始播放限電令：所有的電要留存起來，優先供給緊急設備及智能人。是的，因為它們必須日夜巡邏，抓捕違規用電的人。

電成了最重要的，人退到第二等級！上一次，無來由的斷網事件後，就有人發表看法說，這只是高級生物的警告，提醒你們人類並非地球的主宰，更不是宇宙的主宰，甚至可能只是一個玩物。

關於黑客攻陷 0 城的言論早有傳聞。關於城與城、國與國之間的糾葛和矛盾，不是一日兩日。瘟疫、颶風、地震、山火，凡是不幸事件的造訪，大家首先會想到他國在搞鬼，外星人在搞鬼。至於理由：羨慕？嫉妒？想要吞併？不一而足。

通常來說，這種大規模的災難，沒有人出來公開認領，說明它可能只是個事故。災難發生了即可能意味著結束，從某種程度上講，這是好消息。而人為操縱，意味著可能還有更多的代價要付出。十二小時之後，電力系統和政府都沒有出來闢謠，這讓人們感到不妙，城市上空開始飄散出怪味，空氣過於沉悶，到了第四天，街面上一切平常景象消失了。隨著僅有的光源殆盡，每個人失去了重心似的，茫然無措地四處徘徊。從窗口看出去，街面上鬧哄哄的——不停地有人叫嚷，語氣或焦躁不安，或疑惑重重。機器失去動力之後，沒有繁華世界裡火車和飛機的轟鳴，只有窗口一陣陣飄來的濁氣。貓在哭泣，狗在哀嚎，幾歲大的兒童和幾個月大的嬰孩都在哭，不久，老年人的抽泣加入進來。失眠的人、憂慮的人、過度悲觀的人，生著病的人，疲倦不堪的人，他們的氣息在四周彌漫，形成牢籠的銅牆鐵壁。

廣播聲此起彼伏，警告居民不要飲用任何瓶裝水之外的用水，人們不要隨意離開自己的住所，屋外有角蝰蛇、獰、儒艮、阿拉伯豹等野生動物。許多不受城市電力控制的安保系統已經失控，有可能製造新的危機……

一種焦灼之感在蔣將的心中生出，她不自覺地抿緊嘴唇，脖子縮在雙肩之間。如果有燈，她這個樣子一定會讓人笑話，但她這會兒無法控制。她蜷縮在床上，不由自主地捏住床單。床頭一直持續閃著紅點的按鈕也不亮了。她徒勞地摸上去，摁了又摁。

時間艱難地滑過二十小時。第二天早上，早該亮的天空還黑漆漆的，蔣將把窗戶開了一條縫，讓夜裡沉積懸停的沉悶空氣散發出去。物人相連，物物相連，合成一個混沌世界。她一動不動，靜靜地等著，像無聲移動的雲朵一樣寂靜無聲。像她這樣靜靜等著的人不在少數。在等待中，蔣將發現自己其他的器官靈敏了：灰塵壓倒樹梢的聲音、鞋子摩擦地面的聲音、飛蟲失去方向撞到牆上的聲音，一切之前沒有留意過的東西，都有重量和表達能力。黑暗裡她的眼睛自然地張開，尋找微光，但此刻的世界變成昏暗的、荒涼的、無秩序的、破碎的洞。土地、房屋、工作，全都變成了虛擬的存在。從前生活中必不可少的東西，天空、亮光和水，此刻已插翅逃遁。隨著舉步維艱，漸漸地，一股強烈的、陌生的情緒困住了她。一個長時間待在安全穩定的舒適區的人變得消極、懈怠，像曬了很久的魚幹，一捏就碎。

蔣將沒有什麼時候比現在更想要一支蠟燭。她在 0 城從來沒有見過蠟燭，她卻知道。0 城沒有為緊急事件做必要的儲備。0 城號稱全世界安保第一的城市，真的應急預案全世界第一？一場大停電，暴露出一切真相，像毛髮精緻修理過，還穿著昂貴絲綢的小寵物狗，一旦掀翻在地，露出它的腹部、牙口、小短腿和屁股，就只是一條小狗。

時間一秒一秒地滴過，世界變成了黑色的球，眼睛能眨動，看到的都是空，手也能四處摸，但物體失去了物體原來的感覺，食物是有的，但似乎有了異味；窗口的綠植也死了，它的葉子枯萎、腐爛。蔣將能動、能喊、能說話、能聽，她甚至清楚地看見一張黑網籠罩下來，她縮成一團，捏緊被角。

過了很久，她體會出那是恐懼。恐懼和不適，這兩個新鮮的體驗猶如兩隻鼓，不停在耳邊敲擊。她閉上眼再睜開，恐懼還在，它在眼前，它在心裡。她摸索著坐到床上，拿毯子把自己罩住，結果把恐懼也罩進來了，離得更近了。像一團霧，又像一根圓柱，她想把它趕走，可是窗戶是黑洞洞的，世界都是黑洞洞的，而她的體內像是有一股紅色的液體在迅速地古怪地流竄，這股液體差不多就要說人話了。兇險兇險兇險！有聲音在喊，很快，她的力氣消失了，沒有了揮臂的力氣，沒有捏緊毛毯的力氣，她閉上眼，可卻夢到了更黑暗的洞穴，洞穴裡充滿著鬼怪，四面八方都有來歷不明的物體，不時伴有“咯咯”“噢噢”“呀呀”的亂叫聲。

蔣將在這裡生活了七年。第一次遭遇停電這種事。

我要沉下去了！蔣將這麼想。屋外有人在想辦法，她則靜靜體會沉沒。如果有攝像機，這會兒，看到的是呆滯、空虛的蔣將。難道除了等待沒有別的辦法嗎？這是她心裡說的話。

終將得救！她腦海裡突然蹦出一句話，像是給自己鼓勁，但是心臟激烈地顫抖。她顯得既無所謂又極度緊張。這兩種狀態此消彼長，以至於她極度疲憊卻又沒有睡意。眼睛似乎習慣了暗黑，她的呼吸聲清晰而粗重。她摸索著從冰箱裡拿出食物，不吃掉的食物很快會腐爛。飽餐一頓之後，蔣將對自己說應該養精蓄銳，才昏昏睡去。

她很快步行到城邊的一片沼澤地中，林中密不透風，但尚有微光，她小心向前試探。在沒有踩到實處之前根本不敢邁出第二隻腳。好不容易走到一條碎石路上，她沿著碎石路沒有猶豫便向右拐。從理念上講，向左和向右可能命運不同，但有時候她會憑直覺辦事。這個習慣幫了她的忙。不一會兒，碎石路變成了柏油路，再向前，森林稀疏，越過一個山丘，她看到了遠方的山谷。這是一個明亮、靜僻的地方。這裡遠離城市，沒有霧霾，低低的山脈阻隔海上的濕氣。天氣不冷不熱，植物形態各異，有彪悍的，有標緻的，有小巧的，整個山谷顯得美好、優雅、高檔。繼續向前，能看到遠處山坳邊有一條清澈的小溪。她加快速度奔跑起來，穿過蕨叢。地上高低不平，到處是枯枝敗葉、動物的糞便、碎玻璃，以及土地發出的甜蜜氣息，她敏捷地從疑似不安全的地面上跨過去。

前面是一條溝渠，大喜之下，她用力一躍，跨過了那條小溪之後空氣更加透明。站上堤壩，是另一番景象。最先躍入眼簾的是一棟紅色的建築，紅色的牆磚經過陽光炙烤和雨水沖刷，露出一種歲月照耀過的痕跡，挨著臺階的那叢灌木茁壯茂密，色澤豔麗，所見清明。建築周邊還遍佈著許多間大小不一的房屋。蔣將一陣狂喜，渾身顫抖。冷靜片刻，她腳步飛快，連滾帶爬地沖下堤壩。她隱約地想起什麼人說過，O城遭遇的未必不是人禍，也許正是水火不容的鄰國搞的鬼呢。她提醒自己遇到人，一定不要暴露自己的來處。

這是她第一次無所畏懼地穿過狹窄的圍欄門，踏過草坪，走近那幢紅色鄉間別墅。門是虛掩的，她伸手一推，門開了，開得悄無聲息，映入眼簾的是一個客廳。地面鋪著灰色的瓷磚，開放櫥櫃裡擺著亮鋥鋥的茶具，屋子裡安靜而平和。透過樓梯拐彎處又高又窄的窗戶，濕漉漉的清晨正閃著光芒。遠處傳來鳥兒醒來後第一聲遲疑的啁啾。蔣將穿過一條排放著古董擺件的走廊，走到客廳。她被餐桌上的水果吸引，才過去兩天，食物短缺帶來的焦躁令她恐慌不已，這會兒，她的手似乎不受控制地伸出去，抓起一隻蘋果，直接咬了一口。一股無法描述的美妙貫穿全身，她閉上眼，好一會兒才睜開。這個時候，她才看到客廳的沙發上坐著一個三十來歲的男人和一個十來歲的小女孩，他們面前的電視機開著，裡面正播放一場足球比賽。他們扭過頭，以無限驚喜而不帶惡意的眼神看著她，仿佛她是一個高空鋼索表演者，只要他們表情稍微豐富一點，她就會轟然墜落。

她感覺到對方的善意，張開嘴咬起來，第二口，第三口，直到手中的蘋果被咬得只剩下核，她才長呼出一口氣。

主人用幾近殷勤的態度迎著賓客，把她引進客廳邊上的廚房。她一眼就看到了食物和水果。透明罐裡的紅糖、剛出爐的蛋撻、擺在案板上的燒鵝、正在燉的紅燒肉……

地板上鋪了一層地墊，從客廳門口一直鋪到一處陽臺邊，陽臺邊放著一把藤條椅，藤條椅挨著百葉窗，窗戶開了個小口，風一吹進來，百葉動一動。窗外的玉蘭樹過於茂盛，一根碗口粗的枝葉抻起來。玉蘭樹的葉片硬朗、發亮——綠得深沉，仿佛經得起鞭打。

這個地方與 0 城截然不同，這情景充滿安逸。她聽見自己帶著哭腔問：你們這裡沒停電嗎？

中年人搖了搖頭。

也完全沒有風沙。蔣將喃喃地說，我們的城市停電好幾天了。我快餓死了。她剛剛還提醒自己不要暴露 0 城人的身份，這會兒，差不多是竹筒倒豆子了。

中年人站起身來，從飲水機裡接了一杯水遞過來。他表情凝重但充滿善意，不等她說完，他輕輕地點頭，表示知曉。

那個小女孩則遞過來一隻豆沙包。豆沙包捏在手上，軟軟的，一股香氣，她毫不客氣地接過來，大口地吃起來。

吃完豆沙包，縱使她並沒有了實實在在的饑餓感，但她的喉嚨仍然在做著吞咽的動作。她再看一眼客廳側窗外的麻櫟和水杉，微風吹拂，枝條輕擺。她錯不開眼，生怕眨一下這種劫後餘生的僥倖就會消失。接下來，她被邀請吃了烤鵝、紅燒肉、牛肉鍋貼、赤豆元宵和梅花糕。

真好吃。我從來沒有吃過這麼好吃的梅花糕。

沒吃過，怎麼知道這是梅花糕呢？

她被問住了，可是，飽腹感使她非常愉快、非常鬆弛。她不再回答，魯莽地左顧右盼，這時候她留意到，小餐廳裡有一幅畫。一匹馬兒的轡繩被牽在一個小女孩兒手上，那女孩兒戴著小小的頭盔，頭盔裡露出一縷頭髮，她的眉眼喜滋滋的，是得到禮物的心滿意足，在她的腳邊是一株淡紫色的丁香花，遠處站著一個漂亮的三十來歲的女性，她投向女孩的眼神充滿愛與喜悅。

透過餐廳窗戶，看到一株紫荊花樹，淡灰色的樹幹上，沒有葉子，從頭到腳都開滿了紫色的花，花朵嬌小而緊密，十餘朵簇擁，抱團取暖一般，團成一個個毛茸茸的花球。

主人站在她身邊，好像在等著她告別。

我不想回去。她脫口而出。

你回去的時候可以告訴他們這裡的情況，男主人溫和地說，我們這裡一切都好，我們不是你們的敵人，歡迎背井離鄉的人回來。

蔣將不置可否地搖了搖頭。

你看到我臉上有敵意嗎？

真正的敵意從來不寫在臉上，她快速地說。

那你從這裡走出去試試看，如果沒有人會傷害你，你平安回到0城，就把他們領到這兒來。

沒有光，出城的路只有一條，肯定已經被堵死。

當然不容易，但得試一試，動起來才有活路。

到處在停電，根本找不到人。

我們給你一塊大容量的電儲器，你可以為手機充電，可以給照明設備充電，可以製冷，我們知道0城的白天很熱，不容易熬過去，這電儲器甚至可以煮食。

這是明亮炎熱的一天，蔣將坐在陌生人的房子裡，面臨選擇。看得出，她不想站起來，不想回到黑暗的城裡去。

一輛汽車帶著憤怒疾駛而來，像是某個神秘人在跺腳，因為將的猶豫不決而故意發出噪聲，撼動房子的根基。你可以搭乘我們的車回去。那人對她說。她不由自主地點著頭，唇邊是一絲有些畏懼但同時也友好的微笑。這是她長期擁有的特徵，不論好歹，就算內心痛苦，她也會保持平靜和友好。如果需要，她會笑或者更加嚴肅。她知道自己臉上的肌肉很僵硬。她很怕站起來，怕回到自己房子裡聞腐爛的食物的臭味，怕灰塵彌漫的氣息，怕深淵般的黑。

濕濕的、黏糊糊的痛苦在她的口腔裡。眼前飄著一層由恐懼和疲乏織就的厚厚的紗霧。她想起了漆黑的沉默的 0 城。沒有城市鐘聲，沒有汽車鳴笛，風不是風，雨不是雨，白天不是白天，活著不是活著。

一股不知從哪裡來的力量牽引著她，她開口說：

我能不能等一等再回去？

可是蓄滿了電的沉甸甸的電匣子擺在眼前。她好像看到了電池裡積蓄著萬千能量，那裡面像有上千隻燈泡在閃爍，金色的光芒照在大地上，大地上塵埃的裂紋清晰可見，旁邊有小孩兒歡呼的聲音，這光芒把人們都從暗處吸引了出來，他們搖搖晃晃走向亮光處。將被這虛幻感染，伸出手，本能地去接過來，電光一閃，一陣旋轉，她醒了，回到了沙塵覆蓋的漆黑現實。

二

本以為面臨分崩離析的社會局勢，卻以難以理解的速度恢復了秩序。擴音設備裡出現了臨時管理人員的聲音：政府正在尋求外部支援、加緊排查。食物會按點配送。一切都在掌控之中。你們只管安心睡覺。供電很快會恢復正常！

他們也許在撒謊。其實他們不知道風沙從哪裡來，也不知道天為什麼黑、電力系統何時恢復。這個念頭悄悄地鑽進蔣將的腦海，在她的腦子裡留下了某種輕淺卻又凸起的印記。

將仔細回味夢裡吃過的美食，烤鵝、紅燒肉、牛肉鍋貼、赤豆元宵和梅花糕，她的手在床邊摸索，希望手邊真的會出現一塊大容量的電池。

沒有電池！什麼也沒有。

擴音設備裡的聲音慈祥、語氣親切。他們講的話斷斷續續，時不時被沙塵堵塞。有物品從高空砸下去，但顯然沒有砸中這些靈巧的人，播報聲音仍然不疾不徐。到了下一個整點，播放內容加了一句：維修工作正在有條不紊地展開，勝利的曙光就在眼前，而一切不理智的行為都會有嚴重的後果。

他們還在撒謊，蔣將想。一種新鮮的判斷，一種令人疑慮的感覺從心底生出來。這些念頭來得這麼莫名其妙、彆彆扭扭，在如此不同尋常的日子，這種感覺讓空間更加擁擠、更加難以忍受。

蔣將一年前從中級學校畢業，但也沒有像政府許諾的那樣給安排工作。她像別的成年同學一樣，被安排到各個部門實習。至今，她實習過的部門有城市展覽區、法務部、絲綢設計院、數據檢測部和低年級後勤部。任何部門她都沒有待滿一個月，她甚至沒來得及交上一兩個朋友就被轉到別的部門，說她是個雜務更合理些。她通常給人留下容易相處的印象，她能傾聽別人的要求或指令以此作為行動標準。也正因為如此，在沒有指令或者安排的時候，她給人的印象是漠不關心或者說相當消極的。這也正是她受訓六年被要求最多的方面，但到了實習單位，卻也成了她的短板，她再三被這些機構退回，她也不抗爭；他們也習慣她的不抗爭。

這個城市會有越來越多的人找不到合適的位置，這是新的社會問題，他們沒有特長。她聽到過歐洲來的經理交接她的時候向對方抱怨，她也知道有一大批人和她一樣，找不到合適的崗位。

她也幾乎沒有拿到過什麼薪水，好在生活費用是定時發放，而且允許她繼續住在學生宿舍區域。這也意味著她繼續受學校的管制，也意味著父母繼續支付昂貴的安保費用。

大約這是正常的吧，她隱隱約約地想。

從遙遠的街道上傳來什麼人壓抑不住的呼喊，他們咒罵這該死的風沙和大停電，指責政府不作為。

一個字也不能信！

全是謊言！

這些被推選出來在生活區來回走動的發言人，顯然已經受到緊急訓練，他們沒有受到干擾，他們的播報聲泰然自若、平穩有力，不露慌張。

蔣將被嚇了一跳，她對自己的“懷疑”感到好奇，“一個字也不能信”這句話，正是她自己的念頭。她不由自主地側耳認真聽每一個字：看不見不代表不存在，所有的一切都在我們的掌控之中。所有違法犯罪行為都已經被記錄在案，都將受到懲處。

這句話是不是可以被理解成：從樓上拋物，到各個商店去搶劫，或者直接搶奪屬政府的資源，這些行為正在到處發生。而“禁止出行”的規定也被擴音設備反復播報，這至少間接證明，一定有違反“禁止出行”令的人，而且他們一定製造了一些麻煩，或帶來了負面的消息，還有，政府禁止人們出城，是不是意味著外面或有更大的危險呢？

這麼一想，蔣將對自己說這沒什麼大不了，無論如何，在室內是安全的。她懷著勉勉強強、朦朦朧朧的正面情緒，決定把自己藏在屋子裡，只待電力恢復、沙塵平息。“安全”這兩個字，像一道柵欄，又好像一把懸頂的長劍，在她的額頭搖晃，無論頭往哪個方向偏，它都緩慢無聲地擋到前面。

她暫時失去了時間感，躺到床上，閉上眼，黑暗像一條毛毯，慢慢覆蓋下來，把她遮蓋得嚴嚴實實。

停留在房子裡，我們會保證你們的人身安全！這句不斷循環重複的話有了效果，變成了一頂支起的帳篷，把她整個人裹在裡面。她的身體放鬆下來，她睡著了。

她在一個集市的木椅上站起身來。在幽暗、靜止的片刻，她感到天是亮的，也感到電力是正常的，一切正常。

她看到了花朵，聽到了狗的叫聲，看到了許多人，各個國家的人，各種服飾的人，她猜測這是一個度假海灘。我怎麼可能離開 O 城呢？她很不解。除了生活費，她沒有多餘的錢可以掌控。她沒有錢買玫瑰，沒有錢吃牛排，沒有錢穿絲綢、亞麻和細棉，更沒有錢支持她養寵物、度假，是的，錢不夠用，儘管她不犯錯又勤奮。沙灘上全是人，男人、女人、老人、孩子。她一低頭，一隻棕色小狗搖晃著走近，是一隻可愛、調皮，長得像玩具的泰迪犬，可憐巴巴地盯著她。就在她目不轉睛，自然而然地想上前一步的時候，一個聲音響起：這只可愛的泰迪是你的嗎？

她回過頭，說話的光頭大叔腳邊還有一隻薩摩耶犬。這只漂亮的薩摩耶看起來就像是從童話中走出來的一樣，雪白的毛，柔順而細膩，眼睛烏黑發亮，整張臉似笑非笑，充滿靈氣。它睜著憂傷又困惑的眼神，好像不是被主人遺留在原地，而是被什麼人從高高的空中丟到那裡，並且好像在這一拋一丟中，它身上某一部分被拋出了自己，從此它得首尾分離了。

這只走丟的狗，是你的嗎？大叔問完，蹲下身，兩隻手扶住兩隻狗的背部，等著蔣將辨認。準備走向泰迪的蔣將停了下來，那準備相認的笑容慢慢停滯，她的左右手交叉，像是擔心自己做錯事。光頭大叔笑著看她，他手心裡的小泰迪按捺不住，快要衝出他的手掌。

是我的。她剛一說完，那只小泰迪就撲了過來，拼命搖著尾巴。

這只呢？

蔣將的心動了一下，毫不猶豫地用剩下的那只手抱起薩摩耶犬，站起來就跑。跑了十多米之後，她才回了一下頭，那個男人已經不知去向。她長長松了一口氣，喜悅之情湧上心頭，她大汗淋漓地醒了過來。

睜開眼的蔣將立刻明白：她剛剛夢見的是萊城。O 城是乾燥的、潔淨的、秩序井然的、一板一眼的。可是萊城，是慌亂的、奔走的、熱鬧的，有著歇斯底里的叫喊，清晰得就像在耳邊。萊城，就連狗都是憂傷的。她記起自己養過一隻泰迪和一隻薩摩耶。分別養了兩三年，之後又突然不見。她還想到了十二歲，在離開萊城市的最後一夜，她渴望跳水，媽媽滿足了她。她走進更衣室，脫下臃腫的外套，媽媽總是給她穿得太多。她在心裡抱怨了一下，雖然這麼做並沒有什麼意義。她的脖頸又細又結實，她那年輕未受重壓的雙肩平直、勻稱，美的感覺微微萌發，她正要努力思考它，她的記憶到止中斷，她離開了。

這會兒，在漆黑的 0 城，整個童年一股腦兒地從蔣將腦海裡湧出來。無數看見的、聽見的、經過的、品嘗過的，一切的一切，排山倒海地砸下來。冬天，那是個有冬天的城市，天地雪白，雪在手心發出熱氣。母親！母親溫柔的目光。父親！父親讓她站在他的腳背上。還有成千上萬的念頭和感受像飛針一樣前追後趕，向她聚攏，讓她情緒劇烈地起伏。這些情緒感受，有時很大，大到像蒼穹，有時又很小，小到像臉頰上一根汗毛的尖尖。一瞬間，有關病症、命運、錯誤和母親的眼淚點亮了她沉重而昏暗的大腦。她麻木的心微弱地跳動了一下，她想抓住點什麼，但是，又有什麼東西堵住她的腦子，使她動彈不得。

光亮被微塵覆蓋，酷熱卻沒有被覆蓋。溫度漸漸升高，窗戶打開，塵埃湧進來，令人呼吸困難；窗戶關上，又悶熱難當。無論怎樣都頭暈目眩。外面的世界似乎也已凝固，人與物都是被石化了一般。蔣將感到無所適從，這之後連續好幾個小時未眠——她甚至沒有嘗試入睡。此刻的城市，任何動作，即便只是喝杯水或去一趟洗手間，都是一件難事。她沒想去聯繫任何人，她在這個城市沒有什麼朋友，何況通信設備都已完全失效，所有服務都停滯了。時不時地，她聽到直升機的轟鳴，可這聲音除了加重末日感，起不到什麼作用。她側耳聽著一切聲響。在黑暗裡，一切聲音都被成倍放大，這世界沒有原本的安寧，甚至可以說，處處充滿著煩躁的不安的掙扎。

她僵硬地來回踱步，她的思緒紛亂繁雜。怎麼辦？怎麼辦？她扶著欄杆慢慢下樓，樓道裡晃動著人影，公寓大堂有微弱的光，有人在分發食品，她站住，有人塞一包食物給她。她想借著他手上微弱的光看清楚裡面有些什麼。

回到你自己家裡去。

這語氣不算是命令，但堅決而認真，有一股子暗暗催促的味道。她乖乖照辦，聽話地反身上樓。有跡象表明，他們在封鎖購物區和居住樓，但這種封鎖又是看不見的，有一些奇怪不連貫的響聲，但沒有解釋，沒有聲明，沒有事先通知。有嚴肅的聲音一直在重複指令："待在家裡，等候通知，食物儘量正常供應，會很快恢復正常。"

毫無疑問，這些信息是不誠實的，至少整整三天還沒有做到。

關上門的時候，將將在原地轉起了圈，她的圈像是對自己的處境不能理解。她在這裡生活了七年，一切按照要求，一貫符合要求，一向安逸穩固，現在卻被困在這無盡的黑暗裡。眼睛、鼻子、口腔和耳朵，到處都是顆粒狀的沙子，不是說這城市固若金湯嗎？如今卻快要被沙子淹沒了。她不停地轉啊轉，直到因為眩暈重重地摔倒在地，劇烈的疼痛又使她醒了過來，這時她仿佛從他人重新變回自己。

不知道什麼時候，又有人喊著讓大家有序下樓領取食物。雖然到處灰濛濛像是深夜，事實上已然拂曉。她艱難地爬起來，拍拍身上的灰，整理好自己的裙子和頭髮，然後慢慢安靜下來，摸索著去領了一盒牛奶，一片麵包和一粒藥丸。想睡的時候可以吃。發藥丸的輕聲叮囑，讓她知道自己還在被保護。

藥丸發揮了作用，她再次睡了過去。

這一晚，蔣將再一次進入漫遊狀態。她打開了新世界的大門，夢見自己正在飛翔。一座座彩色、陌生的山在她的腳底。她直直從山腳飛騰到山頂，深綠色、紅棕色、墨綠、薄荷綠、鵝青色次第呈現。地球越來越生動，越來越具體，她感受到流淌的風的強勁的力，感受到稀薄雲層裡的寒涼。她看到凱旋門，她看到斜塔，看到長城，看到落日，看到自由，看到無邊無際的大海，看到地球上的無數城市被無數燈光點亮，璀璨奪目，集市熱鬧非凡。

終於飛機落地，她的腳踏到了泥土上。她高高興興繼續向前奔。她奔過敞開的集市，一陣雜亂的叫賣聲傳入她的耳朵；路面石塊硌到了她的腳，她顧不得疼，繼續向前。經過一間小花園，花園木門柵欄上爬滿月季。一些男人、女人、兒童和她一起穿過斑馬線，汽車魚貫經過她身邊，有一輛房車遠遠地從後面慢慢移近過來，越來越近，停在斑馬線外。電機發出低沉的吼吼聲，蓄勢，只等道路暢通，它好迸發出去，沖向天際。耳邊很嘈雜，吱吱喳，呱呱呱，熱鬧非凡，蔣將興奮地奔跑起來，直到奔出了夢境，回到了烏黑的現實。

她醒來了。沒有咖啡和早餐的香味，沒有汽車發動機的聲音，沒有鳥叫，什麼聲音都沒有，更沒有顏色，什麼顏色都沒有。房間裡一股酸臭味和黴味，很難講清從什麼地方而來，這是缺少太陽的氣息，這是堵塞的氣息，這是末日的氣息。一股寒意清清楚楚從心底傳來，一種叫“孤獨”的感覺持久地停留在她的心間。

她慢慢地下床，克制住劇烈的頭暈。水龍頭仍然有水，雖然嘗起來又苦又澀，空氣裡充斥著荒蕪感和寂寥感，她堅持洗漱、穿好衣服，從前窗向外習慣性望出去，黑暗自然一往無前，吞噬了樓房和天空。她自己知道梳理頭髮，不會令其零散蓬亂，她也知道關注這些沒什麼意義，她的胳膊和腿都很纖細，可感覺到自己的臉是浮腫的。所有的白天和夜晚都是屬自己，不用去實習，不用趕時間，不用擔心睡過頭。

她摸索著爬上床。沒有電和光的生活太過怪異，危險而又特別，一切都無法理解。她已經快麻木了。伴隨著這種黑暗的想法，她知道，自己非得再接著睡不可。她再次陷入了沉沉的夢鄉。夢裡有人在叫她的名字，好像叫她名字的人在她生命裡真實存在過，她卻叫不出人家的名字。有時她非常清醒，沒有一點點睡意，她會趴在床前做俯臥撐，但是，因為對時間失去了概念，直到胳膊上的肌肉酸痛不已，她才會停下來。

她變得越來越煩躁，心緒不寧，她懶懶地起身進了洗手間。這幾天，她最擔心的就是停水，水流聲響起的時候，她松了一口氣。她記得做過的夢，想起夢裡亮堂堂的世界，白色的東西、彩色的東西，都有一種純純的愉悅感，她甚至想起萊城的陽臺。陽臺上茶葉罐做的花盆，種著三角梅、綠蘿和茉莉。她多麼渴望此刻和夢境中一樣，有光，有風，看到對面的樓，看到人走來走去，看到車開來開去，看到樓房的邊邊角角，看到樹的顏色，看到太陽升起，或者落下。她仰臥在床上，仔細聽著，仿佛能從遠處的黑暗中聽到一個聲音，一個宣告，一個解開謎團的宣言，一個讓一切水落石出的解釋。這個解釋可以撥開迷霧，讓世界重回正軌。重回正軌。此刻，她就那麼靜靜地等著，不吵不鬧。她並不真正清楚世界的運轉究竟為何突然停了下來，只知道自己應該靜靜地等著。

眼淚流了出來。這是多麼陌生的情緒，她不記得上一次流眼淚是多久之前，她似乎從來沒有哭泣過。

這又是一個似乎永無盡頭的早晨。她疲憊遲鈍，認知能力漸漸模糊。她想振作些，可是四下一片岑寂，毫無生機，每一分鐘都像跌落一次深淵，而她，像是燃料耗盡的飛行器。她明白自己在黑暗中已經生活了三天，也許是三年，也許更久，也許她快要死了。

三

有人願意一起出去嗎？樓下有聲音在呼喊，與那個“確保所有居民安全”的指令不同，這是切切實實的人的聲音。這聲音唯獨不夠大，傳得不夠遠，蔣將想象一個人一定要脖子仰起，深吸一口氣到胸腔，張大口，然後才能發出這麼大的聲音。

這聲音擊破了塵埃、撞破了籠罩 0 城窒息的沉默，就像一顆耀眼的火星掉進乾燥無味的火棉之中，戳破了沉悶的被保護的假像。

小孩們，再等下去會被風沙埋沒的，會死的。聲音繼續響起。

蔣將被那聲音裡飽滿的善意和親切感染，她走到窗前，探出頭，聞到了空氣裡濃稠渾濁的複雜氣味。她終於相信，倘若不離開，這氣味會越來越難聞，到末了，這些臭味會淹沒她。

蔣將如夢初醒般地站起來，開始簡單收拾起行李。她知道要帶一些常備藥和水，其次才是衣服和日常用品。

趁現在，這會兒沒有監管。那呼喊的聲音一開始是一個，後來是兩個，再後來，更多的聲音加入了，而且變得越來越急迫。

蔣將戴上護面罩，摸索著積滿灰塵的扶手下了樓。門外站著一團團模糊的身影。她粗數了一下，有十來個，看不清男女，應該都是這幢樓的受護人，也是按規定堅守到此刻的人。此刻，所有人都似乎成了她的親人——一陣莫名的憂愁攫住了她的內心。她茫然地捂住胸口，一會兒便感到呼吸困難。

生活了近七年的社區——多麼熟悉的地方，如今變得疑點重重，剛走幾步，他們便碰到障礙物。似乎走了半個小時，結果還只是跨越了隔壁社區的圍牆，微弱的光亮一閃而過，迅速關掉，怕看不見，又怕被人看見。

從封閉的空間來到黑暗的街道，聒噪的聲音越來越多：人們歎息、呼吸、咬牙、摩擦手掌、拍打衣裳，能怎麼發出聲音就怎麼發出聲音，氣流震動，忽隱忽現，似有如無，如浪撲岩，如雨打窗，你來我往，彷彿另一種黑，密不透風，鬧得蔣將的心更加發慌。站在路口，向某個方向走時人們發生了分歧，有人提議向北面，北面有大海。萬一救援隊從海上來的話，我們可以在海邊等待。

另外的建議是向南。直線距離十一英里外就是鄰國。如果這不是自然災害，鄰國會提供人道主義救援。

萬一是一場有預謀的覆城呢？

人群一陣沉默。

最後大家一致決定向南。南邊有淡水、平原和莊稼，而通向海邊的道路還在施工建設，有大片的路障和沼澤，沒有光照，走到海邊幾乎是不可能完成的任務。

沒有一米的路是通暢的，所有物體模糊不清。到處是障礙物，大多是車輛，公共交通車、載物車、平衡車，好像這些車耗盡了最後一點電就為擋住人們的道路，但被損毀的街道的輪廓仍在，人們仍可在縫隙中穿行。腳下的灰塵非常厚重，每一步都陷進沙裡，手指觸碰到的灰塵很快讓人不停地咳嗽。

除了車輛和沙塵，當初為了安全而設立的隔斷牆也擋住去路。翻過這些隔斷牆比翻過傾覆的各種車難度更大。

開始有十幾個人，所有人腳步踉蹌，感覺整個城市都被深埋，每走一步都似向深淵下墜。人們相互鼓勵，相互打氣，不知不覺，又悄然加入了幾個。兩個小時之後，這支隊伍已經黑壓壓一片，腳步聲此起彼伏。蔣將突然明白過來，這些都是和她差不多大小，仍在保護令範圍內的外國學生。

走在將將左側的，可能是一個男人，他走路的力度很大，遇到障礙物的時候，他伸出手臂，扶住蔣將的肩膀。

小心小心！

蔣將聽出來了，這就是把他們這一群人從樓裡喊出來的聲音之一。這個略帶急促的聲音讓蔣將感到親切，但擱在她肩上的這條胳臂讓她感到不自在。她輕輕縮了一下，期待這條胳臂拿走，但對方似乎沒有理解她的意思，或者說，他認為危險還沒有解除。蔣將幾乎沒有朋友，因此說她對這種接觸感覺迷惘也未嘗不可。蔣將不由自主地加快步伐。隨著身體的移動，這條手臂越來越有重量感。在黑暗裡，她能感覺出這個人並無惡意。直到踏入一片還算空曠的地方，他的手才鬆開。

又過了一會兒，在緩慢擺臂的過程中，她幾次觸碰到那男子的手臂。對方臂膀結實，肌肉緊繃，能感覺到他體能特別好，頗具陽剛之氣，相對的，蔣將的虛弱也被對方感應到了。

堅持一下，再堅持一下。

這聲音使她覺得安慰。這下，她可以理直氣壯地纏上他了。在下一個坡道，她的手就會自然而然地拽住他的。

我是賈汀。

我是蔣將。

對於彼此來說，對方都是一團霧而已。

從生活區轉入到地面平行路段——比之前更黑，彷彿因為他們一群人的步子過於沉重，把最後一片白嚇跑了。人們在這團漆黑中相互依偎著走向未知的遠方。他們腳步匆匆、緘默不語，他們三三兩兩地並列一起走。遠處的蒼穹也是黑黑的，沉默著，烏黑的塵土面紗一樣籠罩了整個天地。有人劇烈地咳嗽，沙塵像鋼針刺進他的肺部；有人輕輕地哼著，像是染上了什麼疾病，有劇烈的疼痛讓他們無法停止呻吟。縱然如此，無名的勇气仍然牽引著他們的腳步，帶他們進入到更遙遠的黑天裡，直到呼吸出來的空氣都是陌生的，帶著深不可測的敵意。

走了不知道多久，蔣將被一個障礙物絆倒，小腿一陣劇痛，情不自禁發出呻吟，就在這時，薄薄的沙塵裹著風，一個模糊的身影向她俯下身：傷得重嗎？她聽到了賈汀的聲音。她想說沒事，可是聲音哽咽。他伸手扶她站起來，並且掏出點煙器，就著微弱的亮光為她查看傷口。還好流血不多。他為她擦拭血跡、消毒，然後包紮，她沒有反對，但有些難為情。透過微光，蔣將看到了賈汀的側影，他有著濃密的棕色頭髮，身材高大，臂膀寬大肌肉發達，不像從黑夜裡探出頭來，而是能照亮黑暗的那種。她能覺察到這個人樂觀、開朗的性格。就像他說的，這個事不算什麼事兒，在其他國家和地區，災難比這更大、更頻繁、更不可收拾。他說到“收拾”這個詞的時候顯得相當誠懇，但誰也無法對那些癱瘓的交通、滿天滿地的沙塵以及鋪天蓋地的黑暗視而不見。

按理說，不到十英里的路程，怎麼也應該出城了，可是，因為到處是路障，以及風沙，每一步都非常難行，每一步似乎都通向深淵般令人躊躇。他們排成一行，每個人幾近貼身，臂膀摩擦臂膀，像幼兒園小朋友一樣片刻不離。在一座橋的外沿，他們下到河灘。將將知道這條河，這條河並不在城市的邊界，這說明，出城還早著呢。一路上，人們踩踏在長滿刺的灌木叢上，每被紮一下，就會發出一聲哀呼，等到蹚過那條河，人人幾乎都衣衫盡毀了。一群野鴨在野草裡出沒，撲通撲通，不時有人栽倒。所有人濕漉漉的褲腿沾滿泥土，幾乎沒有人算得上乾淨。有人拿出僅剩不多的電光快速掃了一掃又熄滅：白的已經變成黑的，黑的結成糊狀。風冰冰涼涼的。樹梢在搖擺，極其輕微地搖擺；不知名的鳥兒在空中發出嬰孩一樣的哀鳴，猶豫不決地盤旋，時不時從人們身邊滑翔而過。它們也被恐懼襲擊。它們的哀啼，讓人感覺這世界仍然充滿生機。

就在這裡，前面有人喊：他死了！

後面的人停了下來。剛剛慶倖蹚過河的一個男人，突然轟的一聲倒地不起。旁邊的人伸出手摸他的氣息，確定已經失去了生命體征。沒有任何預警，甚至沒人知道他的名字。片刻的驚慌之後，人們悶聲不響地把死去的人移到路邊，顯然他的體格非常強壯，需要三個人才搬動，有好心人貢獻了一條毛毯蓋到他身上。人們想著等到天色放亮，或者城市通電，會有人過來帶他去應去的地方。

將將在劇烈地發抖。她快走不動了。

搭把手！她聽到有人碰了碰她的肩膀，她的身側，一個陌生人讓蔣將捏住毯子的一角。他把毯子蓋在死者的身上，萬一倒地者突然醒來——這個毯子可以保證，萬一他重新活過來，不至於被凍死。

受到驚嚇的人們做了短暫的休整，這個突發事故打斷了行走的節奏，大家自發地貼得更近，他們說的話比之前更多一些，休息前他們還保持著必要的矜持和害羞，可是，現在，他們意識到還是透露出一些自己的信息比較好。

有人再次摸出還有一格電的手機照亮片刻。路邊比想象中更髒，有死鳥歪倒在腳邊，頭變得格外小，羽毛失去光澤，覆蓋住身軀。

人們相互打聽。有人說起這幾天的見聞，說市長兩個月前就已經變得神神秘秘，有人說是外星人攻擊，也有人說是市長的對手幹的。誰也不知道傳聞裡有多少真實的成分。此次大停電造成的傷亡情況不明。無從知曉。明天，或者後天，也許更久，真相會露出水面。一味地等下去不是辦法，那些負責治安的都失去信心，離開了。

離開了？

一大部分都離開了。本來都是國外雇傭工，他們更早知道些內幕。

蔣將這才明白過來，難怪那些警告的聲音停止了，原來，這城裡剩下的人已經不多了。

剩下的全是你們這樣的學生，工廠區和娛樂區的人早就出城了。

是賈汀的聲音。他說這些話的時候，口氣輕輕鬆松，但一點兒也不浮誇，就是那種正正經經說事情應有的態度。這態度也暴露出他是這場事故以及這種命運的旁觀者。

他讓身邊一眾人都平靜了下來。他輕聲建議：小步走，深呼吸，頭挺直，肩膀不要用力。

蔣將在黑暗裡點點頭，她有點害羞，沒人教過她這個。但她沒有回答。她既沒有學會在黑暗中行走，也沒有回答陌生人問話的習慣。

跟上，你跟上。沒事，沒事，拉著我，對，就這樣。她很高興賈汀再次牽住了她。她已經知道賈汀是高個兒，腳步有力，手掌心微微發熱，聲音很溫柔，但不像好惹的，對，一定就是電影裡那種有強悍的能力卻不表現強悍的主角面孔。她瞪大眼，希望在某個電光閃爍的瞬間看清他的臉。

此後，她的腳步自然而然地一直尋找他。她對他有所期待，也許甚至是依賴。繼續走一定能走出這漫天飛沙嗎？蔣將不敢問。

直到這時，蔣將才真正意識到逃亡已經開始，有個女孩在她耳邊怯怯地問出一個盤旋在她心頭很久的問題：我們還要走多久？

將將趕緊側過臉，等著烏泱烏泱的眼前什麼人給她一個答案。她當然知道沒有答案，這只是一個習慣性的問號，差不多就是喃喃自語。在這樣疑慮重重遍佈危險的路上，誰又知道呢。果不其然，沒人對她的問題做出任何反應。人群再次湧動起來，節奏出現了顯而易見的混亂，只要腳步稍稍加快一點兒，就能踩到別人的腳後跟，沒人吭聲。即使下一次踩踏導致某個人站立不穩，短暫的驚叫之後人群繼續保持安靜。這裡沒有任何對手，沒有什麼需要人們發怒，大家都是目標一致的出逃者，也沒有人表現得不合群。逃亡沒有敵意。大難臨頭的那種驚愕失色、五官扭曲、雞飛狗跳，或者警車閃著彩色的光芒嗚嗚直響，響得人心裡發慌，都沒有。這裡只有地獄般的凹凸不平和風沙彌漫。

借著偶爾閃過的亮點，會看見裹著毯子縮成一團一團的身軀，聽到或是一聲咳嗽，或是一聲輕哼，沒有歇斯底里，沒有呼天搶地，或許還有喝水的聲音——總有人能夠弄到足夠量的水和乾糧。路上的生活，黑暗中的行走讓人處在一種懸而未決之中，沒有明確的目的地，也似乎沒有意義。不分年齡，大多數人聽上去愣頭愣腦，毫無主見。這裡的人本來就沉默而溫順。這支隊伍也許會一直走，也許馬上就停下來。領頭人一言不發，大家都一言不發。似乎話語是一件武器，一旦拿起就會傷人。此後，隊伍行走的速度明顯變慢。有些人仍然腳步有力，而有的則跌跌撞撞，過去幾天的黑暗生活吞噬了他們身體裡的能量。事實上，那個問題始終沉甸甸地壓著蔣將：該去哪兒，該做什麼？什麼時候天能亮起來，電力能恢復，救兵能到來？

黑已經把這群人和現實世界隔開。空氣、河流，遺棄在路上的各種汽車、汽車上散落的貨品、電冰箱、洗衣液，還有充氣娃娃，現在看起來都是累贅，都是把行進的隊伍截停的罪魁禍首。他們隱隱覺得，過不了多久，他們會發瘋，他們會失聲痛哭，會砸爛什麼東西，會撞到電線杆上，他們清楚，黑暗摧毀一切的時刻就要到來。話雖如此，這會兒他們照例小心翼翼地機械地向前走。

現在多麼想看見啊。隨便看見什麼。看見人，隨便什麼樣的臉，胖的、瘦的，凶的、慈祥的；看見樹，隨便什麼樹，紅柳、千歲蘭、卷柏、龍血樹，看見車，隨便什麼車，磁力車、高鐵、貨動專列。看見餐館，看見河流，看見飛鳥，看見遙遠的天邊也好。真實的情況是，既看不到人，也看不到物。能觸摸身邊的人、腳下的地，還有路邊的柵欄。能聽見風的聲音、自己的喘息聲，這些人疲憊、茫然、饑餓。他們像是在海上，他們不是走，是漂浮，是隨波逐流。

但是，他們所有人都相信，眼前的恐懼會過去，世界會回到過去，有太陽，有風，有電，有機器轟鳴，有雷聲轟鳴。

行走了六七個小時之後，所有人都快虛脫了。有人提議到一幢建築物休息。進入大樓，蔣將才意識到這本來是一個旅館。很顯然，領頭的人對這裡的建築比較熟悉。蔣將和另一位女孩子分到了一間帶有兩張床鋪的房間。房間裡有抽水馬桶，沒有臭味，床上的被子摸起來很柔軟，很難判斷乾淨與否。在本應該放肥皂的地方，她摸到了一塊圓圓的拆封過的香皂，有淡淡的清香。三天前的生活痕跡，恍如隔世。沒了光。

同住的另一個女孩——她們只能憑聲音尋找舍友，她帶了許多的日用品，剛剛進屋，便在黑暗裡摸索自己的包，試圖找到她的清潔用品。黑暗裡做一切事都是困難的，最後，她放棄了。蔣將安慰她說，沒有人看到我們的臉。臉上缺不缺水，色彩是否協調，衣服有沒有褶皺，在這樣一個疲勞而絕望的時刻，都不重要了。

這一刻，她像個姐姐。那個稚氣未脫，喜歡按流程辦事的女孩在輕輕抽泣了幾聲後，睡著了。

迷迷糊糊的時候，她們被喊醒了，她起身拿起背包就走。

不多久，她就尋找到了賈汀的蹤跡。別人正在跟他打聽政治形勢、氣候變化和管理層的錯誤。蔣將聽出來了，他是外國雇傭工作人員中的一位，他的同事幾乎都已經先行離開，並且，這種極端事件的發生，並不在雇傭合同中，他們的離開都是合法合規的。

他的批評並不尖銳，反而有點兒像人云亦云。

但這聲音斷斷續續一直在，蔣將就這麼跟著他的聲音穿過一個又一個障礙物，一直向城外，向鋪天蓋地的更遠的暗黑之地。

萬一我們剛走，電就來了呢？有人向著賈汀發問。這何嘗不是蔣將心裡的疑問。但她好久不思考了，自從發現思考學習和工作之外的東西會使腦子發脹之後，她就不思考了，她尋求聽從內心的意願。

那不是再好不過的事嗎？

你在 0 城工作？將將突然用連她自己都沒有想到的聲音問道。

他屬系統維護部，因為靠近城市外圍，所以平常沒機會到核心區來。她不知道外圍在哪裡。他問她有沒有去過東四區。蔣將說知道那裡。東四區 1191 號，安可拉紅色的磚牆建築群。但她顯得很茫然。她隱約記得那個區域，全是仿歐式老建築。牆壁上種植著爬藤植物，門前是石頭壘起的院牆，那片建築只有三四層，在這樣的城市，幾乎算是太矮了。對於規模不大還在建設中的城市，這個地方算偏僻了。

他補充說，有電的話，二十分鐘的車程，沒有電的話，他從東邊走到這裡，最多也就三個小時。他聽上去還這麼精神，他肯定能庇護她。大家都累，但她格外累。問她話，她要較多一些時間才會給出反饋。多半是正確的反饋，只是慢一拍。這一點也證實了他的看法。到了一個空曠的地方，他們猜測已經到第三條動物走廊。站在路口，風從左右方向同時吹來。吹進嘴裡的沙子格外苦澀。這珍貴的動物走廊的地面格外柔軟，障礙物也少，但是，不是久留的時候，風吹來涼爽，也吹來危險。他們繼續向前，短暫的興奮過後，腳步變得乾枯、死氣沉沉。他們懷念智能溫控的城市花園，懷念整潔明亮的教室，他們懷念冰涼可口的飲料，他們懷念屋頂的無邊泳池，他們懷念有電的城市，那個被形容成牢籠的地方，他們懷念朋友和敵人。一切活的和亮的他們都懷念。

前面有話傳回來，再走兩英里，就能出 0 城了。話是如此，並沒有人敢想象城外的景象。整個世界的狀況究竟如何，大家都不清楚。全國，甚至全世界都處於一片黑暗和缺電的狀態也未可知。如果真有一隻黑手，它沒有理由只對 0 城下手。這麼一想，走下去的力氣明顯變弱了。

也許我們正在見證新的戰爭。不知誰甕聲甕氣地說。後來，所有人都不再說話了。

恰在這時，烏泱烏泱的黑裡，不知誰手裡一團小小的火焰燃了起來。蔣將一下子看到了賈汀的臉。這是一張歐洲人的臉。臉部光亮，額頭很大，下顎線條清晰，穿著一件深色 T 恤，脖子上戴著一條銀色的鏈子，鏈子下方晃悠著一塊長方形玉牌。

與此同時，賈汀也看到了蔣將的臉。乍一看是一個很平常的少女的臉，但不一會兒，他又覺得異乎尋常。這張臉像一幅靜態畫，缺乏一個人應有的表情，悲傷、憂愁和恐懼，在這動盪的時間和地點，這沒有表情的臉反而讓他感到發冷。

火光再度亮起的時候，他忍不住又盯住這張臉。現在，引起他注意的是她那雙空空蕩蕩的黑眼睛。她茫然地、孤寂無聲地站在黑壓壓的人群裡。這頂級災難片裡的黑，使一切顯得陰森絕望，但是這個女孩在火光高起的一瞬露出對災難無足夠重視的表情，賈汀立刻明白她就屬那個群體——才智未得到足夠開發，自我意識被強行奪走的那種人。他的工作性質使他並無太多機會接觸到這類核心區的居民。一群受護人，一群被溺愛的人，一群用金錢緊緊包裹著的人。現在，失去了庇護的這些人，她，或者他們就這樣無遮無擋地展露在漆黑、無常、無任何科技傍身的廣袤原野，跟工人區的人混雜在一起，不再代表幸運，不再有優雅、鬆弛和金錢的氣場。

不僅是她，她身邊這群被他從樓裡呼喊出來的孩子幾乎都是差不多的表情。

原來 O 城的那些傳聞確有其事。他腦子裡想著這些，不經意喃喃說出了口。

什麼傳聞？過了一會兒，蔣將輕聲問道。

所有的受護人都受到了不同程度的軟禁。賈汀聽到的比這個更驚悚。有傳言說這些受護人身上有什麼東西被抽掉了。表面上他們和正常人一樣，但其實有什麼東西少了，也許就是腦、脊髓和神經節裡面少了一個零點五微米，現今的科技水平根本難以分辨，但是，這種缺失導致人的短板。缺失的表現最開始通過小遊戲就能發現破綻。這些孩子拿任何物品都要慢半拍，拿不起來，或者拿起就放不下來，等你仔細觀察，他們又能正常完成操作，在繼續長大的過程中，他們會異化出不一樣的特質。他們的眼神看上去既高興又不高興，既歡迎又不歡迎，既尊重又嘲笑，既好奇又很快就不好奇，他們的模樣看上去很老實又很不老實的樣子，他們看著也很好笑，就是反正就是那種微妙的區別與他人的東西。所以，把他們放在一起，與其他人隔絕開，是最有利於管理的模式。

沒有人軟禁我們。

這支隊伍裡大多數都是受護人，其餘才是一些病著的人。

我們自己選擇不走的。

你以為你可以選擇。

什麼意思？

你們被保護得太好了，賈汀用一種煞有介事的口氣說。

她不知所措地停頓了。在這種情況下她難以區別這是褒揚還是批評。

又有一星點的電光亮起，此時的蔣將，頸脖處的線條繃緊，後背也繃得極緊；臉上透著一種既振奮又厭惡的表情。

永遠不鬆弛的東亞人。賈汀腦海裡想到一部紀錄片：一個歐洲人用五年時間暗中觀察五十多位東亞人，然後得出的那個不容置疑的總結：永遠活在憂傷中、永遠沒有安全感、永遠不會享樂的東亞人。

賈汀不再說話。

此後他們站起來並排向前走。他的話比昨天少多了，但她對他的親近卻增加了。為了跟上他的步伐，她像昨天一樣攬住了他的手臂。他身上有她不曾有的朝氣蓬勃，他的話雖然少了，但似乎這糟糕的境遇沒有影響他的樂觀精神，他總是掛在嘴上的是：“快到了，快到了！”誰也不敢問，快到哪兒了。蔣將也不敢問，就那麼跟著。

謝謝你。沒關係。跟上。跟上就好了。感應到她情緒上的脆弱，賈汀的聲音更加溫柔。

此後有一兩個小時，這群人都沉默不語。沒有太陽，沒有星星。突然，有人往蔣將手裡遞了一根蛋白棒。她捏了捏包裝袋，包裝袋發出清脆的聲響，那是令人心頭一震的聲響。她沒忍住，默默地撕開包裝，一口塞進了嘴裡。還有什麼比蛋白棒還好吃的東西？她真想擁有十根這樣的蛋白棒。她的背包裡有兩塊麵包，一盒酸奶酪，經過這幾天，她懷疑已經變質，不是拿出來分享的時候，也還不是扔掉的時候。她吞了吞喉嚨，感覺自己更加渴了。

回家，回家，我家裡有蠟燭。蠟燭蠟燭蠟燭！一個聲音從後方響了起來，這個聲音急促地喊叫，像是捕捉到了什麼不祥的信號，又好像接近了某種情緒的邊緣。這個叫聲引發了小小的騷動。有個東西彷彿在大家眼前顯現，像是光，像是房屋的輪廓。這個幻象意味著秩序，意味著正常，意味著被中斷的生活本身。光下的一切都令人魂牽夢縈。掃地機、砧板、跑步機、抽油煙機，就連那只髒而占地方的絨毛粽熊，還有冰水，冰水，冰水！意大利面、烤腸，口感冰涼的牛奶，全都變得遙不可及。有人摁住那個女孩四肢。那個女孩也許只有十二三歲，她奮力抵擋，像是在抵禦什麼攻擊，嘴裡嗷嗷直叫，語速驚人，像是在求饒，不一會兒，隨著她的位置被確定，她被制服，她被安撫，她的咆哮聲和抽泣聲終於停了下來。人群繼續向前。

漸漸地，蔣將完全不知道自己身在何處。地面變得詭異，腳底下高低不平，到處能踩踏到空瓶子、石頭、動物屍體，動物腐爛和食物腐爛的氣味也越來越刺鼻。在一條河邊，他們停了下來，人與人手拉手慢慢過去。是不是我們已經死了，不在人間？她完全不記得 0 城內有超過兩條河。她緊緊拽著賈汀的手。假如沒有這只手，她心裡想，我就回頭了。這是她第一次真正動了回頭的念頭。正在蹚過這條護城河接近邊界的時候，有人提議把鞋脫掉舉高，也有人擔心水裡的不明物體。

千萬不要喝水，萬一有毒。有謹慎的聲音大聲提醒。

最終，一陣騷動之後，大家各有做法。蔣將沒有脫鞋，她怕玻璃碎片。沒走幾步，腳心一陣寒意，沒過小腿的水並不那麼冷，她突然開始發抖。有孩子開始哭起來了，顯然是被嚇的，有大人在安慰那孩子，可是剛剛，似乎正是那安慰的人沒有站穩定，讓孩子跌進了河裡。別怕，賈汀捏了捏蔣將的手。身後再次傳來跌倒聲，不是一個人，而是一連串。不要拉，別把自己帶倒。很難猜得出這個警示的聲音從哪裡來。無論從哪裡來，起作用了。沒有跌倒的人站住，不再動彈。跌倒的人發出沉悶的求救聲，但這求救聲不算很響，人們還聽到手臂撥拉著水的聲音，也不是很果斷，像是拿不定主意，像是不太好意思，漸漸地，這些聲音變得遙遠，直至消失不見。

按理說，人應該變少了，事實上卻是增多了。一路上，不一會兒就有個人加入進來。聽口氣，都是早就出發卻迷失在路上的人。這批人裡也有老人、孩子，甚至有政府工作人員。隊伍越來越密，越來越長，空氣渾濁，老弱病殘的氣息越來越重，苦悶的氣息越來越強烈。最初的隊員顯然都是年輕而單獨的行動，後來加入的人，看上去是一家家或一對對，蔣將碰到了手推輪椅和腳踏板車。

你害怕嗎？旁邊一個還沒有變聲的孩子輕聲問蔣將。

有點兒。

你生氣嗎？

生氣，為什麼？

因為我覺得生氣。生所有人的氣。蔣將奇怪地看著發出聲音的地方，她看不見生氣的臉，也聽不出這聲音裡的怒氣，那個孩子，用一種平平靜靜、像是敘述一個故事一樣的口氣跟她說：

我氣得要發暈了。

蔣將想伸手去拉他或她一把，就在這時，有人把他們沖散開了。

又行進了兩個多小時，按理說，這會兒無論如何都已經出城了，他們意識到可能偏離了方向。

有人在爭論，關於還走不出去，是不是應該原地待命，另一種言論很悲觀，導彈馬上就會發射過來，屠城將要開始，逃得越遠越安全。

安全是不存在的，怎麼死得慢一些就是了。

他們如此疲倦，卻還有力氣爭論。你說不清，他也說不清，爭執沒有結果。吵鬧聲終於小下去，其他的東西氾濫起來，又或者說，沉默的思想開始在人與人之間搗蛋了。語言是行動的反面，沉默是新的限制。總之他們被困住了。

前方什麼人起了衝突。先是言語辱罵，緊接著開始推搡。預感到什麼，賈汀一下將蔣將罩在胸前，隨即一股強大的推動力襲來，他立刻嚴嚴實實地將她捂住。別怕。他喊著，把她護在身下。等到騷動結束，她的臉濕漉漉的，四周全是咳嗽和呻吟聲。人群安靜下來，四周彌漫著大難臨頭的氣息。有人報出了倒地不起的數額：十七！

這支為了共同的目的組建起來的隊伍正在離心離德。

先是出城者自己的病症，後來是河水，現在是莫名其妙的爭執。誰都相信，接下來還有某種不可控的意外。因為他們各有想法，各行其是，更多的人木訥、呆滯、反應不靈敏，好像並不知道這世界正處於危險的黑暗之中，並且還在激烈地動盪。

氣溫越來越高，蔣將聽得見自己的呼吸聲和心跳聲，急促，粗重，不像在戶外，像在空氣越來越稀薄的鐵皮屋裡。

她明白過來，這是因為真實的氣候顯露了出來。在城裡，一年到頭，清晨是涼爽的，中午是涼爽的，到了傍晚，熱度會降下來，一切都在掌控之下，溫度、濕度、食物的保鮮度、空氣的清新度，即使停電的那幾天，氣溫也是逐漸下降的。現在，他們暴露在沒有經過科技力量控制的世界裡。這不是熟悉的世界，是原始的自然的世界。一切跡象表明他們快走出來了。

快了快了，前面就是邊界線了。

突然，在他們的後方，一團火光在遠處燃起，天空亮了起來，緊接著，巨大的爆炸聲傳來，目眩神迷。所有人都看到了高樓和遠方，他們差不多要歡呼雀躍了，但黑煙冉冉上升，一處又一處被點亮，炸得粉碎，化為烏有，消失不見。

城鄉接合部是 0 城的化學工業園區，一定是什麼人把工業園的化工原料點燃了。為了光亮，或為了更徹底的黑暗。有人叫喊起來，有的興奮、有的絕望，還有的趁著火光貪婪地尋找天空的顏色。

那團照亮天空的火正在迅速升空，一朵巨大的蘑菇雲在空中炸裂。濃煙滾滾，天空被染紅，房屋也被點著，伴隨著巨大的炸裂聲，天地閃亮。那團火焰，仿佛長了翅膀，從遠處飛馳而來，帶著熾熱的光芒，以摧枯拉朽之勢碾過一切阻礙它的物體。火花迸濺，仿佛飛到眼前，空氣馬上就要變得灼燙，樹葉、燈箱、廣告牌，甚至建築物和汽車都在熔化，到處是劈里啪啦的爆炸聲，灰燼向他們撲來，世界被掩埋。煙霧還沒有來，因為風向的緣故，但火光照亮了一切。

這條路上影影綽綽的人群全部顯現出來。各種各樣的人，狼狽不堪的人、滿臉疲倦的人，老年人、年輕人、漂亮的孩子，男男女女，大停電前共同使這個城市充滿活力的人們。

這是真正的逃難。末日已至。

所有人，大張著嘴和眼睛，他們在原地轉圈、前後拉扯，蹲下去，跳起來，哭泣著，發出無目的的吼叫。蔣將面前的一個人，年齡在三十歲左右，他神情憂鬱，面色發白，卻有著一副無所畏懼的面容。蔣將左邊的一個女孩，也許是昨天晚上和她睡在一個屋子的女孩。她的個頭比較矮小，頭髮濃密，即便這樣奔波，仍然整整齊齊，此刻，她已經呆若木雞，一動不動。

在蔣將的身後，有一位年輕的父親，他的背上背著一個沉默不語的男孩，或許是被火光迷住了，又或許被無邊的黑暗給嚇住了，男孩瞪著一雙大大的眼睛，看著深不可測的遠方。這一張張面孔，年輕的、年長的、疲倦的、憂心忡忡的、激動的，還有既擔憂又在火光前露出欣慰和感激之情的。

所有的臉面對天空，眼睜睜看著那個驚心動魄的場面，看著世界被摧毀的模樣。

他們似乎缺少一種消化恐懼抵擋痛苦的能力，除了死一般的寂靜，除了深不可測的恐懼，他們不知道怎麼辦。那位年輕的父親，以及他背上那個一言不發的孩子，那個頭髮梳得整整齊齊的女孩，那位面色蠟黃顯然經不起奔波的中年人，更多的人，露出他們的側臉、肩膀、後背，無一例外，擺出一副副不知所以的姿態。

啊，這群無頭蒼蠅！他們過去是工程師、醫生、建築師、辦公室文員，可是這會兒，才短短幾天時間，他們被打出原形，個個都像從別的星球和頻道被黑手驟然扒拉在一起，信號失靈，引導器罷工，一個與另一個不同頻共振，一個個畏畏縮縮、垂頭喪氣、衣冠不整、滿目茫然、驚恐萬狀。很難想象這批人居住在同一個城市，是世界上最先進的城市居民。

蔣將的臉龐映照在火花下，她耳邊的絨毛微微發顫，她的手不由自主地緊緊地捏住賈汀的胳膊。一陣戰慄。光明和白晝是如此驚心動魄。伴隨而來的是一陣天旋地轉。隨後，壓住主腦、腦橋、延腦和小腦的那塊石頭好像一併搬走了，蔣將轉過身去——急不可待地想沖出路面、沖出黑暗、沖向火光。

爆炸聲終於減弱，隨著火焰的熄滅，黑雙慢慢鋪陳下來。帶著難以驅趕的灼熱感，蔣將的手臂、臉頰、脖子，甚至頭頂都有一種刺痛灼燒的感覺。她的咽喉緊繃，雙唇也乾燥開裂，她嘗到血的鹹味，心裡有急促的催促聲響起：避開，避開，避開！這聲音又緊又急——彷佛就在頭頂上方——聽起來就像滿天石塊滾滾而來。

她渾身發抖，一陣可怕而奇妙的感覺向她襲來：我不能再繼續走了，我要回到有光亮的地方去。

賈汀抬起頭。他想說些什麼，可在與蔣將的視線相遇的時候，他卻什麼也說不出。這張純潔無瑕的臉，幾個小時前還恍恍惚惚，現在卻多了種若有所思，以及一種極度的軟弱和恐懼。面對這樣的孩子的臉，除了本能地保護，他什麼想法也沒有。

我是誰？我從哪裡來？我為什麼在這裡？蔣將嘶啞地、斷斷續續地問。

賈汀抓住蔣將的雙臂，兩手慢慢滑向她的手腕，緊緊地握住。兩個人踉踉蹌蹌地穿過野草叢，剛剛被人踩踏過的草柔軟得很。他想跟她解釋看得見的物質以及看不見的，感受得到的以及感受不到的，表面上有害的或者表面上無害的，荒誕的以及荒誕背後的力量，但他只是說：救援在路上。

你跟著我，不會有危險的。說出這些話，賈汀明顯感覺到一股陌生的自豪之情從他的內心油然而生。過去，他憑藉熱情和熱心本能地幫助過許多人，但是那些幫助是暫時的、即興的，裡面夾雜的是對自己能力的自豪。有些事對別人來說是困難，對於年輕力壯的他來說，簡直不值一提。幫同事把貨物順手托上去，解決一個計算機內部系統裡的錯誤，幫別人調一個班，那些事令人感到單純的、奉獻的喜悅，但這一次，賈汀對這些人飽含著深深的同情。他願意付出更多——生命也不在話下。

蔣將的聽覺、血液、肌肉都似乎不受控制，她的耳朵裡聽到短促的音符，她能感覺到自己的血管在暴動，手臂緊繃。在她的意識裡，重迭的、交叉的、傾斜的、彎曲的意識一個接一個快速湧現又閃回。她的瞳孔擴大又縮小；她的呼吸急促又緩慢。她覺得自己快要掉到哪裡去了，又或者要是升到哪裡去。一瞬間，歡快、悲哀、憤怒和恐懼交替流貫在她全身。

我不能再繼續了。

你說什麼？

我得回城了。她說話，腦子裡那緊迫的聲音滿意地停止了。

這個時候？城裡的空氣已經被污染了，回去的路已經堵死了。

並沒有。蔣將喃喃低語，像是什麼力量在指引她。她掙脫賈汀的手，毫不猶豫地掉頭。

蔣將逆著人群往後走，耳邊是各種渾濁的氣，還有人撞到她，又趕緊撤手。一個聲音在耳邊告誡，說城裡很危險，快掉頭。她不明所以，來不及細察，反正就是往回走。

賈汀跟了上來，他拉住蔣將的手。

不能前功盡棄。

蔣將使出渾身力氣去掙脫。不停跟進的人群插進了他們之間，他們很快被人群中某個人的行李阻隔。

不能回去。

她不吭聲。她能感覺到自己腿部的力量，另外還有一股新的力量貫穿全身的血脈。誰的話她也不聽。

跟著我。就在這時，一小群人奔了過來，沖過他們手臂形成的連接線。一瞬間，她被人群掩蓋了。那個急切呼喊的聲音被沖遠了。火光的餘輝照在她身後，發出深褐色的光芒。在光芒的映照下，露出厚重的森林剪影，在世界的盡頭，仿佛隱藏著更多的深淵。

一會兒工夫，他們彼此就失去了對方的蹤影。就算蔣將後悔，也無法再回到賈汀的身邊——人群不再向出城的方向，而是兵分四路，各自向自己以為的出口逃散開。從溫順到破壞，只需要七天時間，七天時間會讓這七年的籠中鳥變成烏合之眾，甚至野獸。

借著爆炸後的火光，回公寓的路相當順利。一直向身後，身後，直到來到熟悉的中心廣場。廣場上是城市投資人的雕像。憑著這個雕像，她回到了自己的公寓。就是一兩天的工夫，一切印記喪失了，一切秩序潰決了，房子和生活都湮滅在混沌中，時間和空間糊在一起，可她尚能鎮靜。她喘息了一會兒，腦子裡紛紛擾擾的，有顆粒在運轉，又有擊穿顆粒的設備在擊穿。她又倒頭睡過去，醒來後還是一片混沌，腦裡腦外的混沌連成一片，她差點兒以為自己是一塊不受地心引力影響的隕石。

第四卷

重啟的旅程

一

電來了。

跟七天前猝不及防地被掐滅一樣，突然之間，出現一陣暗淡的閃亮，隨後熄滅，緊接著出現一陣更暗淡的閃亮。經過三番五次來回擺動，燈光不經宣告靜悄悄地亮起來了。

事實證明，無聲的光比驚雷更容易喚醒人。

蔣將那雙差點就以為要永久跟塵埃、黑暗融為一體的眼睛頓時來了精神。她從狹窄、深邃的窗口急速探出頭。公寓對面那片區域的輪廓顯現出來，緊接著一粒粒微塵進入了視線之內，那是窗外最近的一盞路燈輻射下的地盤。不久，世界變得立體，目光所到之處，成百上千種物體現出形來。

更多的黃光在朦朧的塵霧裡亮了起來，由近到遠，像是神靈向大地撒下的花火。光亮是有聲音的，每增加一個亮度，就發出一聲呀嚓的響聲。燈光下的灰塵像精靈一樣在跳舞。灰塵淹沒了地面的顏色。灰塵覆蓋了花草樹木、指示牌、橋樑、道路。這不是城市，這是荒野。

現在，荒野有了光，光統治著這一切。渾濁的燈光灑滿房屋、樹木、汽車、垃圾桶、展館和公園，所有被光照過的，不再是物，那是活物。很快，電燈向大街灑下一片亮色，黃色的燈火像從天上墜落下來的星星在向人類致敬，整個城市都從黑暗裡掙脫出來。光照亮一切。

蔣將疑惑地瞪大眼，陡地擺脫黑暗的囚籠，一股由狂喜、光明和希望組成的巨大而溫柔的暖流急速降臨，她發出長長的尖叫。與此同時，她的四周響起了各種纏繞在一起的聲音，聲嘶力竭的喊叫聲此起彼伏，這些聲音，飽含痛楚、絕望、和劫後餘生的欣喜。原來那麼多的人沒有離開，原來那麼多的人離開又回來，原來黑洞洞的暗處還靜靜地安放著許多活的生命，他們靜默了整整一周的時間，只等這一刻發出這雷鳴般的吼叫聲。一切沒有生命的聲音都加入了進來，冰箱、投屏、制冰機，智能屋頂，彩繪外牆、音樂花壇、電子導航標等都發出了聲音，這聲音像吹大的氣球，不一會兒，整個城市被塞得滿滿當當。這是光和噪聲的世界。

再之後，更多的動靜起來了，更多的廣告燈牌、餐廳的制冰機、自動清掃機以及平常沒有留意到的設備全部響了起來。

機器動起來了，重新築起了城市的柵欄，變成了人和萬物的巢穴。血紅的朝陽魔術般地從深重的沙塵裡露了出來，透著一股憂愁，有氣無力地掛在天邊。

許多智能人一字排開等著修理。沙塵覆蓋過的整個城市，包括智能人各處關節、眼眶、指甲、頭皮——愈是加倍逼向形似，這時候清理難度越大，有的細沙甚至隨著毛孔灌進了它們的內裡，要全部掏出來還得費不少的時間。這身體裡已經留有某種抖落不掉的東西。蔣將驚奇地想，它們的價值變低了。到處是噪聲。大型挖掘機開過來了，反重力機在天空來來回回穿梭，穿著橘黃色工裝的工人登場了，檢測、清理、挪移、修復。城市之燈下，興風作浪了好幾天的沙塵在翩翩起舞間被吸進機器，運到別處。在設備的輔助下，沙塵暴漸漸平息，天地從微黃到清晰，再到亮白熾熱，與電重逢之後，這座城市跟七天前截然不同了。

“一切都在控制之中，很快會恢復正常。”官方每天在播報這喜人的新聞。所有損失由政府承擔，補償都將逐步落實，城市不改初衷，安全和幸福仍是第一追求。

不知道是沙塵導致停電，還是停電招來沙塵。也許是同時發生的。也許兩者只是巧合。生活重回正軌，喜悅是喜悅的，但憂愁留下了濃重的陰影，擋在人們面前，人快它就快，人慢它就慢。重見光明的人張大口喘氣，後怕使他們的心跳加了速度，心臟的撞擊聲使人們不那麼喜歡聲張了。像是第一次來 0 城，蔣將開始在城裡四處走動。房屋、道路、綠葉、招牌全都蒙塵像是荒涼已久，所有的人裹得嚴嚴實實。而她，覺得自己是驟然闖入，而非在此生活了七年。吸進一口不帶塵的空氣之後，她奇怪自己怎麼會忍受這麼久。

沙塵把大理石路面的縫隙都填上了，又沒有完全填平實，腳踏上去，沙塵被帶出來，跟隨著人們的腳步，像是跟在人身後的幽靈。樹上掛著的沙塵，在風經過的時候會突然一激靈，嘩啦啦飄落一地。那些恢復電力的智能人忙前忙後，誰也不過問這一個星期，它們究竟有沒有想過什麼。

大停電期間走掉了那麼多人，這會兒街上的人反而更多了，多出了許多倍。熙熙攘攘、來來往往，就像沒有受到任何傷害，令人感到不可思議。

蔣將比任何時候都喜歡逗留在娛樂區。她在人聲鼎沸的街道上走來走去。世界變得好吵，無一物不發出響聲。多麼喧囂啊，說不上是喜歡還是厭煩。這短短七天——感覺自己忍受了半輩子的掙扎、疏離、孤絕，甚至腦子都不能如常轉動。樹葉漸次凋零，很多樹葉已經泛黃，更多的變成褐色或面臨垂落。她看到一輛貨車正在兜售蔬菜。這很不常見，但有種熟悉的感覺。最先醒來的永遠是跟吃喝有關的人，那些黃瓜、西紅柿、洋蔥上水珠閃閃，像太陽的光芒。離公寓最近的咖啡店也開了。咖啡缺少糖，格外苦澀，像是摻進了化工廠爆炸後的餘灰。這一切都讓她欣喜若狂。理髮店的櫥窗上佈滿孩子們的手印，證明孩子們比她來得早。所有亮麗的物體都是昏黃的，這條街道上有她喜歡的鞋店和出口商品折扣店，賣首飾的門頭是金色的，眼下這會兒變成土黃了。汽車展廳裡的各種車型都無人問津，彼此相望，像奏一首沉默交響曲。

有人在街邊舉行葬禮。原來生死一直在繼續，即使天色昏暗，一切都沒有停止。沒有看到與遺體有關的東西，但人們的胳膊上有黑色紗布，他們端著杯子，或者快速地進進出出。

醫院接近癱瘓，大部分患者的症狀都是驚慌，不安定，血壓異常，充滿著詭譎的抽搐以及心跳不平穩。他們被分發藥丸，被要求多睡覺，以應對接下來的心悸、恐懼和呼吸困難。

蔣將不喜歡待在屋子裡，不喜歡去實習單位上班。那些趕回來的人正在招呼智能人清理桌面，重置辦公系統，規劃下一步計劃，可是，她不那麼願意去上班了。她寧願在街上遊蕩。她感到輕鬆，甚至開始感到快樂。一連幾天，她待在天色大亮、灰塵飛舞、枝條垂落，以及一百種色彩在眼前展開的街面上。她喜歡聽人聲鼎沸，無論喜悅、嘈雜、寂寥、粗俗和哀傷。她聽得津津有味。

更奇怪的是，她心裡有許多奇思妙想，像頭皮屑一樣不小心碰到，就會落下。一種麻木感似乎消失，一系列慣性的日常正在被撬動。以前，她享受孤獨，接受任何規劃。現在，這種孤獨變得越來越稠密，像一層層紗布蒙住口鼻，讓她想大口喘息。比如她想跳水，比如她想探究真相，為什麼發生大停電事故？官方當然解釋了，並且保證各種補償以及承諾不會再犯，她看到鏡子裡的自己露出將信將疑的表情。她想知道自己為什麼不信。懷疑的種子已經種下，她對一切不再深信不疑而略有怨懟。過去所有東西似乎都失去了內在的吸引力，讓她坐不住。她和這個城市之間那種微妙的平衡感已經被打破，有什麼不知名的東西從她身體內往外抻。它穿透皮膚，往外，穿透牆壁，向屋外。即便表面上她還像以前一樣一動不動，老老實實地待著工位上，可是，另一部分，看不見的那部分在增長，在延伸，在突破自己，要脫離她。

一種激烈的、充滿矛盾的情緒來得格外突然。

一隻陌生的鳥兒正發出孤獨的哀鳴。她以前從沒有認真聽過這些聲音，災後的 O 城就是個陌生之地。而她，也是個陌生人。

她不曾有過這樣的感覺：彷佛仍在尋找亮光，只是途經此地，目標還在未來。她甚至一直覺得自己愛冒險，不停留。

現在，她對自己站在與心境不相稱的場所而感到震驚。

世界已經發生了變化，有一天也許會再度黑下去，又黑個幾天幾夜，也許末日就在不遠處，到處是此類新聞。像是進行一場洗禮，每個人都要把過去的經驗和教訓做一次重新回顧，只有這樣，他們才算是從這場大停電中汲取了些什麼，他們才會有新的警惕和準繩。是的，人們知道自己需要新的重心和準則。

從那天起，她本想繼續過著自己過去的生活：在晦暗的冬日清晨，急急忙忙去趕交通車；過安檢的時候從不插隊，從不對迅捷車上打鬧的孩子翻白眼；去體驗館購買大部分物品。一切可見之物都能在體驗館免費體驗，甚至約會。大數據會根據她的姓名和編號安排符合她心意的男朋友。不錯，大家依賴大數據，親近大數據，按照它的指引生活。大家知道有一雙眼睛和一雙手在頭頂。有什麼不好呢？大停電之前，有一次，她差點要墜入愛河。文森特是她在法務部打雜時的同事，起初對他只有淡淡的喜歡，她喜歡見到他的身影，有他在的地方，總有亮堂堂的感覺。後來她覺得他長得真好，挺直的鼻樑，古銅色的皮膚，雙腿修長。最初，她喜歡偷偷朝他的工位上看，後來，她會在咖啡室碰見他。他告訴她，他也會因為睡眠不足，而頭腦昏沉；他也小腿抽筋，在跑完步後；他也在她常去的那家店喝咖啡。再後來，她會在游泳館遇到他。這些驚人的巧合使她感覺很好，她相信大數據的安排，什麼都交給它也不錯。不多久，她和他，在下班的時候約著吃過一頓晚飯，在公司附近的一家西餐廳。她也喜歡他拿刀叉的樣子，喜歡他吃東西時露出來的寬大的手背，她喜歡這種粗獷和力量感。那是他們正式意義上的私人會面，不免讓她浮想聯翩。但是，奇怪的是，第二天早上，她看到他在工位上站起身來，她立刻垂下頭，假裝整理文件。不可思議的是，在走廊上碰到她，他的表現跟她如出一轍。為了避開跟他在電梯相遇，她推遲了下班的時間。後來他們都開始了表演：有旁人在場時，為了讓自己看起來心無芥蒂，只要有一點兒好笑的事，他就露齒大笑。這樣幾次之後，他們的情緒都恢復平靜，像真正的同事那樣自然而然地相處起來。

不久之後，文森特離開了 0 城。他甚至沒有告別，沒有向她，也沒有向任何人告別。“受護合同到期”是她所能瞭解到的他的全部信息。

有過什麼東西，後來沒有了。那是半年前的事情了。她把這個事寫在彙報表裡，她知道大數據會記下，會幫助她去除負面情緒。她甚至想著在身上裝一台負面情緒清潔機，據說，那儀器能帶走困惑和不安，是 0 城新的發明。

但是，直到此刻，才有某種情緒激蕩著她的心胸，那情緒化作聲響和光亮，不斷在腦海閃動。她的心隱隱作痛。

出現了更多不可表述的狀況，她感到有頭小獸在胸口撲騰。兩條腿比往常有力量。她想奔跑起來，想縱身躍向某處。即使微不足道的一陣風，也會激起她深深的陶醉和迷離。她為這突如其來的、不能理解的激動而困惑。她根本不會為什麼事多加思考，就像拼圖玩具的每一個小塊，都在應該安放的位置，一切都是妥當的。現在，她困在新鮮的情緒裡，這是一種昏暗的狀況，腦子裡有陰影：有些事不記得，有些事不理解，有些事被封印，有些事難深究。

她在這裡，她和一切都有著距離，她不瞭解一切，一切都不在意她。她看向道路，道路看向別處。

但是，她卻沒有想裝一台負面情緒清除機的打算，她也不想彙報給健康輔導師。電力恢復的同時，輔導師就發來關切的問訊：有什麼異常嗎？有需要隨時摁下紅色按鈕。

大停電發生不久，許多遭到損毀的房屋管理系統要修繕，蔣將和過去的舍友臨時被安排到另一座公寓。那公寓設備不足，住的都是成人，但蔣將想到如果發生大地震、火災，這個地方跑到空曠的地方更便捷，她沒有抱怨。等她搬進去後，才意識到這幢房子裡住滿了大停電後遺症患者，他們最典型的症狀就是格外懼黑，家裡擺滿了打火機、蠟燭和小型發電機。這群曾經經歷黑暗的人，他們對黑暗的認識各個不同，處理方式也各個不同。這些人對太陽有著難以滿足的饑渴，甚至拒絕防曬霜，他們的皮膚發黃發黑，看上去很健康但斑點也不少。美中不足的是，空氣裡的灰塵仍然很多，比過去七年加在一起還多。可見盧卡市長是多麼能幹，治理風沙多麼有一手。自他卸任，一切都變了。那個冰冷、絕望、封鎖的七日把他們的生活攪亂了。大家都這麼想。

因為眾所周知的原因，人們現在很貪圖吃喝，居住區小販也日漸增多。電災之後，她經常這樣站在公寓頂部的觀景台，欣賞遠山近景、城市風光。時近午夜，蔣將仍然佇立窗前，欣賞城市燈火，五彩斑斕，到了早上，她開窗通風，享受清涼穿堂風。

但是空氣裡仍然有一種折磨人的東西在那裡攪動她的心。

蔣將也多少關心過世事——0 城和附近六個城市簽署合作協議，領導人拍照、握手、共進晚餐，為了讓 0 城再度偉大。雙城攜手，意味著打通城與城之間有形和無形的壁壘，擴大城市面積，改善居住環境。科技滲透得很徹底，只需要有一份正式的工作，她的生存空間會比現在大十平方米：有一位專屬管家，會做飯，會唱歌，會聊天，會輔助運動。

她不期待。她變得不安靜。她被安排在蔬菜供應部上班。說是蔬菜供應部，根本見不到蔬菜，只需要在顯示屏上核對進和出的數字。那工作簡單，她幾分鐘就搞明白了，但她仍是實習員工。她不懂，但也沒有問。有一天下班，她遇到一個男子。那個男人因為腳步匆忙，跟她撞了個滿懷。她的胳膊碰到了男人堅硬的腹肌。她的心頭頓時一熱，待在原地，被一種突然降臨的奇異感覺攫住了。

後來，她想起來了，那是賈汀留給她的感覺，在暗無天日的大停電時。

她靜靜地坐在窗前，回想大停電時的細節，想起與賈汀之間的曖昧、溫馨和默契，充滿了無以名狀的企盼。她雖不知道這愉悅從何而來，但它實實在在彌漫在心頭。仔細想，是虛無縹緲的一團霧似的渴望，又像實實在在對某個人的渴望。這渴望像絲線一樣，牽扯著她。她對生活失去了興趣。她不止對上班，她對沒有滋味的飯菜，對神情漠然的同事，對早早亮起來的令人疲憊的燈光，對滾動的不驚不乍的新聞，對狹小而安定的小房間都失去了興趣。之後她感受到的，是一種無法測度的、彌漫身心的空虛。

她還會給父母寫信：

親愛的爸爸、媽媽：

我一切都好。前幾天發生了停電，現在已經恢復。

愛你們的女兒

她早已知道媽媽在種一種能製作精油的嬌貴水草。他們很快能還清債務，贖回房子。

媽媽回信說她和爸爸已經知道了，她和爸爸知道她平安就好。

那麼，媽媽知道我出過城嗎？如果知道我冒過險，還受過傷，她會怎麼想呢？

有什麼過去不曾出現的東西開始頻頻出現。尤其是內心的焦灼不安，即使燈火通明，危險感也四處彌漫。有時夢裡一片漆黑，找不到回到現實的出口，她遊蕩在深邃的無人的夢境，沒有溫度、沒有同伴。什麼也沒有發生，可是多麼令人害怕啊，她開始發抖。

她想起賈汀，想起第一次在障礙物前賈汀手臂壓住她肩膀的重量，這種重量此刻像輕風習習的夜晚的空氣那樣輕盈。這種重量此刻變成了一種含含糊糊的渴望，如此令人著迷。在身處光亮中的時候，她反而覺得這光亮可疑起來，這種重量現在變成了新的光亮、新的目標。

她努力把感覺轉化成語言。她覺得，賈汀身上蘊含著某種跟0城氣質完全不同的東西，一種使自己感到親切的力量。她不知道他還在不在0城，畢竟那時許多人都快接近成功，而且，他們似乎不準備回來了。

接連幾天，她還是能感受到賈汀向她伸出手的暖意，當時天地一片昏暗，所有人的心裡只有虛幻和消極，他站在她身後，驅趕她大災難時期洶湧而出的恐懼，他在她初次覺醒的意識裡留下深深的印記。

蔣將未曾體驗過這種令她著迷的、感動的渴望感覺。她本應該像健康輔導師要求的那樣，抵觸一切危險的情緒，如果抵觸不了，及時彙報，他們會來幫忙。困惑的是，一方面，她用一種嫌惡、抵抗的情緒抵抗對賈汀臂膀力量的著迷，而另一方面，她一再地回到抵抗前的狀態，回味那個片刻。

那之後，她又去體驗館體驗了幾次愛情，那林林總總的愛情在開始的時候都有選項，就像飛機最終會滑向跑道，落地，打開艙門，每一個選項都會最終通向美好或遺憾的結局。步驟和流程爛熟於心，直到體驗時間到的提示音響起。但她並沒有體會到特別的快樂和震顫，沒有體會到心頭的一抹風、夢裡的一束光以及腳心裡的一片雲彩。這樣的夜晚，孤身一人走在回公寓的路上，她幻想著，在不感到為難時，可以有定期的伴侶，但是，進了門，那束光打起，她打著赤腳奔向冰箱時，那個念頭會適時消失。科技令人讚歎，她體驗過逼真的虛擬婚禮，她在婚禮階段小腿抽筋，新郎在虛擬現場表現得很體貼，但仍然有客人在指指點點。體驗館的服務真是一絲不苟，你稍微靜一靜，就能完整地聽到賓客聊天的全部臺詞。那些人，即使在她掏錢體驗的虛擬婚禮上，也不放過審視她與新郎，對她的外表和工作指指點點。所有的體驗館，在還原真實上下了大功夫。雖然他們明白顧客抽筋，聽到人議論她的形象會給差評，但是，怎麼辦呢，體驗館不是偶像劇場。她甚至體驗過懷孕。手腕上戴一塊磁表。肚子裡立刻有胎動，脖子和手腕變粗，她不停地去洗手間，嘔吐的聲音很大。體驗懷孕價格不菲，但她也嘗試了兩次，明顯感到身體的負擔很重，腳也腫起來了，更要命的是，臉上長滿了黑色的斑點。

幸虧那只是一場體驗。她不想冒險，她願意過平平淡淡的生活。她願意錯過一切時尚。

她現在想念那個男孩，那個向她伸出手，手心有汗漬的陌生人。有時她也會夢見他，夢見他獨自一個，正在疾步前行。她看見他經過亮著燈的商店、咖啡館和餐廳。她很想趕過去，走到他身邊，跟他打個招呼，但是，她到底停在那裡。醒來的時候，她會長久地發呆。即便那是個影影綽綽、時有時無的存在，但那個身影、那個聲音卻越來越真實，那推託過她的手，那安撫過她的聲音，他鼓勵她向前，幫她把擋住路的鐵塊移開。

她第一次感到，自己擁有這麼多的想法。有些是有用的，有些是無用的，可是這無用的念頭多麼令人驚歎啊。

嗨，是你啊！她聽見遠處傳來了一聲呼喚。她轉過頭去看，四顧無人，繼續向前走，又聽到一聲：嗨！那是個誘人的聲音，像是從自己心底裡發出來的，她靜靜地等著，果然，又出現了，那個聲音越來越響，越來越清晰，比任何時候任何人因為任何事跟她打招呼時還要響亮、還要清晰。

以前每週到情緒體驗館消費兩到三次，她都會很好地控制時間——幾乎不用控制，她消磨她應得的那部分，不超時，不超量。可是，大停電發生之後，每次經過通往二層的狹長昏暗的連接處，她都會加快速度，她怕黑，也怕寂靜。她如今更喜歡去東邊的一個廣場，那裡有尖尖的塔樓和四合院式的房屋，外牆是水墨畫一樣的顏色。她突然喜歡起這種調調，無比親切。她站在那裡看著，陶醉於青色磚牆和黑色屋簷的雕刻和對稱結構。她覺得自己變老了。有一次，她驚慌地發現了許多和她一樣的臉，個頭比一般人矮小，黃色皮膚、黑色眼睛、略略有點兒扁的鼻樑，以及豐潤的厚嘴唇，這個聯想讓她戰慄起來。有一次，她莽撞地走向其中一個，那個女孩的臉有一種深邃的美，側面的棱角像是刀刻出來，透露出一種果敢和剛毅。

她問她是不是來自萊城。

不，對方說，我來自馬六甲海峽。

那不遠。

這段短短的對話，無論是問還是答，出現在蔣將身上都匪夷所思，但是，此刻，真真切切地發生了，那女孩也像是被驚著了，尷尬地咧了下嘴，轉身走開。蔣將情不自禁地伸出手來，想握一握，但那女孩沒有回頭。

蔣將失去了平衡。過去七年多，她從沒有失去平衡過，無論是獨自一人，無論是學習還是工作，她從來沒有平地裡要摔倒的感覺，彷彿前後左右都有一堵隱形的牆在給她支撐。現在的生活裡，空空蕩蕩，到處漏風。這些風，從頭頂、耳洞、指縫、胸口，甚至每個毛孔往她的身體裡鑽，所過之處，留下一個又一個空洞。心頭有什麼東西被掏走了，切碎了，不全了。

有天晚上，她回到公寓，一陣疲憊和噬痛感向她襲來，她捂住胸口，好像有什麼東西想從她胸口沖出來。

又有一次，她和一位老人相遇，她之前從不與人長久對視，這一次，她竟好奇地久久地盯著別人，直到那人露出困惑不解的表情才轉過臉去。緊接著，她盯上了一位主婦。那位四十多歲的主婦圍著超大黑色圍巾，坐在路邊的咖啡廳喝咖啡。她身材發福，肩膀很圓潤，耳朵、手腕和脖子上都戴著首飾，像一位很閒散的太太，所有的家務都有智能管家料理的那種。她的手無處安放地動來動去，不時向人暴露她的無聊和隨時想要被打擾的狀態。她在等待有人搭訕！蔣將突然明白了：明白了之前從來明白不了的東西。

她像過去一樣工作、談話和微笑，但內心卻變得患得患失，好像在時間的褶皺裡藏著什麼秘密東西。她的情緒變化很快，就像手邊正在操作的系統，剛剛還清晰又穩健，突然就卡殼了。她的心情好似一把鋒利的剪刀，把對周圍世界的感受，剪成了鮮明的一截又一截。

似乎對她的狀態有所預料，大停電結束不久，保健醫生的檢測變得更加頻繁。她身上的某種指標不是高了就是低了。醫生用敏銳又慈愛的眼睛看著她，提醒她要飲食作息規律。她辦不到，而他也沒有過度責備她。

一筆不小的停電賠償費也很快發放到位。政府還指派了一位智能人對她進行陪伴。對於那些被迫離開 0 城的人的打擊是深重的，新任市長說，我們從這災難中吸取教訓，承諾堅決不再發生類似不幸的事件。至於導致這次全市性災難的原因，目前尚無定論。後來，她變得不那麼勻速，下班的時候起身太快，上班的時候則動作太慢。她就像那些倏忽而過的飛行車，動的時候像一隻只大蜜蜂，山呼海嘯而過，不動的時候，像沉默的隕石丟在路邊。

突然之間，她忘記了自己的名字，身體也變得若有若無，只覺得花花綠綠的世界越來越虛幻，無限的惆悵伸手將她掩埋，她被恐懼攫住，心怦怦直跳。換作之前，這會兒她已經摁下紅色按鈕向輔導師求助了。過去任何時刻，她從不向保健醫生隱瞞她的情緒。有一年她覺得疲乏，他們說她得了“厭倦學習症”，更早一年，她沒有參加學校的大合唱，後來年底的健康表裡填著她得了“獨孤偏向症”。“每個人都有點兒事，我們知道了便於更好地服務你。”健康輔導師負責她的健康七年多了，年年會來這麼一句。現在她總算悟出來了，她的狀況越差，她母親需要付出的代價越大。

今天不似從前，停電像鏡子的兩面：一面是過去，一面是將來。她不想又得一個什麼症，她想搞清楚一些事——她也想搞清楚自己為什麼最近總想搞清楚一些事。這次，她把監察儀摘掉，佯裝什麼都沒有發生。她沒有被懷疑，她被認為是從停電事件中恢復得很快的人。

可以說，從那以後生活變得凝重難懂，因為無人商量，只能在每張臉上搜尋著對自己有用的信息，以期從別人的大意裡，嗅到什麼自己需要的蛛絲馬跡。

她頻繁想起自己的父母。“親愛的爸爸媽媽”“親愛的爸爸媽媽”“親愛的爸爸媽媽”，她在心裡呼喊，每呼喊一次，感受就發生一次變化，甚至每一次，她都能讀出新的信息：親愛的爸爸媽媽，為什麼你們不來看望我？

為什麼？因為錢嗎？她想。

親愛的爸爸媽媽，我想回萊城看望你們。

這樣的信沒有發出。她刪除了它。但是非常納悶。“納悶”像憑空長出來的念想。

一切都很熟悉，一切都很陌生。這是她每天生活的地方，向下一層，是她每天工作的地方，這裡井然有序，一切都那麼美妙，風景如畫，一切設計都本著省時省力省心，沒有污染源、沒有犯罪、沒有敵人。沙漠裡的暖意、這香氣、這永恆的燭光。多麼美妙的地方，多少人花重金也進不來的地方。可是，現在，仿佛時間的切刀切走了她身體的一塊，連帶一些筋骨也切走了。表面上沒有血，可是她完全能感覺到。

她發現了更多的端倪，她不僅觀察到和她一樣膚色、五官和體型的人，她還發現了更多的東西，那就是人們的表情。公司裡的同事、飯店裡的招待員、負責公寓調配的監事，他們有著寵辱不驚的表情，有著雷打不動的身姿，他們做事一板一眼，不會變通，他們彼此那麼相像，膚色、五官和頭髮完全不同，卻可以如此整齊劃一，他們好比從同一個模具裡倒出來，之後被塗上不同的顏色，套上不同的皮囊罷了。蔣將不喜歡他們那空洞無神的眼睛。有一次，她走向其中一個，她記不清是誰，反正誰都一樣。她說：

你停電的時候有沒有出城？

對方沒有回答她，就像當初賈汀向她發問時，她拒絕回答一樣。她等了一會兒，知道沒有答案，但她沒有走開，她跟了過去，一如當時賈汀的舉止一樣。

追了兩個區域之後，對方停了下來——是位比她還年輕的男孩子，他做了一個無可奈何的表情，漫不經心地回答說：到處都一樣黑，出了城的還不是都會回來。這像在說臺詞。她還沒有擺脫世事變幻帶來的恍惚，也對自己從無中生出的種種煩憂感到不知所措，那種情緒是如此鮮明，同時卻又模糊不清。而這個人的語氣裡有種順其自然的感覺。他看穿了她的疑問，還好他還沒有感到厭煩，對她說，你不是第一個問我出沒出城的人。他的回答讓她覺得很不尋常。她意識到這個城市不是——至少不再是她過去以為的那樣“國泰民安”。

她腦海閃回到自己小時候的家鄉，在苦苦思索中，那些淡泊的面容變得清晰，生活過的城市的輪廓變得清晰，吃過的食物的味道變得清晰，那些東西一直在，只是不那麼清晰，像許多夢中的一場，現在，這場夢境追著她不放，鍥而不捨。她記起了更多，紫荊花隱隱約約的香氣、香芋頭綿密的口感、街道邊的花壇、遊行的人群，看得見死動物的下水道。她記起萊城市冷熱不均的季節、吵鬧不堪的夜晚，還有那高高的跳臺，最重要的是，媽媽擔憂的眼神。媽媽！這種感覺這幾年一次也沒有出現過，此刻像雪崩一樣襲來，令她疑惑不解、束手無策。

這會兒，此刻，她在鏡子前對自己的眼睛、眉毛、胸口和腰胯進行長時間的凝視。你是誰？一個聲音在耳畔響起。她一驚，四處看了看，沒有人。她竟然忘記了自己的身體、自己的青春，她竟然在時隔多年後，才突然意識到她是一個少女，一個正待發育就被奪走的少女。她的身體、她的家、她的時光，都被奪走了。

在這個充滿規則、友善、按部就班的地方，有什麼她不能接受的感受出現了。

醒來，醒來！一個聲音響起，聲音低沉，卻充滿力量，比她以往聽到的任何命令都更有召喚力，更有蠱惑力。

醒來，醒來！這個聲音尖銳刺耳、振聾發聵，現在，她清楚這個聲音是從自己心裡發出來的，像是打撈起一件浴衣一樣，她感覺手心裡濕淋淋的，一個激靈，她心臟撲通撲通亂跳個不停。她輕手輕腳地走向門口，握住門把手，然後靜靜地等了一會兒，拉開門。走廊上空無一人，也似乎空無一物。她無聲地走向樓梯，一級二級三級，直到走完樓梯，才發現自己抖得厲害。她眼睛睜得很大，她知道自己將走向黑夜。街道上有陌生人的腳步聲，在這樣一個夜晚，這一刻仿若永恆。她情不自禁地加快步子，意識到有被發現的危險，她陡然停了下來。這下完了，她想，真被發現了。一陣鬆弛，她溜達了起來。

她發現了更多的怪異，黑夜裡仍然有許多人。一眼看過去，看到許許多多的人在做各種事，但只要眯起眼睛看，似乎只有兩個人。這個城裡其實只有兩個人：一個是她，許多個不同外殼的她；另一個是他，那就是有各種表情和笑容的賈汀。

二

0 市的交通設計是全世界城市競相學習的榜樣。從生活區到娛樂區，最長半個小時就能到達，從娛樂區到工廠區的最近路程只有五分鐘。人們可以選擇多種交通工具：迅捷循環車、磁力車、輪滑……最流行的是專屬飛車，只需要輸入門牌號，拋開上下車和下達命令，它會避開所有的障礙物，以直線距離去往自己的目標，通常，0 城最遠的距離也就幾分鐘可到達。

一個人走向另一個人的真正困難在於理由，找到這個理由，似乎比登天還難。

現在她有一個。

我要謝謝你幫助我！

天空萬里無雲，好像它從來沒有被沙塵暴蒙蔽過，好像它從來沒有讓人在黑暗裡摸索過整整七天。憑藉記憶和搜索功能，蔣將向她知道的東四區走去。她走向他的時候，周圍的物體一動不動。有一刻，她想，這是不是又是另一個夢？夢醒來，萬里無雲，什麼事也沒有發生，她腦子裡也不會有這些突如其來的渴望，她還是那個按部就班的蔬菜經營部的實習生。她一邊走一邊等著，仿佛在等一個開關，關掉這夢的狂想，那時，她會若無其事地轉身。

很容易就看到了那幢安可拉紅色的磚牆屋，找到了那個門牌號。她站在門前，屋內沒有燈光，她試探地敲了敲，沒有回應。她假裝漫不經心地離開，進入上一層觀景平臺。平臺上這會兒人不會多，西面群山枝條搖擺，而北邊的海岸線紋絲不動，一如往常。而她曾經以為那就是整個世界。

天氣漸晚，先是幾顆，緊接著一大片一大片的星星開始閃爍。晚風從四面八方同時刮過來。她又等了一會兒，再次來到那扇門前，還是沒有燈。她縮了縮脖子，突然失去了勇氣。雖然她憑藉衝動做了這樣一個決定，不管不顧地來了，但是，萬一她記錯了什麼呢，萬一她記錯了門牌號呢？萬一這會兒只是大停電時做的又一個夢呢？胡思亂想使她變得虛弱，她倚靠在那扇白色拱形門旁。今天和連續幾天發生的事情對她來說非常遙遠，似乎是發生在別人身上的事。勇氣消失的她，才更像是真正的自己，現在這陌生從沒有做過的、危險的事反而像是屬她自己。燈火不安分地跳動著，孤孤單單。她快要退縮的時候，那個人終於出現了。高大的身板那樣魁梧、壯碩。她一眼就認出他來了。

她發覺自己雙手直抖。她深吸一口氣，看看自己是否能平靜下來。她做到了，在他走近的時候，她說：你好。

她聽見自己的聲音大大方方、從從容容，完全顯不出內心的慌張。她做到了，做到了在狂亂地心跳時如此低聲細語，毫不費力就跨越了某種看不見的障礙。

他直直地看著她。陌生又熟悉的臉龐漸漸露出親切的笑意：

你居然找到了我！

蔣將聽他的聲音比上一次見到時更清脆、更活潑一些，明明並不熟悉，聽上去卻像來自童年的問候。他的頭髮比上次離別時更有型了。原來他是個注重髮型的人。是的，賈汀的外表她不算熟悉，但聲音卻一點兒不生疏。過去幾天使蔣將無限慌亂、無限迷茫、無限不安的一切此刻都煙消雲散了。頭頂上的蒼穹已經露出一絲晨曦。

蔣將盯著賈汀的面容呆呆地看了好一會兒，她走神了。

賈汀再與她目光對接的時候，發現她的臉已經通紅，仿佛指導她來的是一種不可理喻的力量。而現在，這種力量突然消失了，撂下她一個人孤零零地站在原地。她的臉上露出非常笨拙的、謹慎的、明顯帶有做作痕跡的親近。這是一般的十幾歲的少年和大人打交道時會有的態度。她的態度中蘊含著對“人”和離開舒適區的那種緊張和不安。

我是蔣將。她再次說，好像用名字為自己壯膽。

我認出來了。

他打開門，讓出身，請她進去。他只有一間屋，進門就是廚房，廚房挨著床，床尾一道門，通向圍著鐵欄杆的窄陽臺。他的房間擺設相當簡單，甚至有點兒淩亂，話說回來，她也並沒有去過其他人的家。

他給她一杯冰水，同時遞過來一碟點心。

我不知道，她結結巴巴地說，我不知道為什麼要來。

你不知道？

我不知道。

他沉思片刻，點了點頭，是的，這說得通。

你們那天出城了嗎？

是的，我們出了。

電來了就回來了？

不，有一部分人回來了，一部分人沒有。

她想問是哪一部分，是自由的雇傭工還是像她一樣的受護人。她忍住沒有追問，但是心裡湧動著莫名的躁動。

蔣將清晰地回想起離別時的爆炸現場，恐懼達到極限的時候，她不像是在野外，她更像在更深邃的黑洞。一種不能控制的感覺，她不知道對或錯，有一種很大的能量左右著她，帶她逃離。她是這樣表達的。他知道她在說什麼。她長而細弱的臂和肩都寫著她的故事、她的過去，以及她的遭遇，現在，他也能感受到這個正在蘇醒的靈魂釋放出的執拗。

蔣將走到陽臺去。他的陽臺有嘈雜的噪聲一陣陣劃過，對面樓頂射出刺目的光，不遠處，警車與清潔地面的清潔車的鳴笛聲忽高忽低，那像隕石的飛行車動起來也是嗡嗡巨響。

我從來沒有聽到過這麼吵的噪聲。

因為你們的生活區必須杜絕聲音的干擾，所以都有噪聲隔離牆，尤其是晚上，一切有聲音的機器禁入。

我不懂。

因為系統需要對你們投放磁波。

蔣將詫異地轉過臉來，為什麼？

因為你們是受護人。

我知道我是受護人。她敏捷地說。這種敏捷與她不符，賈汀特意盯住她的臉，以示自己留意到了她的敏捷。

你理解受護人的意思？

我當然理解。我父母花了許多錢確保我受到保護。我們 0 城有十萬以上受護人。0 城是世界上最安全的城市，0 城是世界上犯罪率最低的城市，0 城有世界上最好的安保系統。

保護你的那些系統也在控制著你們。

蔣將結結巴巴地問：一切不都在系統的掌控之中嗎？智能房屋、智能交通、智能設計師、智能服務員、智能醫生、智能氧氣檢測，所有的一切都由系統掌控。

一切都受控制，但人的靈魂除外。

蔣將真誠地看著賈汀，我不明白，難道我不是我自己嗎？

記得你來０城之前的生活嗎？

記得！正因為她記起了來０城之前的生活，所以她不得安寧。

之前不是不記得，是不在乎，是無所謂，但是現在，我常常分神，常常困惑，常常感到失去控制……

因為停電導致的磁波失效，你被剝奪的自我意識覺醒了。

什麼剝奪？誰在剝奪我？我是受護人，核心區的居民。

賈汀咧開嘴笑了，他的笑不無譏諷，卻也不無善意。

仔細想一想，你還記得多少來０城之前的事？

她記憶裡有高入雲端的房子，她記得第一次砸進水裡的失重感，心臟都快要跳出胸膛，但她特別興奮，這種興奮再三被禁止，她記得媽媽虎視眈眈的面孔；她還記起一個圓溜溜的小拳頭在她眼前晃悠，讓她拿出口袋裡的跳跳糖，拳頭捶到臉頰上，熱辣辣的，沒有什麼，可是，那事後來也沒有了。沒有悲傷，只有細節本身從遮蔽住的層層記憶裡湧現出來。

我媽媽帶我去看綠油油的油菜地，看大象表演作畫，看猴子走鋼絲，那時候還是合法的。我記得我家的老房子，我記得媽媽練瑜伽的樣子，紅色的小鳥停在我家陽臺的柵欄上。

此時，蔣將才覺得自己一貧如洗、形單影隻。是的，孤獨——這個東西也闖進她心裡來了。她思念家鄉萊城那獨特的交通中轉樞紐。她最喜歡經過那樞紐，眼花繚亂的橋樑和臺階使她莫名興奮，同時，她明白自己喜歡那樞紐是因為只要經過那樞紐，媽媽就會無比驚恐，她緊緊地捏住自己的手，生怕女兒走丟——很奇怪，媽媽那麼反對她玩捉迷藏的遊戲。如今，她清晰地體會到媽媽捏緊她手的痛感。

想起來的那些事，並不是一樁樁有先有後，而是交互穿行、彼此串迭。有時是畫面，有時是聲波，密度很強，動靜很大，她有時候表面上癡癡的，像被電療過，其實五臟六腑都在翻滾、騰挪、喊叫、發問，像中古時期的摩爾斯電碼。

她想起了更多，想起自己經常在玻璃上留下指印的快餐店，想起媽媽帶她去水族館，那裡面有五顏六色的魚，想起那些高度不一的跳臺，她曾無數次地一躍而下，她從失重感中得到滿足，媽媽禁止她這麼做……她恍惚覺得自己應該——就在當下，不管不顧地離開房子，徒步沿著大停電時的路線，她相信，只要走過七天七夜，也許她就能回到那個地方，那像絲線一樣纏著她胸口神經的地方。

我，和正常人不一樣嗎？

不太一樣。

哪裡不一樣？

你父母擔心你被拐騙、霸淩，或者拿去做試驗。他們為了你能活下來，送你來 0 城。你確實平安長大了，但他們沒有接你回去。因為所謂確保你平安長大的安保系統從根本上講就是對人的一種控制，對你父母的控制，以及對你的控制。

她沒聽懂。她看著他的眼睛。他清亮的、包含了广闊自由意念光芒的瞳孔，它們令她顫抖。

安保不那麼簡單。不是盧卡講的那樣簡單，高科技保障，快速出警，智能隊伍先行，一切壞人被排除在 0 城之外。不，事情不那麼單純，核心區裡的被保護對象，幾乎全部來自全世界的富庶之家，不同的民族、不同的習性、不同的文化背景、不同的生長環境，無一例外，到了這裡，他們變成了一個模樣的人：心甘情願待在原地的人、服從的人、沒有反抗意識的人。這一點太驚人了。我來這裡一年多，幾乎很少見到受護人。他們會待在指定的位置，從來不越雷池，從不給人添麻煩，不去任何發生危險的地方！沒有這個年紀的活力、進取心，看不到年輕人的大膽、魯莽乃至冷酷。這個城市雖然處處是藝術，但都是拿來的藝術；處處有音樂，也都是外面的音樂，這裡有科學家、獸醫、法官、警察和大批量的技術人員，但，這裡沒有自己創造的音樂，沒有自己的文學，這裡也沒有美。保護區的年輕人，穿得過於樸素，甚至沒有自己的故事，沒有驚心動魄的故事。他們也有各種劇作，但是，美德、熱忱、情感、矛盾、衝動，這些情感和故事都不像真的，似乎他們只是替什麼人活著。直白點說，這是一群沒有人格的人，這是賈汀感到鬱悶的地方，如果這就是全世界嚮往的生活，那這裡的生活未免太無聊了。也許這是一座智能人偽裝的現代城。

是的，我想到了，我覺得也許這整座城市都是遊戲空間，而他們這些雇用來的數據監控師也不過是其中一個擺設而已。直到大停電我才真正明白過來。所謂獨一無二的創新科技，只是借助別人的不幸，放大父母的恐懼，然後控制孩子們的意志。0 城最喜歡懦弱、麻木、不敢嘗試、不理解奮鬥的受護人。政府控制孩子們的朋友圈，以免串通；政府掌握他們的體能，用的是磁污染；政府刪除他們的記憶，以免他們思鄉；政府需要他們平安又無情地活著，好能從他們的父母那裡得到更多。

所謂領先科技，並沒有那麼百毒不侵，一場停電事故就讓它們現出原形。

有傳聞說，玄域設計者生逢其時，因為我們生存的世界充滿了戰爭、懷疑和憎恨，但所謂世界最神奇的玄域系統，它其實只是解決了自己的問題，而沒有解決外部世界的問題。大停電把系統的弱點暴露無遺，設計師肯定正在想辦法修補。

所以說，你早就覺得不對頭？

是的，作為人來說，不太對頭。

作為智能人就無話可說了。

賈汀笑了，智能人是用來服務他人的，沒有你們的待遇。大停電的時候，我才徹底排除了這個想法。

為什麼，看到我身上的傷口？

不，看到你眼睛裡的恐懼，尤其是你最後往回跑的時候。

蔣將飛快地經歷著詫異、驚愕、悲哀、思念和悵然等混雜的情感。她的眼睛裡一層層堆迭起迷茫、憤怒、委屈和驚恐。複雜的情感表現在她的臉上，跟一個人精神錯亂沒什麼兩樣。之後，她愣愣地靠在沙發上發呆，沒有眼淚、沒有疑問、沒有痛苦。真相讓她置身於滾滾濁流之中，同時又讓她失憶似的毫無反應。

她在激烈的思考中變得脆弱，並懷著深深的恐懼，她應該怎麼辦？

我還以為我是機器人。她突然感激地笑了。

不，你不是。看到她的笑，他反倒有些不知所措。你不掛念父母嗎？

她停頓了一下，我定期給他們寫信。

賈汀搖了搖頭。那不是掛念，那是設定。

和正常人的區別是什麼？

你不是在生活裡。賈汀略略一思考，輕聲解釋，正常人保持著個性，知道真實的世界是什麼樣子，但是你，被剝奪了冒險、痛苦、嘗試的能力。有數據顯示，你們可能為了避免麻煩而拋棄戀愛的念頭，你們跟智能人一樣失去了情感。你想過你的父母嗎？你當然知道那是你的父母，他們在辛苦地攢錢保你平安，可是你想念過他們嗎？沒有，想念是最早被切割掉的情緒，那樣的話，你才不會偷偷溜走。因為溜走，他們要賠償大筆的錢。

她隱隱約約想起來更多，她想起第一次媽媽帶她去 0 城的情形。她不過才十二歲，那是一個秋天，一路上，鮮花綻放，落葉泛黃。之後，她腦袋空空，對離鄉別母的概念幾乎懵然無知，等到她被置於 0 城以保護的名義嚴加管束之後，她的感受變得微不足道。她經常被健康輔導師教授回避危險的能力。她去指定的地方購物，她定期去健康輔導師那裡報到，她去體驗館享受人生，她進來後就沒有出過城。她會避開危險、受傷、受騙，她避開一切隱患，包括情感受挫。但是，現在才發現，她在別人設計的區域裡爬行，像一隻螞蟻。他們站在那裡，站在時間裡，可是時間沒有自動出口。

房子無聲地立在燈光下，它們也怕黑了。條條街巷悄然無聲，夜風把沙塵吹得飛飛揚揚。自從停電之後，沙塵肆無忌憚造訪城市的頻率加大了，現在，除塵器要不眠不休地工作了。

在七年的學習生涯中，學得最多的是“一切以生命安全為第一要務”的準則。

如果有陌生人跟你搭訕？正確答案是走開。

如果有人跟你說奇怪的話？正確答案是走開。

如果有人突然帶你進醫院？正確答案是大聲說話，直到有人留意為止。

一定有人會留意嗎？

規避無處不在。

如果半夜有人闖進來？正確答案是首先系統會在七秒鐘內自動向總控報警，其次，還可以摁下紅色按鈕。

說說你吧！蔣將哀求道。她覺得夠驚悚了，現在感到羞恥。

而他是一個既不會啃噬別人，也不會遭到追蹤的人。他不是木偶，他是自由人。

賈汀告訴蔣將，他生於東歐，是家裡的次子，寵愛多，義務少，境遇不壞，不缺愛，在酷寒、冰雪、長夜、獵犬和冰上運動的陪伴下長大。但沒有萊城人那樣的遭遇，與萊城有著同等境況的國家和地區他從來沒有去過。他在一個海島上服過三年兵役，沒有遇到戰爭，信奉過至少兩個教派，如今卻絕口不提。此後七八年過著無所事事的冒險生活。直到三年前，才覺得人生空虛，必須務實。為了換種活法，他到炎熱的 0 城來應聘謀生。溫度、海洋和異國風情是主要吸引力，為此，他專門學習格鬥和拳擊，本以為會作為保鏢在戶外工作，結果成了一個設備維護員。那些夜晚，數據、閃爍的大屏，既虛又實的城市街區，他對 0 城越來越熟悉，卻又越來越陌生。他常常會看到各種原因引發的疑似險情，他第一時間將險情數據傳給中央處理中心——大多是虛驚一場，這個城市的安保牢不可破。一段時間後，一個前輩推薦他到更核心的部門供職。所謂更核心，是辦公場所更大，數據更多，主要工作是發現疑似險情，向安保人員發出預警。新的崗位令他顯得老成持重，他已經具有識別權限——大多數時候他評判其為虛驚。工作兩年多，他承認 0 城是世界上最安全的城市，城市設計非常先進，新能源超級節能，三級分層結構，分層功能管理，致敬全世界各個國家文化的五彩繽紛的建築，犯罪率奇低，壓力很小，錢掙得比東歐輕鬆些，可總有哪裡讓他覺得不對勁。

你在 0 城愉快嗎？像是為了驗證什麼，蔣將問。

他說談不上愉快，也談不上不愉快。他本來就有一種隨遇而安的特質，不拿什麼特別當回事，也不特別激進。如果不出意外，再幹個兩年，他會換個地方生活。為什麼不呢？他還看不清命運的饋贈，有可能將來擁有想要的生活、愛情和喜歡的工作，也可能不會太如願。賈汀生在運動之家，強壯和健康才是必然和必要，他做到了有強健的體魄，其餘的考驗目前還沒有到來，父母希望他樂觀向上，見機行事。

輪到他問了。

你現在知道自己在哪裡嗎？

知道，罩子裡。蔣將幹乾脆脆地回答。一座她以為一切平等、富裕、充滿活力與希望的城市，但其實早已是一座充滿著不公、漏洞、讓人憤怒的、無精神傳承的城市，多了層罩子。自己雖然活著，但肉體沒有和靈魂在一起。

他吃了一驚。不由自主地凝視著她的眼眸，較之於初次見面逃亡路上火光下的一瞥，她如今的眼睛裡隱含著兩道清亮的夏日閃光、覺悟之光。

賈汀看了看窗外，外面是無關緊要的什麼人在說話，一種像金屬摩擦地面的聲音響起。

今晚要下大雨。賈汀說。

我幾乎沒有在晚上聽到過這樣的噪聲。

都是些普通的、大自然和城市正常的聲音。

你相信我會走嗎？蔣將突然問。

我之前不信。現在信。

你會陪我一起走嗎?

這裡沒什麼特別的。他答非所問。再說，我違反合同的代價不會是終身監禁。

蔣將和賈汀像兩個老朋友一樣相視一笑。有什麼念頭同時從他們的心裡迸發了出來，他們彼此聽到了對方的意願。然後，一切都突如其來地發生了。她把一樁冒險帶給了賈汀，滿懷著嚮往，而他，如她所願地接受了這種魯莽。

宛如神靈指點，賈汀無聲地收拾起行李，每放進一樣物品到背包，就仿佛編織一根聯結兩個人的繩。等到背包鼓鼓囊囊，他們彼此已經牢牢拴在一起。

蔣將懷著迫切的心情，看著這個跟幾天前一模一樣，又完全不一樣的世界。今天發生的一切都讓她覺得很舒心：紅房子，東歐賈汀，即將到來的雨和接下來的旅行。

她發現自己正在重新生長出“感知”力量，她能感覺到手上握著一個什麼東西，這個東西特別有型，她清楚這個東西的成分和分量。同時，她知道自己是無數個小盒子中的一個裡面的小小的木塊。光做一個從不移動的木塊是不夠的，她清清楚楚地感覺到了要推動這個木塊的決心。

世界寬广無垠、充滿活力。她要去尋找父母。她要跟他們談談她所有想起的一切，談談她新鮮的、剛剛才浮現出來的深深的，深深的情感的渴望。

在等待天亮的幾個小時裡，他們又進行了一場異常嚴肅的對話。

表面上，任何時候你們都可以離開 0 市，但是，必須有合法且齊全的出城手續，因為出城就是出國，出國的手續比出城要複雜許多，因為你們的監護人簽署過的法律文書齊全到你必須拿到足夠多的簽字才能離開。

你父母一般情況下不會簽字，因為他們已經習慣了女兒得到了百分之百的安全，有完完全全的保障，有絕對無憂的日常。換句話說，你不僅被制約了，你父母也是。

為此他們已經拿出了一切。

一切。包括未來。

他們送你來，是因為他們太害怕失去你。所有被送來的未成年的孩子，都是父母的掌上明珠。

總有一些孩子不好控制的吧？她想起來，很久之前，有人策動她一起逃走過，她對別人身上那種神秘的、與環境不相適應的積極性感到驚詫。她沒有對傳遞來的信息做出回應，不說可以，也沒有說不可以，因為不久那些人從她的視野裡消失不見了。她不知道的真相包括那些一起來的孩子去了哪裡。

是的，有一些人逃走後又被父母送來了。

另外沒送來的那些呢？

繼續躲藏，直到他們的父母不再“出賣”他們。

還有的是被政府淘汰遣送回去的。

你是想說“七童賠償案”吧？他們有自殺傾向，合同終止，巨額賠償。

我也有權利離開。我十九了。

不是所有的人都知道自己的權利。你之前就不知道。你還沒有成年就被剝奪了思考的義務和權利。

說這些話時賈汀並不是完全心安理得。將將的臉漸漸由白轉為通紅，我想試一試自己到底有沒有權利離開。

所以你沒打算告訴他們，你要離開 0 城？

不，我會告訴他們，等時機合適。她說“時機合適”時那樣的坦然，像是從來沒有被控制過。像是知道真正的危險就是失去自由的意志，失去選擇的權利。

七年，已經在生活與生活之間挖掘了一條深深的溝壑，0 城洗劫了她，但她保持住了某一部分，重要的一部分。又或者說，大停電使萊城蔣將的那一部分特質蘇醒了過來。

對，她發現了 O 城的 BUG，如同發現遊戲裡的 BUG 一樣，也許發現 BUG 不是這款遊戲的缺陷，可能相反，是遊戲最有價值的部分。

如果我離去，他們就不會從我父母那裡拿到任何東西。我自由才是他們自由。

想好了？賈汀環顧四周，要走就快點走，等到設備完全恢復正常，或者大停電始作俑者找到的話，重新啟動的防禦機制不會允許你做出任何危險的事。

我也許會後悔，但今天不。

說不定你一覺醒來，又會退縮。玄域設計師們可不是吃素的。

我會像大停電時一樣？

你會情不自禁地退縮，失去勇氣，你會乖乖地等待天亮。

這也許才是人類的悲劇。並不是一條路選擇錯了，重新做一個選擇就可以。人類的命運和科技就是不歸路。

你什麼都不知道，你不知道。蔣將說。她兩眼發亮，異常興奮，完全一副不諳世事的樣子，既無恐懼，又無束縛。但是你不要忘了，我有了今天的勇氣，即使我退縮了，我遲早還是會一次次鼓起像今天一樣的勇氣。

行動——她已經有這個意願。好像拼圖遊戲，她終於把最後一塊拼圖送進了缺口，一陣自豪和輕鬆感湧上心頭，她長舒一口氣，更加堅定了離開這個地方的決心。

那麼我們走。

我們走！

這兩個完全不同的人決定離開：周遊世界的世界公民，被保護在籠子裡的羔羊。他們成了夥伴。

三

他們計劃今晚動身。白天，蔣將要若無其事地做完她手頭的工作，她不能拿任何放在單位裡的私人物品，她甚至還應該多帶一樣最珍貴的玩偶放在顯眼的位置，以免引起同組同事的懷疑。

路上所需要的東西我都會備好。

比如？她清澈的眼睛裡毫無造作。她的確不知道。

電儲器、老式指南針、外用藥、能量水，如此等等。等你走後我會去找。

他們一一敲定所有的細節，甚至指定了四個聯絡渠道，如果情況有變，哪些地方可以傳遞信息，用什麼暗語給對方留下關鍵信息。

到目前為止，0 城的玄域和普通級別的城市安保都沒有完全恢復。

你怎麼知道？蔣將驚呆了。

你有機會覺悟，就是明證。但這可能也是最後的機會。我聽說下周有一批新雇用的人員上崗！

因為停電期間許多外國人離職了？

對，賈汀對於蔣將的搶答滿意地笑了，這意味著程序被破壞了不少，需要大量的專業人員加緊修補。

所以現在我們有機會？

對的。

走出去需要幾天？

三天，順利的話。

要是不順利的話呢？

四天或者更久，但那不是最難的。

最難的是什麼？

離開只是開始。

只是開始？她重複了一句，便陷入沉思。

有時候沉思有結果，有時候沒有。

因為沒有地方可以去？

去任何地方都不容易。

那我還是要走。

我理解。

你為什麼幫我？她的問話很跳躍，這是十多分鐘後的又一句話。

他聳聳肩膀，表示兩人出城不會帶來麻煩，這甚至都不算罪行，最多算情侶出城探險。

帶我探險是違反工作協定的。

我帶出去的人可沒幾個會想這麼多。

所以還有其他人？

為什麼沒有呢？

她簡直要雀躍了。

所以，成功過，是不是？

當然。

失敗過嗎？

聽說過，他誠實地回答。但現在，什麼也改變不了她的決定了。

當天夜裡他們會合動身。他們背了足量的水、電儲器和食物，以防萬一。經過一個多月的治理，城市表面的灰塵都被擦拭乾淨了，夜幕下，淡藍色的雲朵無聲無息地陪著他們向前。他們聽得見包紮著布的鞋底輕輕劃過地面，這樣的小心非常有必要。避開監控和巡視不是一件容易的事，好在賈汀非常有經驗，用他自己的話說，機器畢竟是機器，它們最大的特點不是為了揣摩少數人的心思，而是大多數的。

其實一直有人在逃。蔣將故作聰明地說。

是的，境外有義工在協助他們。世界上有許多組織認為 0 城的保護計劃是不人道的。他們在調查，但進入 0 城是不容易的。

你也是義工嗎？

不，相反，我是政府指揮局官員勞爾的遠親，是他推薦我來工作的。

他知道你要走嗎？

再說吧，賈汀說，我還沒有機會跟他聊過對 0 城的看法。

城市雖然是弧形的，但置身其中，卻找不到弧形感，避開直逼藍天的象鼻樹，進入猴麵包樹的地盤。樹是根據土地上的水質情況種植的，現在卻成了離開的指路標。賈汀叮囑蔣將像他一樣貓著腰前行。

他們時不時突然停下，側耳聽，然後繼續走。離開城市一個小時後，就進入了茂密的叢林，不知多少年頭的盤根錯節的樹出現在眼前。腐葉已經鋪成了厚厚的有彈性的毯子，時而咯吱咯吱，滋出發臭的水，時而清亮發脆，像油炸薯片。

很快，叢林生態有了變化，茂盛的荊棘叢覆蓋住了一條影影綽綽的小徑。到處枝幹交叉，藤蔓纏繞。幸虧他們包裹得嚴實。賈汀撥開一條縫，蔣將手腳並用鑽了過去。穿過荊棘是一處開闊的高地。他們看到一大片短葉絲蘭樹，短葉絲蘭樹身姿堅硬，枝丫向上伸長，狀如禱告。再向前兩三英里，一處處斷壁殘垣像是震後的街道，腳下一塊塊方形的大理石隱約可見。一扇腐爛的木頭門斜插在溝壑裡，半個陶缽裡長著幾根野草，還有幾隻圓形不銹鋼物品，再往前，發現了汽車的輪轂、後視鏡、被腐蝕的鐵鍋、不成形的門櫥。是繁華過又被遺棄的什麼人的家園。

生活的碎片也是文明的碎片，文明會衰敗，但自然永在。在廣漠的時空裡，從來潛藏著無盡的秘密。還以為是無用世界，其實早就輝煌到頂又沉寂，沉寂夠了坐等輝煌。

賈汀對發愣的蔣將說。

什麼？蔣將茫然地追問了一句，原來她沒聽懂他話裡的意思，也無從知曉他上一秒在感慨什麼。她對眼前的一切都只是懵懂的。物競天擇也好，個人意志也罷。她竟然一概不知。

0 城這些年，因為建城的需要，收購了這片森林和周邊的民舍作為分界線，另一方面，新城的建設改變了這個區域的氣候。從目前看，沒有人類參與的地方，自然生太快很快就會恢復平衡。

再走走，還能發現更多的東西。幸運的話，還能看到原住民生活的蛛絲馬跡。

事實證明賈汀是對的。後來他們又發現了銅畫、手鐲、皮鞋、碎玻璃、水龍頭，零零碎碎，露出各種端倪。一切都可以作為城市變成叢林的證據。每發現一個沒見過的東西，蔣將就會發出一聲驚歎。她不明白，這裡怎麼就不能住人了。

不好解釋。人們或許可以說，哪裡發展，哪裡衰敗，全憑運氣，許多適宜人類生存的地方沒有發展起來；許多有勇有謀的人遭到清除；導致他們正確的想法被摒棄。有輝煌的城市，背後就有一長列沒落城市。

同時，叢林重新獲得的意義似乎正在從地面長出來。

這證明我們腳下是安全的，我們沿著它就能走過去。如果全是沼澤地的話，三天也走不出邊界。

最後一點日光從西邊枝頭的縫隙裡透過來，碗大的水面一波一波蕩開。

走在前面的賈汀顯示出運動健將的身體素質，他起步平衡，輕盈又警覺，像一位探險隊長，又像一位警官。

蔣將順從地跟他在身後，她接受了他，承認了他，認同他戳破的 0 城的假像，就像接受了自己全新的命運。

幾小時後，他們順利走出最近的動物長廊，動物長廊亦有跟蹤分析設備。她聽見有聲音在隆隆作響，仿佛一隻蒼蠅在看不見的地方覓食。

不要怕。那玩意兒不可怕。他準備了輕薄材料的防護服，裹住她靜靜地匍匐在地。過了一會兒，他說可以了。

她還吃驚地發現了人留下的痕跡，海灘上的塑料手槍、針管、拖鞋，她終於確定逃離 0 城並非新鮮事……

一陣風輕柔地吹動了高高的棕櫚樹和矮矮的沒有來得及長大的蘆草。

清晨的城外如此清爽，空氣清新，幾十種形狀的花，長串的，抱團的，小到指甲蓋，大到像拳頭，剛開苞的，快謝了的，肆意、狂野，想開在高處就高處，腳邊就腳邊。還有的根本就像無腳鳥，你到哪裡，它跟到哪裡，軟軟糯糯，使人莫名其妙地興奮起來。地下的在地下，地上的跑動，無腳的在漂浮。

野外的氣息十分好聞。她還聞到了樹的氣味，霧的氣味，天氣的氣味，雲的氣味，一切東西都有氣味，除了城市。她總結說。是不是往更深處才能見到沙漠貓、瞪羚和駱駝。

你是對的。賈汀說。

晚上，他們露宿在一棵老樹的根節裡。背後是樹形成的壁壘，賈汀在上方，兼著觀察員；蔣將臥在低凹處，蓋上隔濕毯。半夜，賈汀被驚醒，聽到身邊的將伸出手臂，嘴裡嘰裡呱啦，是另一種語言。像漢語又不像漢語，那些字一個不挨著一個，一個比一個重，一個比一個長，越聽越像另一個世界通道被打開的聲音。

像是巫師作法，又可能就是單純的夢話。

過一會兒，她又說起來，這時候又說起了英語。是 O 城通用的口音。雖是移民，細微處卻有了自己特殊的咬合轉承。她熱烈地表達開心，同時把手從毯子裡伸出來，要去握住黑暗裡什麼人的手。她的笑聲，由一開始的靦腆、羞澀到響亮、清脆、老練，像是一夜之間從少女長成老婦。露水濃重，賈汀把她的手塞回睡袋，她的手很抗拒，沉甸甸的，抵擋了三四回，落進去、蜷起來，抱著自己的胳膊，重新睡著了。

她醒來的時候，晨曦升起，天空一片淡藍，有遷徙的鳥群從頭頂飛過，夜裡的森林已經發生了翻天覆地的變化。空氣澄澈。腳下的一片葉子也圓了許多，被兩個人睡癟的地一眨眼恢復了原貌，昨天還堅固的草莖卻生生斷得很徹底。菌菇翻了倍，昨晚什麼也沒有的草地上長出一朵朵小花。看見的看不見的，都在生長。

一宵酣睡驅除了昨日疲勞，蔣將像一個新人，跟著草木一起在悄悄成長。

你不累了嗎？賈汀問道，因為他自己，似乎還處於疲倦而四肢乏力的狀態。

不。她說。

你平時運動嗎?

如果輔導師認為需要運動的話，我就運動。他們都知道，何止是腦子受到限制，連身體也不能輕舉妄動呢。

他們貼著叢林，幾乎沒有路。地面或高或低，能下腳的地方或松或軟，處處能聽到鳥的啁啾，昆蟲振翅和地鼠扒拉落葉的沙沙聲。

只遇到一處危險，表面上帶著弧線的小坡，其實野草覆蓋著的地方是直直的陡坡。賈汀及時發覺覆蓋的枝葉下透出來的是岩石尖利的棱角，棱角上有血跡和皮毛，應該是一些獸類跌落的痕跡，他們小心地避開。

大多數時候是安全的。青蛙在看不見的哪叢草後面呱呱叫喊，草木清香。耳邊迴響著鳥兒的鳴叫。所到之處，無不是湛藍的、淡藍的天空和深藍色的、深灰色的山丘。

在陽光斑斕的叢林裡走著，他們很快面紅耳赤，汗水從他們的臉龐滾落，但是他們沒有感到疲憊。太陽已經西移到樹梢，樹梢那邊火紅的夕陽像一幅油畫。路邊的樹木和小草散發出自然的芳香。晚風吹拂著枝頭的葉子，發出輕柔的沙沙聲。遠處沼澤地裡有蛙在錯落有致地呱呱歡歌。

他們在慢慢變小，小到像兩株白刺夾在一叢白刺當中。不要說一片森林，就是一棵樹上的幾片葉子都能遮住一座城市。站在視野並不開闊的森林裡，站在沙土上，頭頂蒼穹，蔣將有一種脫離生活的無限感。這無限感令她眩暈。她伸出手，手在天地之間兜轉，一會兒手心朝上，一會兒手背遮天，無限的天地就在五指之間聚散。蔣將被這個遊戲迷住了，反反復複地玩，不厭倦。

賈汀寵溺地看著她，雖然簡樸的衣服下是成熟女性的線條和身高，也掩飾不住她孩子似的個性。

天黑了之後，他們沒有選擇夜間休息，反而在無遮擋的地方繼續走。賈汀手上有裹在黑色的隔絕手套裡的探測沼澤和方向的儀器，不確定的時候用一用。天穹離地面很近，仿佛會在前方貼臉相撞，那些星星像是掛在樹上的裝飾球，夜鶯低吟、飛蟲嗚咽。天上有數不清的系統，你不知道哪顆星星就是監察系統。如果在一個月前，我們這樣就是在裸奔。儘管認定這會兒是安全的，他們挪動的幅度還是儘量小，儘量不發出大的動靜，儘量找到遮擋物的陰影，蔣將崇拜地看著賈汀。對於她來說，這能力太神奇。

他笑了，這是基本技能，但他沒有說出口。

他們第二次夜宿在林子裡，這一夜，蔣將格外安靜。夜晚蔣將站在灑滿月光的枝條上方，想起夢裡的可以使用一萬小時的電儲器，想著錯失的那些機會，一種莫名其妙的溫柔之情湧上來。她還不知道如何同人相處。她幾乎不算與人相處過。在那樣一個一成不變的環境中，每天見到的甚至都不是人類的臉。她這才恍然大悟，那裡面有許多像自己一樣意識被控制的人，他們無法向前一步，無法後退一步，只要控制意識的設備還在運行。

不知道他們現在怎麼想。

她竟然沒有想過這些問題，她從來沒有懷疑現實，從來不懷疑交給她的工作是否有意義，即使發現了可疑之處——現在想，疑點的確是太多了。他們給她的安全賬號上發薪水，她可以用它在城裡消費，但無權取現，甚至不可查詢餘額。雖然也有過束手無策，她的同事估計也一樣。啊，他們是被安排的，他們被設定的程序裡有“自我欺騙”這一模塊！幸虧她還能記得住發生過的一幕一幕，雖然她不能及時做出判斷；幸虧少年時所有經歷過的生活都貯藏在內心深處，似乎沒有被奪走。

她又醒了一次。是風，風帶著涼爽且迫切的柔情溫柔地把她拍醒。

一種對未來無著落的恐懼襲上來。她的處境並不比昨天更糟，但她的恐懼卻加深了。但是，賈汀說，不是恐懼加深，而是思想的能力加強了。

在清晨飄動的森林霧氣裡，這兩個人時而跳躍向前，時而肩並肩，時而影子相互交織在一起。蔣將很快著迷於這個遊戲，一心一意逗著自己的影子，遇到樹蔭濃重的地方，她便快步疾走，以便到陽光燦爛的地方去。

天大亮之後他們面前出現了黑壓壓的樹林，就連黑夜也不能比擬的黑，蔣將打了個寒戰。那一刻，她不禁想起她的公寓——幹的、潔淨的、安全的、死板的、不變的，那些像死一樣寂靜的夜晚。

不用怕，那裡沒有危險。賈汀看懂了她面部表情的細微變化。時不時地會從某個方向吹來一陣風，一陣來無影去無蹤的風。枝葉沙沙作響。

雲朵亮亮地掠過天空。

照這個速度我們還需要走兩天，賈汀忽然說。

我知道，我們在繞道，蔣將很快說。她像是一個初次登臺的演員終於進入了角色。

對。他的語氣顯得很讚賞很驚奇又很篤定。

背著裝有所有家當的背包，走在城市變成的密林裡，身邊的夥伴每走一段都會回頭關照。她在漸行漸遠的步伐裡生出了更多的情緒：膽怯、疲倦、茫然，下一秒卻相反，勇敢、有力、堅定，知道自己去哪裡。她在心裡不停地問：我在走向自由嗎？過去的這些年我怎麼一點兒跟它不親昵？這些想法就像大停電之前那滿天的飛塵霸佔城市一樣霸佔了她整個大腦，然後又從她的臉上洩露出來。她知道的東西微乎其微，不得不一個問題又一個問題地拋出去。但與此同時，她似乎長大了，從動身的那一分鐘起，她的臉色又黑又紅，加上她又緊張又嚴肅，現在，她是另一個人了。恰當地說，她和賈汀像是真正的伴侶一樣。

就在兩天前，賈汀和蔣將的生活還完全不在一條軌道上。如果真有什麼關聯，就是酷似兩輛不同型號的汽車在十字路口街角相遇，又或者像一個保鏢和一個公主，不，像一個警察和一個囚徒。過去的蔣將，她是被麻醉了，如今麻藥失效；而賈汀，多少麻醉劑都對他無效，他一直在清醒裡，就像一個在戲中分配了角色的觀眾，隨時上臺表演，隨時下來觀看。這對奇異組合成了這個城市邊緣最有雄心的人，他們要走出這個城市、這艘船和這個國家。

他們的計劃是從第七條動物遷徙通道去向北邊的森林，然後越過森林，從第九通道進入到南邊的海岸線，在那裡，也許他們能到達另一個國家。

直接去海岸線的話，很快會被監察到。蔣將說。

沒錯。賈汀點點頭，一旦被監察到，你會被保護得更嚴密。

我父母會付更多的錢。

是的。

我父母並不富裕。

賈汀點了點頭。有的人已經負債累累，為這幾年日益增加的安防費。

蔣將一瘸一拐地跟在賈汀身後。他們繼續走。聽到動靜停下來，沒有動靜的時候他們站起來繼續走。

他們包裡的糧食不多了，蔣將憂慮地瞥了一眼賈汀手裡的袋子。

不用擔心。邊境不遠了。

他用眼睛不停撫摸著她的眼睛，純潔的情誼在兩人之間生髮。不知什麼鳥發出嘰嘰喳喳的鳴叫聲，歡快、舒暢。生命是經歷，是自由，是相愛，是選擇，是在路上。他們相視一笑，沉醉其中。到目前為止，他們對自己的決定沒有一絲一毫的後悔，這是一種既熱烈又細緻的帶有奉獻精神的感情；這是大停電促成的奇特的空間、遭遇和人際關係。順其自然，他想。

再一次穿過一道動物長廊，步行了幾英里後，他們到達了海邊。那是真正的大海。

蔣將呆若木雞地盯著映照著落日晚霞、輕輕蕩漾的海水。真正的無邊無際的海，她感覺到大海、天際線、雲霧和海鳥的靈動。

海岸看起來大方優雅、毫無保留，可是又蘊藏著巨大的能量。

運氣好的話，可以看到黃貂魚，電鰻、食人魚、巨骨舌魚、肺魚。

他們彎著腰在岩石後面慢慢摸索，避開碼頭，避開碼頭那些拿日薪的裝卸工人。遇到也不要緊，他們不會多管閒事。他們自己就是閒事。賈汀開玩笑說。

有關大海的記憶瞬間湧上心頭，那絕不是小時候去過的度假勝地——是的，她記起小時候媽媽帶她去海邊的情景，海浪打在石頭做的柵欄上，邊上有人一直在喊：退後，退後！她小小的身軀被大人的頭顱遮擋，拍了許多照片。她清楚地回憶起，自己拼命想掙脫母親的手臂躍進大海的動作。母女在拉扯。經過了十多年，她感受到了拉扯中奇特的、充滿力量的母愛。她在海邊看到了許多礁石、貝殼、海螺、珊瑚，叫不出名字的沙灘魚，遠處有海鳥低空捕食，它們的身影，在清晰的海平面上快速滾動。一大群白色的海鷗從堤面飛上天空，成群結隊地掠過小島，發出刺耳的叫聲。

她回憶起母親的相貌：一張神態拘謹的臉，這張臉觸發了一切關於童年的回憶，奔跑，跳躍，緊張搓動的手，輕柔擺動的衣袖，她被一刻不停地盯梢。就像還在昨天。

這些痕跡表明海洋的潮水讓她久久難以平靜。走啦，賈汀喊她。

她對賈汀的催促置若罔聞。

咳，你真夠淘氣的。

我想坐船。

O 城就是一艘船，沒聽說嗎？它的底下藏著許許多多的電輪，一旦全部啟動，就能越過沙灘，沖進大海，奔向遠方。

什麼時候開出去？蔣將脫口而出，聽著一點兒不像諷刺。

賈汀於是笑了，只有大洪水的時候，海面高高升起的時候。

除此之外，其餘任何時候都不會奔向遠方？

是的，不會。

他們要走過一段非常崎嶇的海岸線。這不是容易的事，處處有陡峭懸崖，下腳要加倍小心。不同於前些日子的逃亡，那時候，周圍全部是人的呼吸聲，是壓抑而驚恐的氣息。今天這廣袤而清冷的氣息，不是製冷機器打出來的冷氣，是活生生的自然的清冷。這一切使人變得更像人。突然，在一處看似平滑的苔蘚處，蔣將腳下一個踉蹌，朝前撲去。賈汀反應敏捷，迅速拉了她一把。兩人雙雙倒到另一側，冷汗流過，兩人小心探頭看苔蘚跌落的地方：岩石垂直，無一點抓手，下面是咆哮的大海，那片苔蘚搖搖曳曳，仿佛一片羽毛，無聲無息地跌下去，無影無蹤。

他們不可避免地談到了父母。

你會去父母身邊嗎？

不。

他們如果聽說你溜了，會怎麼樣？

會擔心。會非常擔心。蔣將說話的語調顫抖。在賈汀幫她走出殘局的這幾天裡，從 0 城出來，到達沼澤地，後來又進入板結地，到腐葉區，後來又走進齊膝的灌木區——這一步一步的、突如其來的情景，離開一個熟悉地域帶來的不安，蔣將一直處於顫抖之中，但這一次，她顫抖得更加厲害。賈汀趕緊岔開話題。

天光大亮，森林遮蔽，黃昏昏暗，一切都是自然的。這情形，就像從一個時代跨向另一個時代，也仿佛從一列飛馳的平行車跳向另一列載物車。危險倒不危險，只是內心愈發顛簸。進了密林深處時，一切更是大變樣。不知名葉片上的細齒，不知名樹根上的皺紋，不知名飛蟲上的翅翼。大塊的綠葉層層迭迭，一波又一波向高處，向遠處。

幸好不多久，拐到開闊的地方，看到一輛重型載貨車的尾部，聽到輪胎碾壓路面的咯吱咯吱聲。這種古老的車，貌似早就應該淘汰了，但是，沒有。它還在路上。這並非三不管地帶，甚至也不確切就不屬 0 城，賈汀對遇到重型車也倍感意外。

有好路。蔣將說著就準備接近公路。

那裡有監察設備。可以貼著走，但不能靠近。

賈汀耐心地告訴她，凡是人工痕跡重的通道，也是人會犯錯的地方，人只會在他們自己犯錯的地方等候跟他們一樣犯錯的人。

這個早晨是蒼茫的，就像那剛剛過去的夜。走過一片密林，回眸看，又見一片密林，密林與密林中間有溝壑，開始落沙了，柔軟溫暖的沙。蔣將驚駭地仰頭，灰鳥飛起，嘎嘎地叫著。她露出情緒，回想，解析，發出疑問，一切都在誘惑她。

她更加徹底地暴露出真正的自己。在賈汀看來，不必擔憂的擔憂、不是問題的問題、不是歡樂的歡樂都能令她動容。這一部分一度被嚴加看管、一度被遮擋，顯得那麼不重要，現在，它暴露在太陽底下，像它原本的樣子一樣明明白白地露了出來。膽怯、無知、茫然，像一個新造人，還沒有增加智能程序。她不再是被限制的生命，而是一個有活力、有思想、有自己個性，並且這個性正在發揮影響的人。

那是什麼樹？蔣將的目光順著栗子樹的樹幹往上瞧。

這是一棵世界上最常見的樹，無論在萊城還是在 0 城，但是蔣將的臉上表露出真誠的一無所知。

這樣的一棵樹，她說，我從前好像見過呢。我很想知道它叫什麼名字。也許她記起了什麼，想起二十年前媽媽帶她在這樣的樹下玩耍過，但又沒有完全記起來。

或許是捕捉到賈汀露出的不可置信的表情，蔣將突然臉紅了：我知道的是不是太少了？

這只能說明，你以後的成長空間更大。

一條小潭，她撲過去，撩起來洗臉，等不及賈汀阻止，雙腿伸進去，不停地撲打。這情景很是熟悉，像是做過千萬次的動作。她看上去心頭懷著一種仿佛有什麼迫在眉睫的奇異感覺。

為什麼人不能隨意行走，想到哪裡就去哪裡呢？從來就不是嗎？

賈汀略一思索，從前和現在，並沒有多大區別。有的人能，有的人不能。

許多年前也有人像我這樣的情況？

他明白她指的是沒有知識，指的是沒有經驗，指的是沒有體驗。她居住在城市，但不知道為何來這城市；她有過去，但對過去消解了意義；她有父母，但被摘取了情感，始終處在封閉中，普遍性地感知缺失。她表面上跟其他人無異，但只要認真地處一處，一切不同都出來了。她仔仔細細地被保護到十九歲，又渾然不覺自然與歷史的入侵，她像一個嬰兒，卻擁有 0 城成人才擁有的合格證和健康證等幾百張證書。她渾然不覺地參與新歷史的試驗，渾然不覺地被歷史篡改，又渾然不覺地脫離出來。

他看著她。看到她無辜的臉龐，她看、聽、聞、品嘗、體會、迷惑、克服、跨越，她如今所站的位置，仍是荒野、仍是別處、仍是不毛之地、仍是迷局。

過多的重迭，各個時期相互矛盾，扭曲變形的社會面，許多知識已然形成桎梏。被剝奪了原始生命力的氣息，剝奪了偶然和野蠻生長，如此種種導致蔣將的無知。就像一部專門拍給兒童看的歡快的電影，簡單的情節、簡單的畫面、簡單的臺詞、大團圓的結局。但是創作者是成年人，也許是老年人，處處地地暴露出他的哀傷。這哀傷經過時間，經過痛苦，也經過了漫長的反芻，之後，才回到最初的形態。創作者以為可以假裝從來如此簡單，但是，像經過發酵的酒，再也回不到水，那是新的形態。

她不停地給路過之物命名：

這是香通。不過是牙刷灌木，因其香氣撲鼻，不管不顧地取了名。

她把散沫花稱之為“泡花”，她把檉柳叫作垂花，只因枝條細柔，姿態婆娑，開花如紅蓼，她很喜歡。

現在，將將就處於新的意識形態裡，縱然整匹黑布也封不了她新意識的覺醒，她便是她的生命的光彩。

她隨時思慮、預感、體會生命；賈汀就緊張多了。森林裡有沼澤、有蠅蟲、有鷹雀，又如此葉繁枝密，有時候簡直透不過氣來。要時時注意，別有毒蛇襲擊，一部分蛇有劇毒，來不及救治。

原來人們竟可以一天之間體會、遊走、冒險、出汗、挨餓，甚至都不用什麼正當的理由。蔣將的腦子飛速地轉動著，想到一切自己湧上來的、撲過來的東西。這些東西，平常真的少見，如果平常是這種節奏，那麼，非要去治療室不可了。這是一種愉快、紊亂、逾越……一切都在滲透，從無遮擋的頭頂到腳心裡的淤泥，都顯示她在打破過去的平衡和自律。她在野蠻生長了。

他們可能是方圓幾十英里是僅有的兩個人類。藍色的天空明暗有度，小飛蟲摩擦臉頰，不知名的爬行動物在腳邊跳躍，飛鳥擦過樹梢，連天接地，到處嘩譁然，像音樂劇裡的和聲。

走在她前面的賈汀出了一身又一身汗，因為不管一切顯得多麼順利，卻始終有一種荒謬的感覺，這不是在生活，這是在逃跑。這不是合法的範疇，這介於正確和錯誤之間的灰色地帶，如同整個 O 城的防護系統。

他眉頭緊鎖，似乎對自己的處境也感到不解。命運看似如此偶然地把蔣將和他放到一塊兒，這種“捆綁”就這麼乾脆地來了。

他們帶著忽明忽暗的警覺心在森林裡行走。蔣將近乎無知的單純帶來了完完全全的快樂，把賈汀的隱憂驅趕到一邊。她的快樂成了源泉，成了軸心，成了目的。

蔣將的出現，補充了賈汀腦海裡“人”的形象。他的記憶裡有許多形形色色的女性。雖年近三十，老實說，無論是大停電期間將所表現出來的懦弱和驚恐，還是覺醒之後面對紛繁世界的隨波逐流，賈汀從沒有感受到一種單純到近乎無知的快樂所帶來的震顫。她過去的文化教育無疑是有缺憾的，但她的勇敢和溫柔則像是與生俱來，她對待時間和空間有一種自然而然但非常稀缺的心醉神迷，她非常容易被環境感染，非常容易跳躍，非常容易沉浸於眼前，也許正是這些特質使她遠離故鄉和父母，也正是這些特質使她如此與眾不同。這種狀態，純粹作為她自己而活著。人不是因為自己的完美而存活，人不是因為什麼意義而存活，更不是什麼德行與正義，如果所謂完美世界是犧牲人的個體感受，那這個完美世界也應該被搗碎。因為生活——無論被納放到哪個系統，都只能組成這個系統的一小部分。所有的體系，都不是真的為了我們的幸福，甚至也不是他們自己的幸福，更多的起因和後果，既說不清也承擔不起。

而活自己，是艱深而博大的學問，是畢生學習的功課。蔣將正在這麼做。

脫離了桎梏，她完全有能力擁有一個全新的未來，活出全然不同的自己，那才是未來世界的正義。賈汀想。

出發以來，他一直處於高度緊張的狀態，因為他拿不准，他其實在某些地方撒了謊，那就是，他其實沒有帶什麼人逃離過，他只是道聽途說。他在周邊遊蕩過，但都是合法合規地出行。像今天這樣，他並無把握，但因為她喋喋不休，談笑風生，毫無心機地信任他，他情不自禁地想到追兵到來的一刻，他如何飛身撲到她身上——他們的武器相當精良，一片樹葉般的定位飛針，是他們慣用的手法。他們不願意拿出巨額賠償，因禁包賺不賠，而逃離和失蹤會讓他們付出巨額賠償。之前有過這樣的案例，一些父母專門生育子女，把他們送到 0 城，再慫恿他們逃跑，以獲得高額賠償金。每年都有這樣的傳言在空中飛揚。

賈汀並沒有實際的目的。過去沒有，現在沒有，將來也不會有。他只是見證了這個時代。無論是大停電期間陪著其他人出城，還是現在陪蔣將出城，都是自然而然的決定，服從內心的同情。

他輕輕地想。

你從哪裡來？蔣將突然問。

賈汀一驚。如果他沒記錯的話，這是蔣將認識他以來少有地表現出對別人的興趣。多麼奇妙。她身上那些細膩的、微妙的、實質性的勇敢和熱情，一直被無形的手摁在底部的東西，正在冒頭，正潛出她的喉嚨，發出她自己的聲音。一個一向關閉著自己的人正向別人敞開。她的聲音，竟然有了些成熟女性的熾熱和柔軟，這些柔軟幾乎同時令他身上產生奇特的情感，心潮澎湃。一種幾乎不符合他個性的柔情也湧上心頭。他輕聲地說：我從哪裡來，我是誰，這些都不重要，在 0 城，我就是一個服務人員，現在，我就是一個帶你離開的人。

蔣將又追問：

你不是我想象出來的吧？

他們都笑出了聲。

他們看到了連綿山地的豁口。山坡的南邊，不足兩英里的某處，灌木、蒿草、苔蘚，全部消失了，天空晴朗，陽光普照。青草地有序綿延，盡頭是一個村莊，外牆石頭打底，長長的木頭連廊，再近一些，可以看見離他們最近的一幢房屋隱約可見白牆紅瓦。廊前木頭呈赭黑，院子裡有汽車、古老的青石做的臺階，只容得下三人並肩的臺階。村屋三三兩兩、高高低低，不規則地聳立。有狗在無聲地跑，有人在無聲地出入。主屋外另有馬廄，馬廄裡似乎有兩匹馬，它們無聲地搖動尾巴。越過房屋向前，是一片海域，大海闃寂，雲遮霧罩，這是未經科技染指的珠寶，鑲嵌在山海之間。看了很久，他們轉頭相視一笑。令人著迷的寂靜山巒中的村莊有點像憑空捏造，但這卻恰恰指明了新的界限，指出 0 城是孤單的、虛假的。賈汀的嘴角有一絲得意，似乎在說，我說對了吧，我們脫離 0 城了。

這個地方叫什麼名？她還是忍不住問，言之下意，沒有名的話她還可以來一個。賈汀撇下嘴、聳下肩，表示用不著費神，這肯定是另一個國家的村莊。從房屋的結構、院落的佈局、花木的養護、後院的遊樂設備完全能看出，這個村子早於 0 城前，活在 0 城時，也有望繼續活在 0 城後。

嚴格來講，如果有搜尋隊的話，他們的消息已經傳達給了這個村子。

所以這裡並不安全？

賈汀想了想：我寧願在體力允許的情況下，再走遠點，以確保萬一。

這世上沒有百分之百的安全。

賈汀意味深長地看著蔣將，露出贊許的目光。

他們在坡上坐了許久，補充了速食和水分。這是充滿鬆弛感的停留，那斷斷續續逸出的聲響，聽起來相當安逸。蔣將默默地打理著自己的心聲，就像打理著自己的來路、岔路口、混沌日、陰謀和天價的賠償金。她能夠看見過去，看見過去和親人在記憶裡飄逸而出。然後，她也看見面前閃亮的人，這個人陪著她冒險。這個念頭突然觸動了她的心弦，她腦海裡閃現出想象的火花，她情感開竅般地感受到自己逃脫了一個使她曾經懵然無知的困境。她猛然站了起來，眼睛裡蓄滿了淚水。

這是她第一次流出眼淚，眼淚流出來的一瞬間，她的喉嚨哽得說不出話。

無論何時，不要停下來，不要往回看，要向前。向未知的沒有被激烈使用過的土地去，找一個好地方，造一所房子，看到太陽，可以養寵物，可以生爐火，有愛你的人陪在身邊。他在心裡叮囑她，叮囑完全能聽懂的她。

以後會有很多的困難。

我知道。

生存技能、辨別技能、社交技能、藝術素養、科技素養，如此等等，真不是一件簡單的事。賈汀忍不住追問：

不後悔？

不不不。她想也不想，魯莽地回答，就像跟大人在頂嘴。她氣喘吁吁；這突然的氣喘與這條平坦的路不太相稱，她的喘息被風吹起，散佈在這片莊重、沉默的群山和溝壑裡。

風已經吹動，空氣始終在流通，而人正走在他們自己的路上，雖然並沒有走多遠。也正因沒有走多遠，現在的蔣將生氣勃勃，渾身充滿能量，雖然這能量似乎淺薄、浮在表面，卻顯得潔淨、溫柔。

我想唱歌。蔣將轉頭看向賈汀。

來吧。賈汀說。他知道她的精神在成長，腿腳上的本能也在恢復，重新出發給了她某種天賦。他準備著聽一首從來沒有聽過的歌。

我——要——去——遠——方——！

甫一開口，便證實她並非五音不全：起承轉合、抑揚頓挫，五個字至少有四個字是從胸腔裡發出來的。“我”字落聲很輕，尚帶著些膽怯，而“要”尖銳地突高八度，透明清澈、晶晶亮，到了“去”字，她脖子仰起，唱出了感性和喜悅，而“遠”字自不必說，那裡面藏著巨大的力量，像鳥兒一樣在樹梢處炸開。伴隨著那種迸發的力量，空氣的阻力、旅途的疲倦，心底裡的許多不順似乎都衝開了。最後的“方”，高到極限後，便平順了，他以為她還要“昂——昂——”一會兒再收音，沒想到，她結束得幹脆利落，似乎通過及時的沉默而不是歌唱來宣佈擺脫世界的監督。她的頭髮好幾天沒有洗，卻依舊烏黑閃亮，直直地披在肩頭，整個人看上去靈活透亮。這聲音和形象激起賈汀閃爍心動的感覺。

他們牽著手走下山坡，繞過村莊，越過層層屏障，向大海方向走去。等到再次躍上一塊新的高地，他們看見一片更加遼闊、連綿、朝氣勃勃的森林。四周綠意盎然，鳥鳴翩躚。頭頂籠罩在白光中，身後是世界上最新的科技城，眼前是一片原野，而他們仿佛地處世界的中心，又似站在白晝與黑夜的接頭處，舊的世界和新的世界同時呈現在他們眼前。

www.ingramcontent.com/pod-product-compliance
Lightning Source LLC
Chambersburg PA
CBHW021137190726
48288CB00008B/2700